Katharina Grabner-Hayden
Einmal Scheidung mit alles!

Katharina Grabner-Hayden

Einmal Scheidung *mit alles!*

Für meine große Liebe

Gefördert durch das Land Niederösterreich

KULTUR NIEDERÖSTERREICH

1. Auflage 2016

ISBN 978-3-8000-7642-0

Covergestaltung: Saskia Beck, s-stern.com
Coverbild: Saskia Beck, s-stern.com
Satz: Ekke Wolf, typic.at
Druck und Bindung: Finidr s.r.o.

www.ueberreuter-sachbuch.at

Das Erwachen

»Nur waschen und föhnen oder willst du eine neue Dauerwelle?«

Schon krabbelten feine Finger wie kleine Käfer durch die verfilzte Frisur, und sie fuhr gespielt angewidert fort: »Naja, brauchen würdest du es schon, meine Liebe! Deine Haare schreien geradezu nach Pflege!«

Lilly hatte eine wunderbar charmante Art, jedem ihren Willen aufzuzwingen. Dies tat sie in beiläufiger Liebenswürdigkeit, man konnte ihr einfach nicht böse sein.

Anna kannte Lilly schon seit ihrer Schulzeit. Aus dieser jugendlich-naiven Mädchenfreundschaft war in den Jahren tiefe Zuneigung erwachsen. Ihr ausgeprägter Geschäftssinn und die ehrlich empfundene Freude an ihrer Tätigkeit ließen ihren Salon florieren. Oft musste man bis zu drei Wochen warten, um einen Termin zu bekommen.

Lilly ließ Anna nie warten. Kam ihre Freundin unangemeldet in das Friseurstudio, übergab sie die Kunden liebevoll an ihre Kolleginnen, warf Bürsten, Haarfestiger und Föhn in einen kleinen Wagen und umarmte Anna so stürmisch, als wäre ihre Freundin gerade von einer langen Reise zurückgekommen.

Anna nickte und schloss die Augen. Also Dauerwelle.

Unter ihrem Gesäß und an der Wirbelsäule spürte sie plötzlich sanfte, rhythmische Bewegungen, die sich mit leichten Stößen aus der Kunststoffliege in ihren Rücken bohrten. Anna öffnete irritiert die Augen.

»Fein, nicht?«, flüsterte Lilly ihr ins Ohr. »Die Liege habe ich vor einigen Wochen bei einer Gesundheitsmesse in Wien gesehen. Der Verkäufer meinte, dass man die Kundenzufriedenheit steigern könne, wenn die Gesäßmuskulatur massiert wird. Ist schon bemerkenswert, wie nahe Zufriedenheit und Glück beim Hintern liegen. Ich habe dieses Ding sofort gekauft. War zwar wahnsinnig teuer, kann ich dir sagen, aber Wellness muss teuer sein, sonst würde es ja nicht wirken. Die Erde dreht sich, meine Liebe. Gewaschene und geföhnte Haare reichen nicht mehr, was zählt, ist das positive Kundenerlebnis. Früher haben den Kunden ein paar anregende Gespräche genügt, um zufrieden zu sein, heute müssen der Rücken und der Arsch massiert werden. Ist aber ein angenehmes Gefühl! Die Mädels stehen drauf!«

Lilly bezeichnete ihre Kundinnen zärtlich als ihre *Mädels*, egal ob sie fünfzehn oder fünfundsiebzig Jahre alt waren. Frauen würden nicht altern, so ihre Meinung, sie seien wie guter Rotwein und würden mit den Jahren zu vollmundigen Tropfen reifen.

Anna musste lächeln. Gesteigerte Kundenzufriedenheit durch Massagen? Ja, auch ihr gefiel es und doch dachte sie in diesem Moment nur daran, ob ihre Frisur die nächsten Wochen halten würde.

»Dir verrechne ich selbstverständlich nichts, du bist ja meine beste Freundin!«

»Danke!«

Anna legte ihren Kopf an den Schüsselrand und Lilly fing unter leichtem Druck an, ihre Haare zu waschen. Durch die wärmende Spülung hatte Anna das Gefühl, sie würde unter einem Wasserfall stehen, ein beruhigendes Prickeln durchrieselte ihren Körper. Ihre Freundin hatte recht, so eine Massage war entspannend wie die Musik von Johann Sebastian Bach.

»Hast du was, meine Süße?«, unterbrach Lilly die angenehme Stille.

»Was soll ich denn haben?«

»Du bist heute irgendwie abwesend. Ist bei euch zu Hause alles in Ordnung?«

»Ja, klar. Wie immer.«

Nichts war in Ordnung. Aber Anna wollte nicht darüber reden, vor allem nicht beim Friseur. Sie wollte nur diese herrliche Massage genießen, weiter nichts.

Die Frage, *ob alles in Ordnung* sei, ließ sie gedanklich dorthin wandern, woran sie eigentlich nicht denken wollte. An ihr Zuhause, an ihre Familie und an ihren Mann Wolfgang, der ihr vor Tagen, statt ihr Geburtstagsrosen in die Hand zu drücken, beim Streichen der Frühstückssemmel offenbarte, dass er ein Verhältnis hatte.

»Morgenstund' hat Gold im Mund«, war Anna sarkastisch durch den Kopf geschossen, trotzdem fand sie den Morgen für einen höchst unpassenden Zeitpunkt, um über eine Affäre zu sprechen. Wie üblich musste sie sich beeilen, um pünktlich in die Arbeit zu kommen. Zu sehr war sie mit sich, mit ihrem Make-up und dem Haushalt beschäftigt, um über eine Liebschaft zu reden, schon gar nicht über die ihres Mannes.

Der Morgen hatte nie etwas *Goldenes* an sich. Annas Söhne waren fast erwachsen und doch gab es in der Früh vieles zu erledigen, mit dem Hund schnell eine Runde zu gehen und das Mittagessen vorzubereiten, wenn die Jungs hungrig aus der Schule oder von der Universität kamen. Wolfgang hatte sich um derlei Verpflichtungen nie gekümmert, es war ihm egal.

Anna war im Laufe der Jahre zu einem Organisationsprofi geworden, trotzdem saß sie nach diesen morgendlichen Anstrengungen meist verschwitzt und erschöpft in der Straßenbahn und freute sich, in den Dienst fahren zu können. Denn sie liebte nicht nur ihre Familie, sie liebte auch ihren Beruf.

Mit ernster Miene saß sie vor Wolfgang und kämpfte wieder gegen den *goldenen* Morgen an – und gegen ihre Tränen.

Er fühle wieder so etwas wie einen zweiten Frühling, hatte er ihr vorgeschwärmt, während er an seiner Semmel kaute. Ob er diese Frau wirklich liebe, wisse er nicht, zumindest habe er sie gerne. So gerne, dass er mit dieser Lüge nicht mehr länger leben wolle.

Wahrscheinlich hatte die andere Druck gemacht.

Anna fühlte sich überfahren und war irritiert aufgestanden, um sich einen starken Mokka zuzubereiten. Ihr Mann hatte für dieses niederschmetternde Geständnis einen Freitag ausgewählt.

Freitage waren immer gut, um Mitarbeiter zu kündigen. Er musste nicht lange in ein erschrockenes oder trauriges Gesicht starren. Ein vorgetäuschter Anruf aus dem Sekretariat oder ein wirklich dringendes Meeting könnten nicht verschoben werden, man würde am Beginn der nächsten Woche weiterreden und stahl sich danach aus der verzweifelten Umklammerung eines eben Entlassenen. Die Welt würde am Montag wieder anders aussehen.

»Willst du nichts dazu sagen?«, fragte er sie vorwurfsvoll, vielleicht hatte er sich eine tobende, eine brüllende Anna erwartet, eine, die ihm ihre ganze Verzweiflung, ihre ganze Wut ins Gesicht schleudern würde. Sie kannte diese aufwühlend emotionalen Szenen aus Filmen, hatte dabei ganze Klopapierrollen ausgeheult, doch in diesem Moment versuchte sie krampfhaft, sich zu beherrschen, ihre aufgestaute Wut zu unterdrücken. Anna hatte nicht vor, sein eitles Ego durch einen Gefühlsausbruch zu befriedigen.

Sie wusste von Wolfgangs Verhältnis schon seit längerer Zeit, hatte aber niemandem davon erzählt, nicht einmal ihrer besten Freundin Lilly. Sie gewöhnte sich an den Gedanken, so wie man sich an schlechtes Essen gewöhnen kann.

»Ich weiß es schon seit einiger Zeit! Ich kenne sogar ihren Namen!«

»Na gut, dann ist ohnehin alles klar!«, tat Wolfgang unbeteiligt. »Wir können ja später weiterreden, am Abend oder vielleicht morgen in der Früh, da schaut die Welt schon wieder anders aus.«

Anna konnte sich nun nicht mehr zurückhalten, es quoll aus ihr heraus wie heißes Magma.

»Heute Abend oder morgen? Wie es dem Herrn in seine Bürozeiten passt? Worüber soll ich mit dir reden? Dass du mit einer anderen Frau glücklicher bist als mit mir? Dass sie im Bett besser ist? Dass sie jünger, hübscher und schlanker ist? Dass du mit ihr Sachen machen kannst, die du nie mit deiner Frau angestellt hast? Sollte ich dich das fragen? Wolfgang, ich dachte, es geht irgendwann einmal vorbei. Ich wollte abwarten und dich nicht bedrängen.«

»Bedrängen? Ich bitte dich! Mit dem Zuwarten hast du alles noch viel schlimmer gemacht. Du hast mich geradezu in dieses Verhältnis getrieben, du und deine verdammte Liebenswürdigkeit. Alles an dir ist so schrecklich perfekt. Die perfekte Ehefrau, die perfekten Söhne und das perfekte Haus, eine scheiß perfekte Familie. Nie hast du nur ansatzweise um unsere Beziehung gekämpft!«

»Was heißt kämpfen? Du warst doch schon die längste Zeit nicht mehr mein Mann, alles war dir wichtiger als unsere Familie. Du kamst und gingst, wann du wolltest. Unser Leben bestand doch nur mehr aus deinen beruflichen Ambitionen, da war kein Interesse mehr an mir oder an den Kindern. Hauptsache, alles funktionierte zu Hause, damit man dich nicht belastete. Dass ich wie eine Irre jeden Tag ins Krankenhaus in den Dienst rase, dass ich zehn Kilo abgenommen habe, dass ich mich unglaublich bemühte, alles optimal im Haus zu organisieren, von all dem hast du keine Notiz genommen. Wie oft stand ich abends alleine vor einem gedeckten Tisch und habe auf dich gewartet, hatte kleine Aufmerksamkeiten für dich, uns Konzertkarten und Gutscheine für Tanzstunden besorgt, um ein wenig aus unserem Alltag auszubrechen. Und du? Du hattest wie üblich keine Lust und auch keine Zeit. Schrecklich bequem hast du es dir gemacht, ständig deine Arbeit vorgeschoben, wenn es um uns und unsere Beziehung ging. Ich bitte dich, sei doch ehrlich, du und deine langweiligen Finanzkollegen, ihr prüft irgendwelche Bilanzen irgendwelcher Firmen. Du siehst in deiner Arbeit nur Korruption, Bestechung und Feindseligkeit. Immer herrscht Krieg, es ist ein einziges Schlachtfeld, auf dem du dich austobst. Bei dir geht es doch nur ums persönliche Gewinnen. Und wenn du nicht siegen kannst, dann kontrollierst du die Menschen. Es ist dein Erfolg, Kontrolle über jemanden zu haben. Dieser Kontrollwahn machte nicht einmal vor unserem Eheleben halt und das hat dich letztendlich auch verraten! Du bist krank!«

Anna schaute auf die Uhr, sie musste sich beeilen.

»Sehr nett, dass du mich als krank bezeichnest!«, bemerkte Wolfgang zynisch.

Nervös zitternd stand sie mit ihrer Tasse Kaffee an dem kleinen Küchentisch und zeigte Wolfgang eine

E-Mail, die sie seit Wochen in ihrer Mailbox, quasi als *Corpus delicti,* mit sich trug.

Eifersucht war es nicht, die Wolfgangs Kontrollwahn begründet hatte. Eifersucht verlangte ein hohes Maß an Aktivität und innerer Vorstellungskraft, Wesensmerkmale, die ihrem Mann fremd waren. Anna hatte ihm auch nie einen Anlass dazu gegeben, weder als sie jung verheiratet waren und schon gar nicht im fortgeschrittenen Beziehungsalltag.

Wolfgang war ein fauler Mensch, körperlich wie emotional, und hatte sich stets auf Annas Herzlichkeit verlassen können, er ließ sich einfach von ihr mittragen. Seine offen zur Schau gestellte Genügsamkeit gründete nicht auf Bescheidenheit, sondern auf reiner Bequemlichkeit. Trotzdem konnte er es nicht leiden, wenn sich die beiden Freundinnen per Handy über ein YouTube-Video amüsierten oder Anna in die Küche schlich, um Lilly ein Gedicht oder ein paar nette Worte zu senden.

Weniger aus Hinterlist als aus Mangel an Fantasie hatte Wolfgang Anna zu Weihnachten ein neues iPhone geschenkt und es so programmiert, dass er all ihre Nachrichten auf seinem Handy empfangen konnte. Das war auch der tiefere Sinn von Weihnachten, war Annas Überzeugung, ein Schenken und Beschenktwerden, ein Geben und Nehmen. Und Wolfgang nahm. Immer. So konnte er ungestört und ungeniert an den Gesprächen teilnehmen, am leisen Klingeln einer Botschaft, an der zärtlichen Hinwendung, an diesem Gefühl, das er nicht imstande war für sich oder für andere zu empfinden.

Anna wusste davon, ignorierte es aber, was hatte sie auch vor Wolfgang zu verbergen? Sollte er doch auch lachen können, es war ihr egal.

Bis zu jenem Zeitpunkt, als Lilly ihr von einer Affäre mit einem bekannten Wiener Arzt erzählte. Das ging nun wirklich nur die beiden etwas an. Doch Wolfgang wollte dieses Spiel weiterspielen. Mit Schrecken erinnerte sich Anna an die lautstarke Auseinandersetzung, die sie mit der Forderung, Wolfgang möge diese iCloud-Dienste löschen, auslöste. Wie ein verletztes wildes Tier kämpfte er um diesen Genuss, zu dem ihm Anna nicht mehr verhelfen wollte. Er stürzte an seinen Computer und tippte wütend irgendwelche Zahlen und Wortkombinationen in die Tastatur, das System reagierte. Aber falsch, denn Anna bekam nun Wolfgangs Mails auf ihr Handy. Dinge, die sie nicht wirklich interessierten und die sie auch wieder sofort löschte. Anfragen über Risikokapitalanlagen, über Investmentfonds oder sonstigen Wirtschaftskram, den sie nicht verstand, der ihr aber seit Jahren ein sattes Plus am Konto bescherte. Beiläufig waren da auch Fotos und E-Mails einer jungen Frau zu sehen, die offensichtlich zum Büro ihres Mannes gehörte. Natürlich ging es um Geschäftliches, aber auch um Privates. Vielleicht war Wolfgang für die junge Frau so etwas wie ein guter Freund geworden, dem man sich in einer unbeschwert offenen Weise anvertrauen konnte. Seine Antworten waren zwar tollpatschig und kindlich, aber durchaus ehrlich, eine fast sympathische Ader, die sie von ihrem Mann schon lange nicht gespürt hatte. An ein Verhältnis hatte sie nie gedacht, eben weil sie ihren Mann kannte.

Vor einigen Wochen, mitten in der Nacht, weckte sie der leise Klang einer eingehenden E-Mail. Sicher eine Nachricht von Lilly. Als sie sich aufgesetzt hatte, bemerkte sie, dass das Bett neben ihr leer war.

Wolfgang war an diesem Abend zu einem Geschäftsessen eingeladen gewesen und hatte offensichtlich die

Zeit vergessen. Anna sah auf den Radiowecker, es war drei Uhr morgens. Wie ein Blitz durchzuckte es sie. Hoffentlich war Wolfgang nichts passiert! Ein Autounfall oder eine Verkehrskontrolle unter Alkoholeinfluss? Oder gar eine kleinere Herzattacke? Wolfgang nahm seit ein paar Monaten Medikamente für sein schwächelndes Herz. Die Finanzkrise, der Stress, der berufliche Druck und natürlich Wolfgangs Übergewicht machten ihm zu schaffen. Die Mitteilung musste von ihrem Mann sein, vielleicht wollte er ihr mitteilen, dass es später werden würde. Sie öffnete die Nachrichtenbox und las:

»Habe mir dein Kissen zwischen meine Schenkel geschoben und träume von dir! Ich liebe dich, Miriam!«

Trotzig hielt Anna ihrem Mann das iPhone entgegen.

»Ich habe viele Mails gelesen und auch wieder gelöscht, nur die eine hier, die habe ich mir aufgehoben! Das hast du nun von deiner Kontrollsucht, du mieser Betrüger!«

Wolfgang las und lächelte dabei wie ein kleiner Junge, der etwas angestellt und doch nichts von seiner Mutter zu befürchten hatte.

Anna vergaß auf die Zeit und auf ihren Dienst. Irgendjemand würde schon für sie einspringen, es war ihr in diesem Moment auch egal. »Wie lange geht das schon zwischen euch?«

Der Ertappte errötete, mied den stechenden Blick Annas und starrte in die Tasse schwarzen Kaffees, die vor ihm stand. Als er sich einigermaßen gefasst hatte, trank er einen Schluck und antwortete beiläufig: »Einige Zeit schon, aber das ist doch jetzt nicht von Belang, oder?«

»Oh doch!«, schrie Anna, dicke Venen traten aus

ihrem Hals. Sie war aufgesprungen, musste sich bewegen, die Situation war unerträglich.

»Wie lange?«

Das Handy läutete, es war Lukas, ihr gemeinsamer Sohn.

Der Ton in Annas Stimme verwandelte sich schlagartig wieder in Sanftmut. »Hallo, mein Schatz ... das ist aber eine wunderbare Nachricht! Klar feiern wir das! Ich bin so stolz auf dich!«

Sie legte auf.

»Was für eine wunderbare Nachricht?«, fragte Wolfgang neugierig. Anna gab keine Antwort, ihn hatte der Erfolg seiner Kinder nie interessiert.

»Wie lange?«, schrie sie Wolfgang wieder an.

»Seit vier Jahren!«

»Seit vier Jahren?! Das nennst du *einige Zeit*?«

Annas Herz raste. Vier Jahre! Und sie hatte nichts geahnt. Am liebsten hätte sie sich geohrfeigt. Wie einfältig und dumm musste sie gewesen sein, nichts zu bemerken? Vergangenes Jahr noch hatten sie im Kreise der Familie und mit Freunden ihren fünfundzwanzigsten Hochzeitstag gefeiert. Alle Gäste waren mit Tränen in den Augen Zeugen einer harmonischen Beziehung in guten wie in schlechten Zeiten gewesen. Ringe wurden gesegnet, die sie sich gegenseitig mit dem Versprechen ewiger Treue an die Finger geschoben hatten.

Welch unglaubliche Lüge, eine Farce, ein Selbstbetrug! Aber wie hätte sie es auch merken sollen? Wolfgang war zu Hause der Alte geblieben.

Normalerweise, so hatte sie in Frauenmagazinen gelesen, veränderten sich Männer, wenn sie ein Verhältnis hatten. Sie erwachten aus dem Dornröschenschlaf einer langen Beziehung, wurden leistungsstärker, sportlicher, schlanker und auch sexuell aktiver.

Wolfgang war nichts dergleichen, er hatte sein Verhältnis wunderbar kaschieren können, indem er genauso blieb wie vorher.

Anna hatte kurz nach ihrem fünfzigsten Geburtstag angefangen, sich wie ein Schmetterling aus ihrem häuslichen Kokon zu schälen. Sie arbeitete halbtags als Physiotherapeutin im nahe gelegenen Krankenhaus, ließ sich von Lilly die Haare stylen, trug wieder aufregendes Make-up und freute sich wie ein Kind, wenn sie sich Woche für Woche auf die Badezimmerwaage stellte und die Kilos drei durchlebter Schwangerschaften und frustrierender Haushaltspflichten dahinschmolzen wie Eis. Das schmerzte Anna eigentlich am meisten, denn während sie allabendlich schwitzend am Ergometer saß, hungerte und nur mehr von Karotten und Selleriestangen gelebt hatte, vergnügte sich ihr Mann mit einer anderen. Und sie hatte nichts gemerkt!

Aber anstatt Wolfgang mit Fragen und Vorwürfen zu bombardieren, überkam sie einfach nur Heißhunger. Hunger nach einem blutigem Steak und Hunger nach einem *richtig schönen* fettigen Kebab.

Nun saß der Betrüger vor der Betrogenen, beide schwiegen.

»Ich will die Scheidung!«, stieß Anna plötzlich hervor und war im gleichen Moment überrascht über ihre spontane Entscheidung.

»Scheidung? Hast du dir das auch gut überlegt, Schatzi?«

»Hör doch mit diesen idiotischen Floskeln auf! Du treibst es seit vier Jahren mit einer anderen Frau und mich nennst du *Schatzi*?«

Was bedeutete denn ein Schatz, den man nicht sah, nie berührte, nie bewunderte? Als *Schatzi* bezeichnete Wolfgang gerne die Dinge, die er brauchte, die ihn aber eigentlich nicht interessierten. Ein *Schatzi* war seine Sekretärin, ein *Schatzi* sein verdammter Audi und ein *Schatzi* seine offensichtlich dämliche Frau, dachte Anna.

»Immerhin sind wir schon seit fünfundzwanzig Jahren verheiratet, haben ein gemeinsames Haus und drei Kinder! Überlege doch einmal, was wir beide schon alles erlebt und überstanden haben!«, meinte Wolfgang selbstgefällig wie in seinen Freitagsmeetings. »Am besten du schläfst zwei, drei Mal darüber«, schlug er sachlich und bestimmt vor. Am Montag würde *die ganze Sache* wieder anders aussehen.

Man könne bei einer derart langen Beziehung nun doch ein wenig mehr Toleranz und Verständnis erwarten, argumentierte er. Eine Scheidung würde das ganze System auf den Kopf stellen. Was hätte eine Trennung denn für einen Nutzen für sie, außer, dass die Anwaltskosten ihr Geld auffraßen? Sie möge doch bitte vernünftig bleiben. Jeder könne sein Leben so wie bisher weiterleben, er suche bei Gott keine Veränderung. Er hätte ihr auch nur davon erzählt, weil ihm diese ständige Geheimniskrämerei einfach zu anstrengend sei und schlichtweg nerve. Eine Last sei ihm nun abgenommen, denn in Zukunft würden Offenheit und Fairness zwischen ihnen herrschen. Sie hätte nun auch die Möglichkeit, das zu tun, was sie wolle, und bei aller Ehrlichkeit, so ein kleiner Flirt könnte ja schlussendlich auch bereichernd sein für eine Beziehung. Anna hätte sicher auch schon mal ein Knistern bei anderen Männern gespürt, oder nicht?

Anna schüttelte verneinend den Kopf, sie hatte ihre Sehnsüchte stets unterdrücken können. Sie glaubte an die wunderbare Macht der Liebe, an Vertrauen, an die Verantwortung für ihre Kinder und an all das, was sie ihrem Mann vor Jahren am Traualtar versprochen hatte.

Natürlich hatte es in ihrem Leben immer wieder Gelegenheiten oder nette Bekanntschaften gegeben.

Ein Kollege, mit dem Anna eine innige Freundschaft verband, hatte sie vor Jahren leidenschaftlich verehrt, doch sie gab seinem stürmischen Drängen nicht nach. Er kannte sie seit den Studienjahren und hatte ihren Entschluss, Wolfgang zu heiraten, nicht verstanden. Bei ihrer Hochzeit war der Erbarmungswürdige vor dem Kirchenportal gestanden und hatte ihr einen kleinen Kranz mit dunkelroten Rosen überreicht. Wie bei einem Begräbnis. Eine schwarze Schleife hing an dem grünen Tannenreisig. »Ade meine große Liebe! Dein Berti.«

Die Festgesellschaft mokierte sich damals entsetzlich über diese Geschmacklosigkeit, vor allem ihre katholische Mutter, ihr selbst tat Berti einfach nur leid. Schade, dass man nicht zwei Männer gleichzeitig lieben konnte. Sie sah ihn danach nie mehr wieder.

Und, was hatte sie nun von ihrer verdammten Prinzipientreue und Selbstdisziplin? Nichts. Ein schönes Haus, drei Kinder, die in Kürze ihr eigenes Leben leben wollten, und einen Mann, der sie betrog. Nur die alte Hündin hielt zu ihr. Sie lag unter dem Küchentisch und schlief. Wie gerne hätte sie in diesem Moment mit dem Vierbeiner getauscht.

»Vier Jahre sind für mich kein kleiner Flirt, das ist einfach nur unehrlich und feige!«, schrie sie Wolfgang an.

»Glaube mir, Anna, ich hatte ja gar nicht vor, dich zu betrügen!«

»Wie aufmerksam von dir!«

»Es ist einfach passiert. Da war dieses Sommerfest unserer Abteilung, du wolltest ja nicht mitgehen damals. Und dann der viele Caipirinha und diese blonde Frau, die sich aufgedrängt hat. Ich verstehe selbst nicht, wie es dazu kommen konnte. Auf alle Fälle fühle ich mich mit ihr wieder sehr jung und das tut gut. Ihr seid beide beeindruckende Frauen an meiner Seite.«

»Schön, dass du das sagst, die eine hast du fürs Bett und die andere zum Kochen, wunderbar! Du machst dir das Leben ziemlich einfach. Ich frage mich nur, warum du mir das Ganze nicht weiter verschwiegen hast, wäre ja viel unkomplizierter gewesen für dich, oder?«

»Keine Frage, Anna, nur Miriam wollte es so. Sie hat mich gedrängt, es dir zu sagen. Auf der einen Seite hatte sie stets ein schlechtes Gewissen dir gegenüber, auf der anderen Seite tragen Offenheit und Ehrlichkeit dazu bei, dass die Sache jetzt deutlich einfacher wird für uns. Findest du nicht?«

Anna musste kurz schlucken. Den Namen *Miriam* aus Wolfgangs Mund zu hören, löste in ihr einen brennenden Schmerz aus.

»Die Sache? Warum bezeichnest du unsere Beziehung *als Sache?* Du mieser Egoist, deine Leichtlebigkeit und Kaltschnäuzigkeit sind unerträglich! Niemand hat dich gezwungen, mit einer anderen Frau ins Bett zu steigen. Die letzten Jahre hast du ein bequemes Doppelleben geführt, deinen Bürokollegen vorgeschwärmt, wie wichtig dir deine Familie ist. Du hast uns doch ständig für deine Vorträge oder bei deinen Meetings als Vorwand oder netten Aufputz missbraucht. Dieses ganze Blablabla von gegenseitigem Vertrauen, von Liebe, Treue und Wertschätzung! Du hast dich dann bei deinen Bewunderern mit den Worten verabschiedet, Frau und Kinder würden ihren Mann und Vater auch brauchen, und bist dann zu dieser Miriam gefahren, um sie zu vögeln! Du ungeheuerlicher Lügner!«

Anna fühlte sich wie im freien Fall. Dicke Tränen liefen über ihre Wangen.

»Du weinst ja! Also ist nichts in Ordnung bei euch zu Hause! Willst du nicht endlich damit herausrücken, Liebes?«

Lilly strich sich Plastikhandschuhe über, presste aus einer Tube eine gelartige Masse und verrieb diese fachmännisch in ihren Handflächen. Dann trug sie die Creme auf die Haare auf und fing an, Haarsträhne für Haarsträhne auf überdimensionale Lockenwickler zu drehen.

»Ach Lilly, die Männer sind doch alle Schweine!«

»Nein, Anna, nicht alle!«

»Doch, alle!«

»Wolfgang hat ein Verhältnis, stimmt's?« Lilly hielt bei ihrer geschäftigen Tätigkeit kurz inne und sah Anna mit ihren großen braunen Augen an.

»Ja, und das schon seit vier Jahren! Mein Gott, einen kleinen *Hüpfer* ins Bett hätte ich ihm ja noch verzeihen können, aber vier Jahre? Das tut unsagbar weh!«

»Glaube mir, auch ein One-Night-Stand tut weh! Vier Jahre geht das schon? Die schmerzen wirklich! Ach meine Liebe, ich hol dir jetzt einmal ein Gläschen Prosecco, das hilft bei dieser Art von Kummer!«

Lilly streifte sich im Gehen die Handschuhe von den Händen und warf sie mit einem gekonnten Wurf in den Abfalleimer, der als überdimensionale schwarze Vase in der Mitte des Raumes stand.

Das Studio glich in seiner Ausstattung Lillys Charakterzügen, es hatte etwas fast Sakrales, Würdevolles und doch Verspieltes. An den Wänden hingen überdimensionale Spiegel mit unterschiedlichen Rahmen, jeder von ganz besonderer Art, von rustikal und barock bis futuristisch. Detailverliebt hatte Annas Freundin auch die dazu passenden Friseurstühle ausgesucht, immer unterschiedlich, immer bunt, so wie die Frauen, die sie bediente. Betrat man ihren Salon, versprach der Anblick des geschmackvollen Interieurs wahre Sinnesfreuden, denn kaum stand man in dem eigenwilligen Reich, kam man sich vor wie im Himmel. Eine Symphonie aus schweren, wohligen Düften von teuren Parfums und Cremen und eine herrlich unbeschwerte Musik hoben ihre Kunden auf eine neue geheimnisvolle Wahrnehmungsebene.

Lilly klapperte mit ihren hohen Stöckelschuhen und dem kurzen schwarzen Röckchen hinter den Verkaufstisch, einen alten, knorrigen Apothekerschrank. Dort holte sie zwei Sektgläser und eine Flasche gekühlten Prosecco hervor, um kurz danach Anna ein vollgefülltes Glas zu reichen.

Anna stürzte es in einem Zug hinunter.

»Herrlich, Lilly!«

»Ich habe immer einen eingekühlt, für alle Fälle! Du glaubst ja gar nicht, was mir hier Kundinnen erzählen und wie oft ich diese Prosecco-Methode anwende. Das Frisieren ist wie eine Psychodusche, man öffnet sich und wäscht sich die Seele wieder frei. Ich höre geduldig zu, was da in den heiligen vier Wänden vor sich geht. Mann betrügt Frau, Frau betrügt Mann mit bestem Freund, Freund schläft mit Tochter der Frau und Tochter bumst mit Schulfreundin. Dazwischen lesen sie die *Bunte* oder *Welt der Frau* und freuen sich über den kleinen Sprössling der Windsors. Das ist krank, wenn du mich fragst! Was ich aber nicht verstehe, alle suchen das Gleiche. Die große Liebe. Und die gibt's nicht, Anna! Die Liebe ist eine Illusion, ein Hirngespinst. Es ist eine ständige Suche nach Selbstbestätigung, nichts weiter!«

Lilly kam bei ihren Betrachtungen über die Menschen ins Schwärmen. »Ich denke oft, ich hätte eigentlich Psychotherapeutin werden sollen, mit eigener Ordination im besten Bezirk von Wien. Glaube mir, die Leute hätten mir die Türe eingerannt. Blöd, dass ich mit siebzehn die Schule abgebrochen habe. Aber du weißt ja selbst, ich war nie eine von den Besten und die Reise nach Indien mit Rudi war damals einfach zu reizvoll. Rudi war mein Traummann, so unglaublich erotisch! Ich sage dir, dort hab ich mehr gelernt, als mir je ein Therapeut sagen könnte!«

Anna hielt sich die Ohren zu. »Ich will's nicht wissen, gerade heute nicht! Lilly, bitte mach dich nicht über mich lustig!«

Lilly drehte wieder an den Lockenwicklern. »Und wie geht's jetzt weiter?«

»Ich lasse mich scheiden!«

»Du und Scheidung? Hast du dir denn das gut überlegt? Immerhin wart ihr fast dreißig Jahre zusammen!«

»Lilly, du redest genauso idiotisch wie Wolfgang! Die lange Beziehung, die Familie, das Haus, das sind doch alles Argumente, die genau von denen verwendet werden, die ein Chaos anrichten und danach verschwinden. Wir leben ja nicht in der Steinzeit, wo jeder mit jeder … hintereinander oder parallel, Hauptsache viele Kinder und die Gene gut fortgepflanzt! Ich bitte dich!«

»Liebes, du hast aber antiquierte Vorstellungen! Da hat sich doch in den letzten zehntausend Jahren nicht viel geändert. Schau dir doch die Männer von heute an. Allesamt Höhlenmenschen! Als junges Mädchen bist du für sie Inspiration und Muse, nach ein paar Ehejahren degradieren sie dich zu einer Gebärmutter auf zwei Beinen und ab fünfzig, wenn du alt und fett bist, widmen sie sich irgendwelchen jungen Dingern und lassen dich fallen wie eine heiße Kartoffel. Die brauchen Frischfleisch. Mach doch die Augen auf, Kleines, die Zeitungen sind voll davon. Schau dir den Wolfgang Ambros oder den Niki Lauda an! Übrigens hat der Fritz Wepper auch noch mit über sechzig ein Kind gekriegt … Höhlenmenschen, allesamt!«

»Stopp Lilly, hör auf! Die gehen mich nichts an. Ich will trotzdem die Scheidung. Einfach, um Klarheit und Ehrlichkeit zu schaffen. Außerdem will ich Wolfgang nicht länger in sein verlogenes Gesicht schauen.«

»Aber eine Scheidung ist immer auch ein finanzielles Desaster. Überlege einmal, du hast die letzten Jahre nur halbtags gearbeitet, weil du dich um die Jungs und um die Hausrenovierung gekümmert hast. Du kannst Wolfgang jetzt nur mehr um eine Unterhaltsleistung anbetteln! Ist das nicht unfair? Eine Sauerei, wenn du mich fragst. Ist doch jedes Mal das Gleiche, zuerst die große Liebe und das große Glück, dann kommen die Kinder und schlussendlich bumsen sie eine Jüngere. Warum die Leute immer gleich heiraten müssen? Nach ein paar Jahren ist sowieso alles vorbei und was bleibt nach einer Scheidung übrig? Ein leeres Konto und zehn Frustkilos mehr. Gott, bin ich froh, dass ich das alles hinter mir gelassen habe. Den Fehler mache ich nicht mehr! Fang dir doch auch was Nettes an. Ganz unverbindlich! Männer gibt's wie Sand am Meer.«

»Ganz unverbindlich? Genau das kann ich nicht. Ich kann Sex und Beziehung nicht trennen. Ich weiß, das klingt sehr altmodisch, aber ich habe so etwas noch nie gemacht!«

»Dann wird es aber Zeit, bevor du vermoderst! Schau Anna, es klingt zwar brutal, aber ab fünfzig tickt deine biologische Uhr schneller in Richtung Alter. Es ist wie eine Bombe. Irgendwann verfliegen Jugend, Schönheit und das *gewisse Etwas*, du wirst von einem Sahnehäubchen zu einem stinkenden Topfen. Alle haben wir ein Ablaufdatum!«

»Wie soll das funktionieren? Ich hetzte in der Früh in die Klinik, kümmere mich um Lukas und die anderen Jungs, koche, putze, gehe einkaufen und am Wochenende kommt dann die Familie auf Besuch. Ab und zu schleife ich meinen Körper in ein Fitnesscenter und abends falle ich todmüde ins Bett!«

»Weißt du was? Ich melde dich bei den *Liebes-g'schichten und Heiratssachen* im ORF an! Die Spira findet sicher den passenden Partner für dich! Wie findest du das?«

»Kommt doch überhaupt nicht infrage! Bist du wahnsinnig? Da sitze ich auf einem Sofa und erzähle ganz Österreich, was ich für ein Trottel bin. Habe drei Kinder, einen Hund und einen Mann, der mich betrogen hat. Zärtlichkeiten tausche ich nur mit meinem Kühlschrank aus, also bitte, bitte, liebe Männer, nehmt mich! Ich bin zwar fett und frustriert, dafür koche ich gut und halte gerne euer Händchen. Ich weiß, ich bin eine Kuh, aber ich stelle mich nicht wie bei einem Viehmarkt zur allgemeinen Fleischbeschau aus. Außerdem bekäme meine Mutter einen Herzinfarkt, wenn sie mich im Fernsehen sähe.«

»Na, da hättest du gleich zwei Fliegen mit einer Klappe erschlagen! Du magst deine Mutter sowieso nicht!«

Lilly prostete Anna mit ihrem Sektglas zu. »Komm schon, Anna, du warst doch früher auch nicht so fantasielos! Gib eine Annonce in die Zeitung oder melde dich auf einer dieser tausend Partnerbörsen im Internet an.«

»Nein, Lilly, ich brauche keinen Mann! Ich hatte die letzten Jahre eigentlich vor, meine Beziehung wieder in Schwung zu bringen. Wie dumm und einfältig von mir! Während ich abgenommen habe, um für Wolfgang wieder attraktiver zu werden, und ihn umschmeichelt habe wie ein kleines Hündchen, lag er mit einer anderen im Bett!«

»Dann mach es doch genauso wie er! Jetzt bist du noch einigermaßen hübsch und attraktiv, in ein paar Jahren schaust du aus wie eine alte Krähe, also lach dir auch jemanden an. Da gibt's auch Internetangebote nur für eine Nacht, sehr diskret! Kenne ich, ist eine super Sache!«

»Ich kann das nicht, dafür bin ich einfach zu feige und auch schon zu alt!«

»Was heißt hier zu alt? Du beleidigst mich jetzt aber! Ich bin genauso alt wie du! Frauen über fünfzig sind unwahrscheinlich sexy! Schau doch mich an!«, fuhr sie Anna trotzig an.

Lilly stellte sich demonstrativ vor den Spiegel und begutachtete ihren Körper, strich sich über die Brüste, die sie mit einem eng anliegenden Leibchen fast schon zu einladend betonte, und bügelte mit ihren Handflächen die Falten ihres Rockes glatt, um sich befriedigt über ihr reizvolles Aussehen wieder Annas Haaren zu widmen. War ihre Eitelkeit echt oder nur gespielt? Anna musste über ihre Freundin lächeln, der Prosecco begann offensichtlich zu wirken.

»Lilly, meine Zeit mit Männern ist endgültig vorbei.

Vor einer Woche zum Beispiel kam ich mit dem Auto in eine Verkehrskontrolle, verdammtes Planquadrat. Weißt ja, vorgespielter Stress, offene Bluse, nettes Gesicht … das zog bisher immer bei der Polizei, zumindest bei dem männlichen Teil.«

»Und?«, fragte Lilly interessiert und schaute sie erwartungsvoll an.

»Ich habe das erste Mal fürs Schnellfahren zahlen müssen. Fünfzig Euro. Da wusste ich, jetzt bist du wirklich alt!«

Lilly drehte weiter die Wickler in die Haare. »Und was sagen die Jungs dazu?«

»Die wissen von der Scheidung noch nichts!«

»Um Gottes willen, wann willst du es ihnen denn sagen?«

»Lilly, die werden es verstehen. Lukas hat jetzt die Matura geschafft und fängt im Herbst mit dem Zivildienst an. Und die beiden anderen leben doch ohnehin schon ihr eigenes Leben, haben ihr Studium und wirklich reizende Freundinnen. Worauf soll ich denn warten? Dass Wolfgang irgendwann wieder wie ein räudiger Kater heimkommt und wir so tun, als wäre nichts passiert? Ich will nicht mit siebzig als Omi dasitzen und hoffen, dass man mir die Enkelkinder vorbeibringt. Kochen, bügeln und ständig für andere da sein. Ich will mein Leben jetzt selbst in die Hand nehmen! Endlich einmal etwas für mich tun! Ich weiß nur noch nicht genau, wie!«

»Also, ehrlich Anna«, kicherte Lilly wieder verschmitzt, »ich kann mir das mit Wolfgang beim besten Willen nicht vorstellen. Der ist doch viel zu faul und einfallslos für eine Affäre. Der hat ja nur sein Auto und seinen verdammten Job im Kopf! Wolfgang ist doch gar nicht der Typ Mann, der fremdgeht. Außerdem müsste er dann wieder aktiver sein, die ist ja sicher um einiges jünger als er. Mit Blumen vor der Türe stehen, Essen gehen und und und … und dann erst im Bett? Igitt, ich will mir das gar nicht vorstellen!« Lilly trank ebenfalls einen großen Schluck aus ihrem Glas und verzog ihr Gesicht dabei so, als würde sie den grauenvollen Gedanken einfach hinunterspülen.

»Es ist aber so. Ich hab mich selbst belogen und mich in Sicherheit gewähnt. Mein Mann und mich betrügen? Nie und nimmer! So ein Pantscherl ist ja anstrengend. Eine einzige Hetzerei, Familie, Beruf, schnell zu Mittag essen, schnell die Freundin beglücken, schnell wieder ins Büro, schnell nach Hause, schnell ins Bett, schlafen und am nächsten Tag geht der Zirkus von vorne los. Er meint, er wüsste selbst nicht, wie das passieren konnte. Er sei von dieser Frau dazu gedrängt worden und dann hat er's eben gemacht. Er tat geradeso, als hätte sie ihn vergewaltigt.«

Anna atmete tief durch und hob ihr Prosecco-Glas: »Auf alle Ehebrecher! Mögen sie alle totunglücklich werden!« Die Kundinnen im Geschäft nickten den beiden verständnisvoll zu.

»Ganz meine Worte, sind alle gleich! Ich hab genügend schon bei mir im Bett gehabt. Und im Alter werden sie immer depperter, irgendwie kriegen die ab fünfzig nochmals einen Hormonschub und begehren alles, was nach einer Frau aussieht und auf zwei Beinen steht. Aber von Wolfgang hätte ich mir das trotzdem nie gedacht!«

»Ich auch nicht!«

»Wenn du mich fragst, ich konnte ihn ja nie wirklich leiden, überheblicher Bürokrat! Er hat doch nie zu dir gepasst. Der Berti schon! Aber du wolltest ja nicht auf mich hören, damals, als du jung warst. Mein Gott, waren das verrückte Zeiten, du hattest Leidenschaft und Hingabe und ein Funkeln in deinen Augen, ich habe dich darum sehr beneidet. Du bist aber immer blasser und blasser geworden mit der Zeit, als würde Wolfgang dir wie ein Vampir deine Energie aussaugen. Ihr habt bestimmt keinen Sex miteinander gehabt, denn Frauen, die guten Sex haben, schauen anders aus.«

»Du bist aber wirklich sehr einfühlsam, Lilly! Genau das wollte ich jetzt eigentlich nicht hören!«

Anna nahm die Prosecco-Flasche und goss sich ein weiteres Glas ein. »Nein, wir kamen uns schon seit Langem nicht mehr näher. Ich glaube, das letzte Mal war es vergangenes Jahr in unserem Türkeiurlaub. Es sollten unsere zweiten Flitterwochen werden, meinten damals unsere Freunde. War lieb gemeint, aber von Flitter war keine Spur. Wir lagen faul am Strand, aßen Unmengen und trieben es genau ein einziges Mal, schnell, schnell, damit uns keiner hören konnte. Ein Witz, gell? Seit damals leben wir wie Hänsel und Gretel nebeneinander, ich weiß schon gar nicht mehr, wie das geht!«

»Ach, meine Süße, Sex ist wie Radfahren, das verlernst du nie! Schwing dich nur endlich wieder auf einen Sattel. Bringt dich garantiert wieder ins Gleichgewicht, glaube mir!«

Anna trank noch einen großen Schluck und fühlte sich das erste Mal entspannt. »Ich mach dich für heute wieder schön, meine Liebe! Zumindest äußerlich, den Rest musst du selbst besorgen. Die große Coco Chanel hat einmal gesagt: ›In der Lebensmitte muss sich jede Frau entscheiden, tut sie was fürs G'sicht oder was für den Arsch.‹«

Anna kniff die Augenbrauen zusammen.

»Gut, so direkt hat sie es nicht gesagt, aber wenn sie Wienerin gewesen wäre, hätte sie es so gesagt. Schau mich an, ich hab mich fürs Gesicht entschieden. Mein Hintern ist mir wurscht und die Fettpölsterchen auch. Natürlich gaffen Männer jungen superdünnen Dingern auf der Straße hinterher, wollen aber dann doch etwas Üppiges im Bett. Im Leben zählen immer die richtigen Proportionen.«

Lilly stemmte ihre Hände in die Hüften und begann geschmeidig mit ihrem Hintern zu wackeln an. Anna spürte, wie gut ihr diese kleinen Ablenkungen taten. Lillys offene Art und der Prosecco gaben Anna wieder ein wenig Hoffnung.

Nach der kurzen Einführung in die Wahrnehmungswelt von Männern sprang Lilly zum nächsten Thema: »Wann ist euer Scheidungstermin?«

Das Angenehme an Lilly war ihre profunde Lebenserfahrung, vor allem, was Männer betraf. Sie war herrlich unbeschwert und frei. Man musste ihr nicht viel erklären, sie wusste durch ihre drei Scheidungen und die unzähligen Beziehungen ohnedies Bescheid.

»Ich weiß noch keinen genauen Termin. Auf alle Fälle habe ich mit Wolfgang darüber gesprochen, wir haben die vergangenen Tage einen provisorischen Scheidungsvergleich ausgehandelt, der bereits bei meinem Anwalt liegt. Ich will es nur schnell erledigt haben. Wolfgang sieht das übrigens anders, wenn es nach ihm geht, würde er sich gar nicht scheiden lassen und einfach so weiterleben wie bisher. Ich kann das aber nicht, Lilly!«

»Na, dann wirst du in den nächsten Wochen und Monaten einiges zu tun haben. Hör nur bitte endlich auf dich zu kränken. Wenn du mich fragst, brauchst du wieder einen kleinen Schubs hinaus ins Leben, koste es einfach aus! Da hätte ich übrigens eine wunderbare Adresse für Frauen, die interessiert sind an einer …«

Anna fiel ihr ins Wort: »Nein, so weit bin ich noch nicht. Ich brauche Zeit!«

»Ich meine ja nur, so etwas kann sehr entspannend sein, außerdem bringt es deine Hormone wieder ins Gleichgewicht! Sex hebt den Serotoninspiegel, habe ich erst kürzlich in einer Zeitschrift gelesen, macht dich glücklicher und glaube mir, die Falten im Gesicht glätten sich automatisch!«

»Du tust ja geradeso, als würde Sex *die* Wunderwaffe gegen kaputte Beziehungen sein!«

»Zumindest lenkt er ab! Schau mich an, ich sehe danach gleich um zehn Jahre jünger aus!«

Anna betrachtete sich im Spiegel. Sie kam sich wie sechzig vor.

Lilly hatte angefangen, Annas verspannten Nacken zu massieren.

»Ach, tut das gut! Lilly, du tust mir so gut.«

»Ich weiß! Wenn wir beide alt und hässlich sind, ziehen wir miteinander in eine Alten-WG und verwöhnen uns. Wir werden unsere ersten Joints rauchen, saufen, was das Zeug hält, und feiern jedes Kilo, das wir mehr auf der Waage kriegen. Wir wären mollig, aber glücklich!«

Anna nickte, schloss die Augen und genoss die sanften Hände, die sich einfühlsam in die harte Muskulatur vortasteten.

»Lilly, das Schlimme ist, er will diese Frau zu unserem Scheidungstermin mitnehmen!«

»Um Gottes willen, warum denn?«

»Wolfgang hat mich am Telefon angebettelt, wenn es so weit sei, müsse Miriam dabei sein, so heißt diese Frau. Er könne beim besten Willen nicht alleine vor den Richter.«

»Das glaube ich dir, ich würde mich auch dafür genieren. Verlässt seine Frau und seine Familie wegen einer anderen, so ein Arschloch!«

»Er meint, er könne eine derart lange Beziehung nicht so einfach überwinden, Miriam würde ihn psychisch unterstützen.«

»Bei der Hochzeit hat er dein Händchen gebraucht und bei der Scheidung braucht er das einer anderen. So viel Feigheit ist schon schlimm! Gut, dann soll sie doch mitkommen. Wenn du den Termin hast, werde ich dich begleiten.«

Das dumpfe Gebläse der Trockenhaube übertönte Lillys Stimme, sie wurde lauter.

»Anna, zur Verhandlung gehst du nicht alleine hin, außerdem kaufst du einen riesigen Blumenstrauß für diese Frau, den drückst du ihr dann vor dem Richter in die Hand und sagst ihr ganz stolz ins Gesicht: ›Ich danke Ihnen, dass Sie mich von einer großen Last befreit haben, von nun an haben Sie die Zecke am Hals!‹«

Anna krümmte sich bei diesen Worten vor Lachen und die Damen unter den Trockenhauben, die Lillys Scherze nicht überhören konnten, zollten den beiden Applaus.

»Siehst du, jetzt kannst du schon wieder lachen! Macht dich gleich um zehn Jahre jünger! Und das sogar ohne Sex!«

Anna sah in den Spiegel. Lilly hatte recht.

Die Versuchung

Beim Heimgehen fühlte sich Anna sichtlich entspannter, das lag an den Gläsern Prosecco und an dem humorvollen Gespräch mit Lilly. Sie dachte an Coco Chanel und musste schmunzeln. Ihre Haarpracht war betörend. Lilly hatte an ihr ein kleines Wunder vollbracht. Die blonden Haare fielen in großen üppigen Locken auf ihre Schultern und bedeckten ihr weiches, einladendes Dekolleté. Anna war immer noch schön und sie fühlte sich auch so.

Ihre Gedanken schweiften trotzdem sorgenvoll zu ihrer Familie, zur bevorstehenden Scheidung, den enervierenden Auseinandersetzungen, den lästigen Streitereien wegen der Unterhaltszahlungen, an den Kredit, den sie aufnehmen müsste, um Wolfgang aus dem Haus zu zahlen. An all die Scheußlichkeiten, die er ihr hinterlassen hatte und die sie wieder in Ordnung bringen musste.

Große Beklemmung empfand sie bei dem Gedanken an ihre Mutter. Sie würde Anna mit Vorwürfen überschütten.

Eine Trennung und die Aufteilung des gemeinsamen Vermögens bedeuteten für die betagte Dame einen Schock und kämen in einer gutbürgerlichen Familie nicht infrage. Ihrer Mutter ging es dabei nicht um Anna, Mutter ging es ums Geld. Immer war es ihr nur ums Geld und um den guten Ruf der Familie gegangen.

Das, was sich ihre Familie nach dem Krieg mühsam wiederaufgebaut hatte, sollte nicht durch eine banale Scheidung verloren gehen, zumindest nicht das zweistöckige Biedermeierhaus mit kleinem Garten, das Anna und Wolfgang von ihren Großeltern geerbt hatten. Durch die finanzielle Unterstützung bei der Sanierung des desolaten Hauses hatte sich die Mutter nicht nur die bedingungslose Liebe, sondern auch die bedingungslose Einflussnahme in ihre Familie erkauft. Anna war überzeugt, dass Mutter ihr die Schuld an der gescheiterten Beziehung geben würde. Ehemänner würden nicht einfach betrügen, so ihre Ansicht, sie mussten dazu gebracht werden. Bei einer Trennung seien eben beide Teile gleichermaßen schuld. Die Schuldfrage passte perfekt wie ein Puzzlestein in ihr katholisches Denkmuster.

So wie der Krieg, den sie selbst nur als Kind erlebt hatte und von dem sie gerne und ausführlich erzählte, würde auch ein Eheproblem vorübergehen. Sie solle darüber kein Wort verlieren und es einfach aussitzen.

Das hatte die Mutter von Großmutter und Anna von ihrer Mutter gelernt – Probleme auszuschweigen und auszusitzen. Offensichtlich hatte die Strategie bisher immer funktioniert. Die Männer starben früh in ihrer Familie, die Frauen gewannen immer.

Anna dachte an Tante Gerda, die Schwester ihrer Mutter, Ärztin und ständig ob des guten Rufes ihres Mannes besorgt. Er war homosexuell und ein Spieler. Dass Kurt ihre Ehe dazu benutzte, um von seinen Neigungen abzulenken, störte Gerda nicht weiter. Sie hatte nur Angst, die Reputation ihrer Arztpraxis könnte unter Kurts extravagantem Liebesleben leiden.

Es gab ja schließlich immer noch genügend Nazis, die den Krieg überlebt und ihre kranken Gedanken nicht mit ihren Uniformen abgestreift hatten, sie hätten es Tante Gerda sicher nicht einfach gemacht. Sie schwieg und unterstützte seine Sucht, indem sie ihrem Mann das Geld zum Spielen gab. Kurt reiste von Kurhotel zu Kurhotel und starb irgendwann in den 1980ern erbärmlich und alleine in einem Hotelzimmer an einer Überdosis Schlaftabletten.

Und Erna, die Schwester ihres Vaters? Wie eine Spinne hatte sie die Fäden ihres Netzes immer enger um Onkel Hermann geschlungen. Sie pflegte ihren kränkelnden Ehemann zu Tode und überlebte ihn fünfzehn herrliche Jahre, wie sie stets betonte.

Als *Siegerinnen* liefen scheinbar immer die Frauen in die Zielgerade ein, zumindest in ihrer Familie. So war es und so sollte es auch bleiben. Ihre Mutter würde eine Trennung nie akzeptieren. Doch es war ihr egal. Sie würde sicher nicht so werden wie ihre Mutter oder Tante Gerda oder Erna. Kein Schweigen und kein Aussitzen.

Anna wollte sich auch nicht um die Psychohygiene eines Mannes kümmern, der sie betrogen hatte. In ein paar Monaten würde sie erhobenen Hauptes vor dem Richter stehen, mit einem Blumenstrauß in der Hand, und diesen verächtlich der Freundin ihres Mannes schenken.

Während sie tief in sich versunken die Hauptstraße in Richtung Pfarrplatz schlenderte, drehte sich alles in ihrem Kopf. Wie sollte sie das alles schaffen? Angstvoll blickte sie in eine Zukunft, die neu und unbestimmt war. Laut Vereinbarung sollte Wolfgang spätestens am Monatsende mit seinen Sachen ausgezogen sein. Den Fremdwährungskredit musste Anna übernehmen und Wolfgang seine Haushälfte ablösen. Dafür würde sie wohl oder übel ihren Smaragdring verkaufen müssen, den sie von ihrer Großmutter zur Hochzeit geschenkt bekommen hatte. Sie wollte ihn sowieso nicht tragen, zu viel Aussitzen und zu viele Tode hatte er erlebt. Auf das Auto konnte Anna auch verzichten. Spätestens in zwei Jahren würde Philipp mit seinem Studium fertig sein, dann könnte sie sein Zimmer an einen Studenten vermieten.

Anna hatte sich ihre Zukunft ganz anders ausgemalt. Es hätten so angenehme Zeiten werden können. Die Kinder erwachsen und außer Haus, sie wäre weiter arbeiten gegangen und hätte sich einen kleinen Therapieraum für ihre Privatpatienten eingerichtet. Endlich Zeit für sich und den Partner. Ja und irgendwann wären sie zu zweit auf einer kleinen Parkbank gesessen und hätten ihren Enkelkindern beim Spielen zugesehen. Anna schüttelte den Kopf, diesen Gedanken konnte sie, musste sie vergessen. Nichts war mehr wie früher, sie musste mit ihren zweiundfünfzig Jahren wieder von vorne anfangen.

Anna blieb stehen und kramte nach einem Taschentuch, um sich eine Träne wegzuwischen, und suchte nach einem kleinen Handspiegel, um ihr Make-up zu kontrollieren.

»Sie wollen?«, riss eine Stimme sie aus ihren Gedanken.

»Wer? Ich?« Anna hob irritiert den Kopf und starrte in zwei fragende Augen. Sie stand vor einer Kebabbude, aus der sie ein freundlicher Herr anlächelte.

Sie war wie gewohnt durch das schmale Gässchen zum Pfarrplatz gegangen, eine Abkürzung, um schneller nach Hause zu kommen. Der kleine Imbissladen war ihr bisher nicht aufgefallen. Das lag wohl daran, dass Anna ständig auf Diät war und sich keiner Versuchung aussetzen wollte. Es hatte bisher ja immer gut funktioniert. Das, was sie nicht sehen wollte, existierte nicht. Nicht die Liebschaft ihres Mannes und auch nicht der Kebabstand.

Aber er existierte und es duftete herrlich!

»Einmal Kebab mit alles?«, fragte der freundlich nickende Türke.

»Aber ja, warum denn nicht?«

»Huhn oder Lamm?«

»Lamm, bitte!«

Anna stand erwartungsvoll vor den Glasscheiben und beobachtete mit knurrendem Magen die Zubereitung des kalorienreichen Snacks. Essen befriedigte immer und war auch besser als Sex, immerhin konnte sie davon länger zehren.

Der Verkäufer schnitt in schnellen Messerzügen das saftige Lammfleisch vom Grill und steckte es mit einer Gabel in die Weißbrothälften. Danach legte er Salat, Zwiebelringe und geschnittene Tomaten darauf und übergoss die herrlich duftenden Zutaten mit einer Joghurtsauce. Anna lief das Wasser im Mund zusammen.

»Bisschen scharf oder sehr scharf?«, fragte der Verkäufer wieder.

»Bitte sehr scharf!«

»Aber sehr scharf ist wirklich sehr scharf!«

»Macht nichts, ich liebe dieses rote Gewürz!«

Schon hatte der Verkäufer eine Dose zur Hand und bestreute großzügig die türkische Köstlichkeit mit dem Gewürz. Dann reichte er ihr das Kebab. Anna nahm es und biss gierig hinein. Es war herrlich und unglaublich scharf, genauso wie sie es liebte.

Sofort war sie vom Geschmack des Brötchens zurückversetzt in eine launige Urlaubsstimmung. Sie dachte an die türkische Abendsonne, ans rauschende Meer, an guten Rotwein und an Wolfgang, der im Urlaub ständig etwas zu bemängeln hatte. Die Jungs sollten keine Eiswürfel essen, es seien Bakterien drinnen, die Luftkissenfahrten am Meer zu teuer und überhaupt, ein Sonnenbad höchst krebserregend. Sie ignorierte seine Sticheleien und fand es höchst amüsant, wenn er allabendlich fluchend auf der Toilette saß, weil er beim Zähneputzen das Leitungswasser getrunken hatte.

»Türkisch?«, fragte der Verkäufer grinsend.

»Ich?«, fragte Anna zurück.

»Nur Frauen aus der Türkei können so scharf essen!«

»Nein guter Mann, ich bin durch und durch Österreicherin, schauen Sie mich doch an! Ich habe blonde Haare, da ist nichts Türkisches an mir!«

»Ach, die Haare sind gefärbt, oder?«

»Nein, die echt! Leider nix Türkisch, auch hier die Frauen scharf!« Sie musste über sich selbst schmunzeln, dabei tropfte das Joghurt aus der Tüte.

»Aber türkische Frauen nix patzen beim Essen!«, spöttelte der Verkäufer. »Übrigens können Sie mit mir in ganzen deutschen Sätzen reden, meine Familie lebt schon seit zwei Generationen hier in Wien.«

Anna stutzte. »Sie haben mich doch selbst gerade gefragt *Einmal Kebab mit alles?* Also, das ist kein grammatikalisch richtiger Satz. *Einmal Kebab mit* … verlangt den dritten Fall, also ein *M*. Richtig würde es heißen: *Einmal Kebab mit allem*? Das, was Sie reden, ist türkisches Deutsch oder deutsches Türkisch, wie Sie wollen.«

»Das ist meine Art von Marketing und klingt authentischer. Es schmeckt den Leuten besser, wenn es von einem echten Türken kommt! Und echte Türken sprechen *nix gut deutsch*. Meine Verkaufsstrategie wirkt aber, wie man bei Ihnen ja gerade sieht, oder?«

Anna erschrak und wischte sich den Joghurtfleck von der Bluse, beide mussten herzlich lachen. Sie bedankte sich und ging.

Erst zu Hause wurde ihr bewusst, dass sie die Zeche geprellt hatte. Mein Gott, was wohl der türkische Verkäufer von ihr halten musste? Er hatte sicher gesehen, dass sie schon leicht beschwipst und deswegen abgehauen war. Wie peinlich.

Sie würde in den nächsten Tagen ihre Schulden bezahlen, danach war *die Sache gegessen*.

Die Erkenntnis

Anna hatte eine To-do-Liste erstellt. Darauf schrieb sie alle wichtigen Dinge, die sie bis zu ihrer Scheidung noch zu erledigen hatte.

Zuerst wollte sie die Kästen in ihrem Schlafzimmer von Wolfgangs Hemden, Krawatten und Anzügen befreien, bis Monatsende sollte er ausgezogen sein.

Mit den Socken fing sie an. Mit Lust griff sie nach ihren *kleinen Feinden* und schöpfte sie wie Kieselsteine in einen Mistsack. Genau da gehörten sie hin, seine Baumwollsocken und seine Neurosen.

Anfänglich hatte sie ihren Mann bewundert und es sehr aufmerksam empfunden, als er jedes Paar, das sie gewaschen in seine Lade gelegt hatte, wieder öffnete, um diese nach seiner Ordnung zu schlichten. Im Lauf der Jahre aber wuchs sich Wolfgangs Tick zur Neurose aus, seine Socken waren ihm heilig, sonst nichts. Anna hasste es, denn an dieser kleinlichen Ordnung offenbarte sich ihre ausgetrocknete und lieblose Beziehung.

Lilly hatte sich stets darüber lustig gemacht, wenn Anna ihr davon erzählte.

»Ja, ja! Ist die Liebe jung und frisch, frisst du deinen Partner mit Haut und Haaren, inklusive seiner idiotischen Gewohnheiten! Nach ein paar Jahren verraucht die Liebe aber wie gutes Parfum. Was bleibt, ist dann nur noch der unangenehme Geruch eines Menschen, mit dem dich nichts mehr verbindet, in deinem Fall die scheiß Socken!«, meinte sie dann selbstsicher und erklärte damit ihre ständig wechselnden Liebhaber.

Mit großer Genugtuung warf Anna Unterleibchen, Krawatten und die Hemden samt Kleiderbügel, all ihre Gedanken und Erinnerungen an diese Ehe in große Bananenschachteln. »Was tust du da?«

Sie erschrak, Wolfgang stand neben ihr im Schlafzimmer.

»Ich räume deine Kästen, wie du siehst!«, antwortete sie schroff. »Oder hast du geglaubt, du könntest bis zum Scheidungstermin neben mir schlafen?«

»Schatzi, immerhin ist das auch noch mein Haus, oder?«

Anna zuckte zusammen, da war es schon wieder, dieses Wort, das sie so verabscheute.

»Hör mir mit dem *Schatzi* auf! Bis zum Monatsende bist du ausgezogen, egal wie lange das mit der Scheidung noch braucht. Ich will dich und deine Wäsche hier nicht mehr sehen!«

Anna öffnete den Spiegelschrank, bückte sich und kramte nach den Uhren und den Manschettenknöpfen, die sie in die Kartonschachteln werfen wollte.

Plötzlich spürte sie Wolfgangs Hände, die sich vorsichtig und doch unverfroren um Ihre Taille schlangen. Er zog sie an sich und wollte sie umarmen. Blitzartig drehte sich Anna um und drückte ihn wütend von sich.

»Bist du von Sinnen? Was denkst du denn, was ich bin? Dein niedlicher Besitz?«

»Du bist immer noch meine Frau, zumindest bis zur Scheidung. Schade, ist schon lange her, dass du so kratzbürstig warst. Ich liebte das früher an dir!«

»Es ist vorbei, dein Interesse kommt zu spät, mein Lieber! Was würde denn deine Freundin zu dem kleinen aufregenden Flirt mit deiner Ex-Frau sagen? Mach dich bitte nicht lächerlich und verschwinde, aber schnell!«

Beleidigt ließ er von ihr ab. »Aber eines sage ich dir, den Scheidungsvergleich wirst du mit einem derart ruppigen Verhalten nicht so schnell von mir bekommen. Ich erwarte mir schon noch ein wenig Kooperation von dir!«

Anna stieß ihn mit den Worten »Aber nicht so! Du bist wirklich widerlich!« von sich.

Beim Gehen hatte Wolfgang ihr die Telefonnummer von Miriam mit der Bitte gegeben, Anna möge seine Freundin anrufen, damit diese die Sachen aus seinem Haus holen konnte. Im Moment hätte er beruflich wirklich viel zu tun, er müsse nun das Doppelte arbeiten, um sich eine Trennung leisten zu können. Außerdem könne er den Jungs nicht unter die Augen treten. Er wolle ihnen die Scheidung, Miriam und sein neues Leben in Ruhe und in entspannter Atmosphäre erklären. Anna hatte die Telefonnummer an sich genommen und den Zettel vor Wolfgang in Tausende Einzelteile zerrissen.

»Du bist unverbesserlich!«, meinte dieser kopfschüttelnd.

»Und du ein herzloses, sadistisches Arschloch!«, brüllte sie mit hochrotem Gesicht Wolfgang nach, als dieser bereits wütend die Haustüre ins Schloss geworfen hatte.

Lukas kam vorsichtig die Treppen herab, er hatte die Auseinandersetzung nicht überhören können.

»Mama, hör bitte auf, traurig zu sein! Es wird schon alles wieder gut werden, vertraue mir!«

Lukas tat das einzig Richtige, er nahm Anna fest in die Arme und drückte sie an sich. Sie ließ ihren Tränen freien Lauf und schluchzte ihrem Kind in den Nacken, dass ihr alles so leid täte, dass sie die Jungs eigentlich damit verschonen wollte, dass sie diesen Schritt nun einfach tun müsse. Lukas sagte kein Wort, doch Anna spürte, er hatte sie verstanden.

Erst das Klingeln ihres Handys löste die zärtliche Umarmung, es war Dr. Raffke.

Raffke war ein Wiener Promianwalt, der sich auf delikate Scheidungsangelegenheiten spezialisiert hatte, daneben war er berühmt-berüchtigt für seine Zivilprozesse und *Meister des Strafrechts*, wie er sich selbst gerne bezeichnete. Er vertrat Banken und Versicherungen, Betrüger, alles, was ein Juristenherz höher schlagen ließ und Geld versprach.

Berühmt-berüchtigt waren aber auch seine Honorare, die er mit einer protzigen Villa selbstsicher zur Schau stellte. Eigentlich konnte sich Anna eine derartige Koryphäe nicht leisten, neben ihrem Smaragdring müsste sie wahrscheinlich auch die doppelreihige Perlenkette, die sie zum Hochzeitstag von Wolfgang bekommen hatte, in einem Pfandhaus versetzen lassen. Aber Raffke schien sein Geld wert zu sein, alleine der Name seiner Kanzlei löste bei der gegnerischen Partei Angst und Bewunderung aus. Sie brauchte jemanden, der mit allen Wassern gewaschen war und ihr seriösen Rechtsbeistand in einer wirklich schwierigen Situation garantierte.

Anna wischte sich die Tränen weg und hob den Hörer ab.

»Hier Anwaltskanzlei Raffke. Der Herr Doktor möchte mit Ihnen über Ihre Scheidungscausa sprechen, hat aber gerade einen anderen wichtigen Termin hereinbekommen. Bitte bleiben Sie kurz in der Leitung, der Herr Doktor wird sich sofort bei Ihnen melden!«

Ein kleiner Klick und schon hörte Anna die *Kleine Nachtmusik* von Mozart. Sie schickte Lukas beim Weggehen noch ein Kussmünchen als kleines Dankeschön hinterher und richtete sich die Bluse, als stünde sie in Kürze selbst vor ihrem Anwalt.

Die *Nachtmusik* plätscherte weiter. Sie nutzte die Zeit und holte aus ihrem Schreibtisch den Scheidungsvergleich, den Sie vor ein paar Wochen mit ihrem Mann ausgehandelt und Raffke zur Begutachtung geschickt hatte.

Leicht würde es sicher nicht werden, davon war Anna überzeugt. Weniger die Unterhaltsleistungen für ihre drei Kinder als der Streit ums Geld, um das Haus, das sie gemeinsam renoviert hatten, und die Wohnungseinrichtung machten ihr Sorgen. Dafür würde ihr Mann sicher kämpfen, ihm saß ja jetzt die Neue im Nacken.

»Raffke!« Eine schneidige Stimme stach ihr ins Ohr und beendete mit einem Schlag die angenehme Musik von Mozart.

»Grüß Gott, lieber Herr Doktor Raffke! Danke, dass Sie mich anrufen!«

»Machen wir's kurz, *time is money*! Ihren genauen Scheidungstermin werde ich in Kürze erfahren. Ich habe bei Gericht interveniert, ich kenne da ein paar verlässliche Leute, das geht dann schneller. Ein paar Monate wird die Sache aber schon dauern. Der Richter ist zufällig ein alter Bekannter von mir, ist ein wenig schrullig, das kann aber in Ihrem Fall sicher von Vorteil sein. Unterhaltspflichtige Kinder und Mutter, eheliches Fehlverhalten, weil Verhältnis mit einer anderen Frau! Glauben Sie mir, das wird ein leichtes Spiel, garantiert!«

»Herr Doktor Raffke, darf ich ganz ehrlich zu Ihnen sein? Allein der Gedanke an das Verhältnis meines Mannes bringt mich um! Die Tatsache, dass er mich seit vier Jahren hintergangen hat, ist für mich schwer zu verkraften, trotzdem will ich diese andere Frau nicht vor Gericht erwähnen. Ich strebe eine einvernehmliche Lösung an, ich will auf keinen Fall, dass es auf eine strittige Scheidung hinausläuft. Kein Aufrechnen, kein Gegenrechnen, keine primitiven Streitereien ums Geld. Ich habe dazu einfach keine Kraft, verstehen Sie? Mein Mann und ich, wir haben uns schon seit Jahren nicht mehr viel zu sagen gehabt, das kommt einer Zerrüttung ja irgendwie gleich. Von mir aus verzichte ich auf meine mir gesetzlich zustehenden Ansprüche, ich will nur meine Ruhe!«

Raffke wurde direkter. »Gnädige Frau! Ihre Loyalität und Selbstlosigkeit in allen Ehren, bei Gericht zählen aber nur die Fakten! Er hat Sie doch wegen einer anderen Frau verlassen. Das ist nach dem Ehegesetz ein absoluter Scheidungsgrund. Wenn wir jetzt gut planen und gut verhandeln, Konflikte dabei miteingerechnet, dann können Sie nicht nur für Ihre Kinder, sondern auch für sich selbst einen Unterhaltsanspruch inklusive späterer Pension stellen. Und der ist bei dem Verdienst Ihres Mannes, wie ich bereits recherchiert habe, ziemlich hoch. Denken Sie an Ihre Zukunft!«

Genau davor graute Anna am meisten. Aber nicht aus finanziellen Gründen, sondern vor der großen unsichtbaren Nebelwand, in der ihre Gefühle orientierungslos herumirrten.

»Glauben Sie mir, mein Mann wird sich nie und nimmer auf einen Konflikt einlassen. Ich kenne ihn nur allzu gut. Er will alles beim Alten belassen, so wie bisher, nur mit Freundin. Außerdem ist er auf seinen einwandfreien Ruf im Ministerium bedacht. Da passt eine laute und strittige Scheidung nicht ins Bild eines Sektionschefs und mir selbst ist es auch unangenehm. Für seine Kinder wird er zahlen, die zwei größeren studieren bereits und der Jüngste hat diese Woche maturiert, er will ebenfalls an die Uni. Ich persönlich brauche sein Geld nicht!«

Der Anwalt ließ Annas Argumente nicht gelten, er bohrte weiter: »Das muss auf eine strittige Sache hinauslaufen, gnädige Frau, wenn nicht jetzt, dann in ein paar Jahren. Das geht automatisch! Dauert vielleicht ein wenig länger, aber Sie haben danach das Geld, das Sie sich verdient haben! Aber warten Sie einen kleinen Moment, da ist ein anderer Klient in der Leitung, ich bin gleich wieder für Sie da!«

Klick und Mozart war in der Leitung.

Anna war verzweifelt. Mit den juristischen Raffinessen einer Scheidung hatte sie sich nie auseinandergesetzt, sie hatte keine Ahnung. Unkomplizierte Scheidung nach ein paar Jahren, wenn der Partner in böswilliger Absicht das Haus verlassen hatte? Nie und nimmer. Für eine finanzielle Absicherung hätte sie wieder warten und schweigen müssen. Anna hatte andere Pläne, sie wollte nicht so werden wie ihre Mutter oder ihre Tanten. Die Trennung sollte schnell und schmerzlos über die Bühne gehen.

Lorenz und Philipp standen im Flur. »Hi Ma!«

Sie hatten das Gespräch mitgehört.

»Ach meine Lieben, ihr seid schon da?«, fragte Anna verlegen, sie hatte gänzlich die Zeit vergessen.

»Eine ganze Weile schon, Mama!«

»Es tut mir so leid!«, jammerte sie ihre Söhne an. »Ich wollte nicht, dass ihr es so erfährt!«

Philipp umarmte sie. »Mama, wir wissen es schon seit einiger Zeit!«

»Ihr wisst, dass Papa eine Freundin hat?«

»Ja, das war ja offensichtlich! Du hast seit Wochen nicht mehr gelacht, grübelst vor dich hin und hörst

Richard Wagner beim Kochen, was man übrigens beim Essen schmecken kann. Wagner ist zu üppig und zu salzig. Das war ja nicht mehr auszuhalten! Papa war beim Abendessen zwar körperlich da, aber geistig ganz woanders, ich kenne mich da aus! Aber kränk dich nicht! Mama, das ist in eurem Alter ganz normal. Die Eltern von meinem Freund Georg haben sich erst vergangene Woche scheiden lassen«, versuchte sie Philipp zu trösten.

»Und die von Bettina vor einem Jahr, und die waren wesentlich jünger als ihr«, meinte Lorenz verständnisvoll.

»Kinder! Muss ich blöd gewesen sein, ich habe nämlich nichts gemerkt!«

Anna hielt immer noch das Handy mit der *Nachtmusik* in der rechten Hand und wartete auf ihren Anwalt. »Jungs, ich muss jetzt noch ein wichtiges Telefonat erledigen und dann gehen wir alle miteinander essen, wir haben etwas Großes zu feiern! Lukas hat die Matura geschafft! Das ist ein Wahnsinn! Wisst ihr, was das für mich bedeutet? Nie wieder in Sprechstunden gehen, nie wieder mit dem dämlichen Direktor diskutieren und nie wieder zum Matheprofessor einschleimen gehen! Das ist fantastisch!« Die Burschen lachten und Anna war sichtlich erleichtert, weil sie ihr Geheimnis endlich hatte aussprechen können.

»Raffke hier!«, schrie der Anwalt ungeduldig in den Hörer.

»Oh, entschuldigen Sie, ich habe kurz mit meinen Söhnen geredet!«

»Schauen Sie, mir ist das ja egal, bei Ihnen läuft der Taxameter!« Raffke kam sich bei dem geschmacklosen Witz lustig vor.

»Apropos, lieber Herr Doktor, ich muss noch eine ungefähre Kostenangabe haben, was verrechnen Sie für Ihre Stunden eigentlich?«

»Weil Sie es sind, 340 Euro!«

»340 Euro für eine Stunde? Das ist ja eine …«

»… eine Okkasion, gnädige Frau! Ja, was glauben Sie denn? Gute Arbeit hat ihren Preis! Und bei Ihnen mache ich ohnehin einen Sonderpreis, immerhin bin ich mit Ihrer gnädigen Frau Mutter schon sehr lange freundschaftlich verbunden, normalerweise verrechne ich 480 Euro!«

Anna blieb der Mund offen, verdammt, der musste wirklich gut sein! Dr. Raffke hatte Annas kurzes, geschocktes Schweigen als Bewunderung gedeutet. »Ja, ich bin gut! Ich bin der Beste!«, meinte er selbstsicher.

»Bisher sind einige Arbeitsstunden angefallen, dann kommen Telefonate dazu für diverse Recherchen und die Arbeit von zwei Rechtskonzipienten aus meiner Kanzlei. Da mache ich aber bei Ihnen eine Ausnahme und verrechne nur die tatsächlich geleisteten Stunden und keinen Verwaltungsaufwand.«

»Wie nett von Ihnen, ich werde Sie mir aber trotzdem nicht leisten können, das wird ja in die Tausende gehen.«

»Papperlapapp, so schlimm wird's nicht werden. Außerdem haben Sie den besten Anwalt der Stadt an Ihrer Seite. Ihr Göttergatte wird die Hosen runterlassen, Sie werden schon sehen. Das heißt für Sie optimale Versorgung und im Alter eine Pension. Ich sende Ihnen meinen neuen Entwurf, Sie können Allfälliges noch mit Ihrem Mann besprechen. Küss die Hand!«

Noch bevor Anna etwas sagen konnte, war die freundliche Assistentin wieder in der Leitung und gab die Mailadresse der Kanzlei durch. »Senden Sie uns den überarbeiteten Vergleich bitte, aber digital, dann lege ich für Sie einen Akt an.«

Anna fühlte sich überfahren, der Anwalt zog nicht nur der gegnerischen Partei die Hosen aus, sondern auch seinen Klienten. Angst kroch in ihr hoch, wie konnte sie diesen Advokaten bezahlen? Auch wenn sie den Prozess gewinnen sollte, das Vermögen würde sofort wieder in den Rachen dieses Anwaltes rinnen.

Eines war sicher, sie musste diesen Raffke wieder loswerden.

Die Türklingel läutete, Lilly stand vor der Türe.

»Liebes, du schaust gleich um Klassen besser aus mit deiner neuen Frisur! Komm, lass uns feiern, die Frisur und deine neue Freiheit, gehen wir zum Italiener und betrinken uns?«

Anna lächelte, ja betrinken wäre jetzt ganz angenehm gewesen, aber sie hatte die Jungs zu Hause.

»Lilly, die Kinder sind da. Das mit dem Italiener ist eine gute Idee, ich bin aber zu müde dazu. Außerdem werden wir in Zukunft unsere Lebensgewohnheiten ändern, wir werden sparen müssen. Ich dachte, wir gehen nur etwas trinken, weil wir Lukas' Matura feiern wollen.«

»Habt ihr denn schon etwas gegessen? Ich kenne da etwas Neues. Am Pfarrplatz hat vor ein paar Wochen ein Türke eine neue Kebabbude aufgemacht. Superbillig und köstlich!«

In drei Minuten waren alle startklar. Anna musste nur in Richtung der Zimmer *Essen* brüllen und die Burschen stoben wie junge Hunde die Treppe herunter. Sie nahmen Lilly und Anna in ihre Mitte und schon ging's die Gasse hinunter zum Pfarrplatz, dem herrlichen Geruch gegrillten Fleisches entgegen.

Es dämmerte bereits und die kleine illustre Gruppe ließ sich an einem der kleinen Plastiktische nieder, die vor dem Verkaufsstand unter knallig roten Coca-Cola-Schirmen aufgestellt waren. Aus einem Lautsprecher ertönte türkische Popmusik, dazu gab es Bier, herrlich fettige Pommes und saftiges Kebab.

Obwohl Anna den Kopf voller Sorgen hatte, war sie an diesem warmen Juniabend gelöst und heiter. Dass Lukas seine letzte Prüfung im Gymnasium bestanden hatte, machte sie unglaublich stolz. Sie prosteten sich lautstark zu und wünschten sich Glück auf ihrem neuen Lebensweg. Wie leicht die Kinder ihre Trennung doch nahmen, dachte sie, als sie die Burschen bei ihren Gesprächen beobachtete. Sie lachten, spaßten und rissen Lilly und sie auf der Welle ihrer Fröhlichkeit und Liebenswürdigkeit mit.

Philipp, der älteste, hatte schon länger geahnt, dass mit seinen Eltern etwas nicht stimmte. Er war schon als Kind der sensibelste gewesen. Auch als er älter geworden war und sich die Streitereien in Gleichgültigkeit verwandelt hatten, die unerträglich für alle wurde, griff er nach Annas Hand, drückte sie fest an sich und gab ihr zu verstehen, dass er sie liebte.

An diesem lauen Sommerabend saßen sie zusammen wie in ihrem Urlaub, waren das erste Mal fröhlich, tranken Bier und ließen sich das Leben schmecken.

Lilly rutschte mit bereits geröteten Wangen an Annas Schulter und massierte ihr, während sie über alte Kindererinnerungen lachten, zärtlich ihren Handrücken.

»Du hast tolle Kinder! Ich beneide dich darum!«, flüsterte sie ihrer Freundin ins Ohr.

»Ich weiß, ich liebe sie wie verrückt, jeden auf seine Art!«

»Ich dich auch, meine Süße, auch wenn du eine schrullige Person bist!«, gluckste Lilly. »Anna, ich bin schon etwas besäuselt, kann ich heute bei dir schlafen?«

»Natürlich, ich habe seit heute ein Bett frei!«, beide kicherten wie in alten Schulzeiten.

Es war spät geworden und die lustige Runde war bereits in Richtung Haus geschlendert. Anna stand etwas schwankend am Tresen bei dem türkischen Verkäufer, um die Zeche zu bezahlen, sie wollte gleich nachkommen.

»Also, das waren zwölf Biere, drei Mal Pommes und fünf Kebab! Hat es geschmeckt?«, zählte der Türke zusammen.

»Ja, es war herrlich! Haben wir denn wirklich so viel getrunken? Das ist mir echt unangenehm, meine Jungs können manches Mal ziemlich ausschweifend sein.«

»Nein, die Burschen hatten jeweils nur zwei Biere, Sie und ihre Freundin tranken den Rest.«

»Das sind ja … nach Adam Riese … sechs Biere! Drei für jede?«

»Ja.«

»Drei für jede? Gott, wie schrecklich! Ich fühle mich so, als hätte ich alle sechs getrunken. Hätte die letzten Tage mehr essen sollen. Ging aber nicht, weil mein Leben im Moment echt beschi… ups, bescheuert ist. Und peinlich.«

»Was meinen Sie mit *peinlich*?«, fragte der türkische Verkäufer nach.

»Ha, also doch nicht so gut in Deutsch, oder?«, ätzte Anna beschwipst.

»Doch, in Deutsch schon, nur nicht bei euch Frauen!«

»Wunderbar, wieder einer, der von Frauen keine

Ahnung hat. Sind Sie eigentlich ein Muslim?«, fragte Anna weiter.

»Ja.«

»Dann ist es noch peinlicher!«

»Warum?«

»Weil Muslime nichts trinken dürfen, oder?«

Anna bekam einen Lachkrampf, das Bier tat seine Wirkung.

»Das müssen Sie alles relativer sehen, wir sind genauso wie ihr! Einfach Menschen mit Stärken und Schwächen.«

»Sehen Sie, das ist mir jetzt noch peinlicher. Sie trinken nichts und stehen vor einer besoffenen Frau.«

»Ist nicht weiter schlimm. Allah hat es nicht gesehen!«

»Allah hat es nicht gesehen?«

»Nein, weil es dunkel ist.«

»Sehr einleuchtend!«

Annas Knie schwankten, sie musste sich am Tresen festhalten.

»Allah sieht das Lachen und das ist gut!«, meinte er weiter.

»Wie heißen Sie eigentlich, Sie wunderbarer türkischer Mensch?«

»Ich heiße Mehmet.«

»Mohammed?«

»Nein, Mehmet.«

»Das klingt ja alles ähnlich, aber ich mag Sie, Mohammed! Sie sind ein netter Mensch! Ich sehe das. So, und jetzt muss ich zahlen. Was war das doch gleich zwölf Biere, Pommes und …«

»… und fünf Kebab. Das macht zusammen 62 Euro.«

»Ah, 62 Euro, Sie sind viel zu billig! Für Ihre Kebabs müssen Sie mindestens fünf Euro verlangen, die schmecken wie das Paradies. Und außerdem schulde ich Ihnen noch eines, als ich heute bei Ihnen war und mich angepatzt habe. Also sechs Kebabs.«

»Auf das sind Sie eingeladen, weil Sie eine gute Frau sind!«

»Gute Frau? Das hat mein Mann nie zu mir gesagt. Darauf trinke ich jetzt noch einen zum Abschluss! Haben Sie einen Schnaps? Ihr habt doch da so ein herrliches Gesöff, oder? Das habe ich bei meinem letzten Urlaub in der Türkei getrunken, wie heißt das doch gleich?«

Sie starrte in den Himmel. »Ach ja, Rake!«

Mehmet griff unter die Theke und holte zwei kleine Schnapsgläser hervor. Er goss diese randvoll mit dem Schnaps.

»Serefe!«, prostete Mehmet Anna zu.

»Serefe?«

»Serefe! Das heißt *Prost* auf Türkisch!«, erklärte der Verkäufer, beide tranken den Schnaps in einem Zug hinunter.

»Was meinen Sie, Mohammed, bin ich in Ihren Augen ein Schlagobers oder schon ein ranziges Packerl Topfen?«

Der Verkäufer starrte sie fragend an, während er die Gläser wieder befüllte. »Schlagobers?«

Sie hob das Glas und trank. »Serefe! Auf alle betrogenen Frauen, mögen sie hochleben!« Dann kippte Anna auf einen kleinen Sessel und schlief sofort ein.

Der Lebensretter

In der Früh schien ihr die grelle Morgensonne ins Gesicht. In Annas Kopf pochte es unsäglich. Verdammt, musste sie gestern betrunken gewesen sein! Sie schlug die Decke zur Seite und bemerkte, dass auch die anderen Laken des Ehebettes benutzt waren. Um Gottes willen! Sie kannte dieses unsichere und unangenehme Gefühl aus ihrer Studienzeit, als sie nach durchtanzten Nächten in der Disco stockbesoffen ins Bett gefallen und in der Früh neben einem wildfremden Mann aufgewacht war.

So ein Filmriss konnte auch etwas ganz Nettes und Aufregendes sein, wie Weihnachten sozusagen, eine herrliche Überraschung, wenn der *Richtige* in der Früh neben einem schlief. Nur einmal lag der Anatomieprofessor in ihrem Bett, und der war weder attraktiv noch besonders wohlriechend. Sie war damals leise aus dem Zimmer geschlichen, hatte sich angezogen und in einem Kaffeehaus gewartet, in der Hoffnung, der Professor würde in den nächsten Stunden ihr Zimmer verlassen haben. Bei der nächsten Anatomieprüfung ließ er sie trotzdem durchfallen. Er war ein selbstgerechter Mensch und in seinem Stolz verletzt gewesen, weil Anna fluchtartig das Liebesnest verlassen hatte.

Sie stieg aus ihrem Bett und stolperte über die Bananenkisten voller Wäsche, die immer noch ungeordnet im Schlafzimmer herumstanden.

»Scheiße!«, brüllte sie durchs Zimmer und wurde unsanft genau an das erinnert, was sie gestern versucht hatte zu vergessen: Wolfgang.

»Einen guten Morgen!«, kam eine weibliche Stimme aus der Küche.

»Lilly, du?«

»Du hast gestern selbst gesagt, ich könne bei dir schlafen. Hast dir wohl einen anderen erhofft, oder?« Lilly reichte ihr schmunzelnd eine herrlich duftende Tasse Kaffee.

»Bin ich froh, dass du da bist! Kannst du die nächsten Tage auch bei mir schlafen? Ich fühle mich dann nicht so alleine.« Lilly versprach es und Anna gab ihr einen dicken Kuss auf die Wange. Sie trank einen beherzten Schluck Kaffee und wankte schlaftrunken zu einer kleinen Lade, in der sie ihre Medikamente aufbewahrte.

»Was nimmst du denn da für ein Zeug, meine Liebe?«, fragte Lilly besorgt, während sie das Geschirr und die Gläser der letzten Tage in den Spüler räumte.

»Nichts Schlimmes. Ich muss jeden Tag in der Früh eine Tablette für meinen Hashimoto nehmen.«

»Kenne ich diesen Herren?«

»Lilly, Hashimoto ist die Bezeichnung für eine Schulddrüsenunterfunktion!«

»Ah, weiß ich doch, ich bin zwar nur Friseurin, aber deswegen nicht blöd. Übrigens sagen alle etwas fülligeren Damen in meinem Geschäft, sie hätten Hashimoto und wie schrecklich diese Erkrankung ist. Ich denke dann immer, Mädels macht mehr Sex und esst weniger!«

»Lilly, ich liebe deine Offenheit!« Anna nahm die Tablette und spülte das kleine Hormonfrühstück mit einem Schluck Wasser hinunter.

»Stimmt doch, iss weniger und mach mehr Sex! Dann geht's dir gleich besser, glaube mir! Ich dachte schon, du nimmst Antidepressiva.«

»Nein, so weit bin ich noch nicht, aber bald!«

Lilly reichte Anna eine Scheibe getoastetes Weißbrot und setzte sich an den Tisch »Gott, Anna hör bitte auf, dich zu bemitleiden! Die Probleme hat doch jede Frau in unserem Alter. Daran kannst du nichts ändern, sehr wohl aber an deiner Art, diesen Wehwehchen zu begegnen. Jammere nicht über dein Alter, beweg deinen Hintern und tu was!«

»Du hast leicht reden, Lilly! Ich stehe jeden Tag in der Früh vor den Medikamenten und denke, Gott wie schnell doch die Zeit vergeht, vor ein paar Jahren noch hast du die Pille genommen und heute brauchst etwas gegen den Hashimoto!«

»Also, Anna, ehrlich! Das Alter hat auch seine spaßigen Seiten. Nach dem Wechsel brauchst du keine Hormone mehr, kannst tun und lassen, was du willst. Und wenn sich dann schön langsam eine beginnende Demenz einschleicht, dann ist es auch egal, du vergisst einfach den Deppen, der in der Nacht neben dir gelegen ist. Ist das nicht herrlich? Nur die Haare, die wachsen an Stellen, wo sie eigentlich nicht hingehören. Aber solange ich eine Pinzette in der Handtasche habe, ist mir das auch egal.« Sie prostete Anna mit ihrer Tasse Kaffee zu.

»Deinen Humor bewundere ich, wirklich!«

Anna stand auf und schlurfte durch die Küche, zog aus einem kleinen Apothekerschrank eine andere Tablettenschachtel heraus und nahm gleich zwei Aspirin. »Gott, war ich gestern besoffen!«

Lilly lachte hell auf.

»Sind die Jungs schon aus dem Haus, Lilly?«

»Ja, Lukas trifft sich mit Freunden in der Stadt, die wollen ihre Maturareise besprechen, Philipp und Lorenz sind an der Uni, uns hört niemand!«

Wie ein dicker Samtvorhang hatte sich Dunkelheit über Annas Erinnerungen gelegt, Lilly half ihr, diesen Vorhang wieder zu lüften.

»Anna, ich habe dich lange nicht mehr so unbeschwert und lustig gesehen wie gestern. Das herrliche Kebab, die Biere und die humorvollen Gespräche. Das ganze Essen war ein Gedicht. Du wolltest aber noch unbedingt bleiben und so sind die Jungs und ich dann alleine nach Haus gegangen. Wir dachten, du kämst in den nächsten Minuten nach!«

»Stimmt, ich erinnere mich, ich war bei diesem Mohammed!«

»Wir haben auf dich gewartet, die Burschen gingen in ihre Zimmer und ich bin todmüde ins Bett gefallen. Verdammter Alkohol. Bist ja schon ein großes Mädchen, habe ich mir gedacht, wird schon nichts passiert sein.«

»Ist es auch nicht. Ich habe nur die Rechnung gezahlt. Und dann hat mir dieser Mohammed von Allah erzählt und dass türkische Frauen nicht trinken und wenn, dann nur in der Nacht, weil in der Dunkelheit Allah es nicht sehen würde. Ihm sei das Lachen wichtiger als der Alkohol.«

»Wem, Mohammed oder Allah?«

»Ich weiß es nicht mehr. Auf alle Fälle hat er mir dann zum Abschied so ein herrliches Getränk angeboten und dann war es plötzlich dunkel! Vielleicht hat der mir irgendwelche Drogen eingeflößt, man weiß ja nie!«

»Also wirklich, Anna! Drogen! So ein Blödsinn! Du verträgst einfach keinen Alkohol, weiter nichts. Außerdem kannst du dich bei deinem türkischen Freund bedanken. Er hat dich mit einem Taxi nach Hause gebracht und dann bis ins Bett getragen!«

»Nach Haus gebracht?«, wiederholte sie erstaunt. »Woher wusste er meine Adresse?«

»Du bist vor seinem Geschäft wie ein Stück Holz umgefallen und eingeschlafen, dabei ging deine Handtasche auf. Er hat einen Ausweis mit deiner Adresse gefunden. So hat er den mühevollen Weg gewagt. Bewundernswert.«

»Was heißt hier bewundernswert? Dass er sich meiner angenommen hat oder dass er es geschafft hat, mich bis ins Bett zu tragen?«

»Beides, meine Liebe, du hast ja nicht wirklich die Maße eines jungen Rehkalbes!«

»Lilly, du bist ein Scheusal! Außerdem hast du selbst gesagt, wichtig sind die Proportionen!«

Anna grinste und griff nach der Handtasche, die am Küchentisch lag.

»Was tust du da?«

»Ich schaue, ob noch alles drinnen ist!«

»Anna, schäm sich! Du bist gleich spießig geworden wie dein Mann. Dieser nette Mensch hat dich mitten in der Nacht bis nach Hause geschleppt, aber statt dich zu freuen und einen Gedanken daran zu verschwenden, wie du dich bedanken könntest, untersuchst du deine Handtasche und unterstellst ihm einen Diebstahl. Du bist gemein!«

Anna ließ erschrocken die Tasche fallen. Natürlich fehlte nichts.

Die Hybris

Die Tage vergingen. Anna ging arbeiten und freute sich, wenn sie nachmittags nach Hause kam und Ruhe hatte. Sie nahm sich wieder mehr Zeit zum Lesen, kochte abends für die Jungs und ihre Freundin und ging mit ihrer Hündin Nora regelmäßig laufen. Und Nora dankte es ihr mit aufgeregtem Schwanzwedeln und lustigen Späßchen, denn sogar der Hund war von Annas Traurigkeit angesteckt gewesen und in den letzten Wochen traurig in seinem Korb gelegen. Nun tankten beide wieder Sonne und Kraft bei ausgedehnten Spaziergängen und fühlten sich wieder jung und agil.

Lilly hatte ihr Versprechen wahrgemacht und sich für ein paar Wochen bei Anna einquartiert, sie wollte ihre Freundin mit ihrem Lachen erheitern und ihr in diesen *scheußlichen Zeiten*, wie sie es nannte, beistehen. Anna war dankbar für jede Form von Ablenkung.

Die beiden Freundinnen hatten gänzlich unterschiedliche Ansichten, trotzdem konnte und wollte die eine ohne die andere nicht sein. Lilly war für Anna die Prise Salz, die sie zum Leben brauchte, und Lilly schätzte Annas Prinzipientreue und Pflichtbewusstsein, auch wenn sie sich stets darüber lustig machte. Natürlich konnte Lilly keinen Partner ersetzen, und doch war Anna froh, dass jemand neben ihr schlief und ihr wieder das Gefühl von Normalität im Alltag gab.

Nach dem gemeinsamen Frühstück ging Lilly wie gewohnt in ihren Salon. Anna nahm ihre To-do-Liste zur Hand und strich mit Rotstift an, was sie sich für den heutigen Tag vorgenommen hatte: *Termin bei Psychotherapeuten, Flugticket für Lukas abholen, Unterlagen zu Raffke bringen, Prosecco kaufen!*

Die Unterlagen für die Scheidung hatte sie mit Wolfgang überarbeitet und ihn davon überzeugt, dass es besser für alle Beteiligten wäre, eine einvernehmliche Lösung anzustreben. Sie wolle keinen Streit und keine Auseinandersetzung, dies seien sie ihren Kindern schuldig. Auf größere Ansprüche würde sie verzichten, nur nicht auf das Haus, das immerhin ein Erbstück ihrer Familie war. Die Schulden blieben natürlich, aber auch dafür würden sie beide eine gangbare Variante finden, war sie überzeugt. Wolfgang stimmte ihren Vorschlägen zu, es war ihm alles recht, Hauptsache, sie waren nicht mit Arbeit, besonders mit Denkarbeit verbunden. Der Beruf, die Termine und Meetings hatten seine volle Aufmerksamkeit, Privates störte da nur.

Die vorläufige Vereinbarung sandte sie per E-Mail an die Kanzlei und wollte persönlich mit einer Kopie bei Raffke vorstellig werden, um mit ihm darüber zu sprechen. Eigentlich hatte sie vor, ihm die Causa zu entziehen.

Die Kanzlei lag in der Nähe des Psychotherapeuten, bei dem sie ihren ersten Termin hatte. Alle ihre Freunde und Bekannten gingen in Therapie, überzeugt war Anna nicht wirklich davon, aber es gab ihr zumindest das Gefühl, etwas Gutes für sich zu tun. Sie hatte ein paar Adressen von Freundinnen erhalten und entschied sich für einen Therapeuten mit dem klingenden Namen: Dr. Göttlicher.

Mehmet und der türkische Abend fielen ihr wieder ein, während sie zügig dahinschritt. Es war ihr unangenehm, dass der arme Mann sie nach Hause bringen musste, noch peinlicher aber, dass sie am nächsten Morgen ihre Handtasche nach fehlenden Wertgegenständen durchwühlt hatte. Lilly hatte recht, sie war mit den Jahren eine hinterhältige, missgünstige Spießerin geworden. Sie würde sich in den nächsten Tagen in entsprechender Form dafür entschuldigen.

Ein großes goldenes Türschild stach plötzlich in Annas Augen: Superbia – Zentrum für Psychiatrie und Psychotherapie.

Sie druckte auf den Klingelknopf und sofort sprang die elektronische Türe auf. Anna stieg langsam die Treppen empor. Stufensteigen sei sehr gesund für die Beinvenen, riet sie stets ihren Patienten. Thrombosenprophylaxe sozusagen, aber nur wenn man tags zuvor nichts getrunken hatte. Im vierten Stock angelangt, musste sie kurz stehen bleiben, um zu rasten, ein stechender Schmerz war in ihrer Brust zu spüren.

Sie musste wirklich wieder mehr Sport betreiben, zusätzlich zu ihren langen Spaziergängen mit dem Hund, und ihren vergnüglichen Prosecco-Konsum mit Lilly radikal einschränken. Vielleicht hatte sie auch nur Angst vor einer neuen Erfahrung, die Psychotherapie hieß. Zumindest verspürte sie dasselbe Herzrasen wie bei einem Zahnarztbesuch. Neue Zähne und die Psyche waren immer zeit- und kostenintensiv.

Endlich war sie oben angelangt. Die Ordination befand sich in einer sonnendurchfluteten Dachgeschoßwohnung. Anna öffnete die weiß lackierte Türe und stand unsicher vor einem riesigen Schreibtisch. Ein kleines, fast feenhaftes Wesen mit weißem, eng anliegendem Mantel und einem freizügigen Ausschnitt nahm Anna freundlich in Empfang, Herr Doktor Göttlicher würde sich in wenigen Minuten um sie kümmern.

Anna betrat ein strahlend weißes Wartezimmer, das mit weißen Ledermöbeln und weiß lackierten Barocktischen ausgestattet war. Einzig die exotischen Pflanzen und die bunten Bilderrahmen mit dutzenden Zertifikaten, die der Arzt im Laufe seiner Karriere erhalten hatte, hauchten dem Raum wieder Leben ein.

Das Fachwissen imponierte Anna, obwohl sie keine Ahnung von Psychoanalyse oder systemischer Familientherapie hatte. Eigentlich wollte sie nur seelische Unterstützung in ihrer Lebenskrise und, wenn die nichts nützte, zumindest ein Rezept für Tabletten gegen ihren unruhigen Schlaf.

Anna hatte es sich in einem großen, einladenden Fauteuil bequem gemacht und kramte in ihrer Handtasche nach einem Spiegel, um sich etwas nachzuschminken.

»Schönen Tag!«, unterbrach eine freundliche Stimme die weiße Stille.

»Grüß Gott!«

Annas Augen wanderten von den weißen Beinen, die plötzlich wie Bäume vor ihr standen, hinauf Richtung Oberkörper in das Gesicht eines Mannes, dessen stahlblaue Augen sie sofort gefangen nahmen.

»Gott gibt's keinen! Aber ich werde mich trotzdem um Sie bemühen! Doktor Göttlicher mein Name, reiner Zufall, wenn Sie mich fragen, und Sie sind?«, schmunzelte er überlegen.

Ich bin im Himmel, dachte Anna, als der Engel in Weiß sie zärtlich, aber bestimmt in sein Zimmer schob. Aufgeregt erzählte sie: »Anna Stöger, zweiundfünfzig Jahre, Physiotherapeutin, verheiratet, drei Kinder« und wunderte sich darüber, dass sie ihr Leben mit nur fünf Angaben beschreiben konnte.

»Sehr fein«, meinte der Arzt unbeeindruckt und ließ Anna auf einem großen dunklen Sofa Platz nehmen. Das Zimmer des Psychiaters hatte genau die gegenteilige Atmosphäre wie der Warteraum.

Das Sonnenlicht, das durch die Fenster schien, wurde von schweren Brokatvorhängen absorbiert. Teppiche, Schreibtisch und sonstige Einrichtungsgegenstände wirkten wie in einem gemütlichen Wohnzimmer. Bücher lagen aufgeschlagen und in Stößen auf dem Schreibtisch und teilweise auf dem Boden, es schien, als hätte ihr Termin den Arzt aus einer seiner wissenschaftlichen Arbeiten gerissen.

An den Wänden hingen dutzende Fotos in Plakatgröße, die einen Fallschirmspringer in unterschiedlichsten Höhen und Positionen zeigten. Beim Sturz aus dem Flugzeug, beim Öffnen des Schirmes oder bei der Landung. Einmal in wüstenähnlichen Gegenden, dann wieder im Gebirge und auf grünen Almwiesen. Immer überlegen und in siegessicheren Posen.

»Das ist ja wunderschön bei Ihnen, wie im Paradies!«, verträumt und etwas unsicher starrte Anna auf die Fotografien.

»Ja, Fallschirmspringen ist meine Leidenschaft! Man fühlt sich entrückt, erhaben und steht über den Dingen, fast wie Gott!«

»Ich dachte, es gibt für Sie keinen Gott?«

»Es gibt auch keinen Gott, alles Einbildung, alles Projektion! Ich bin Wissenschaftler und kein Pfarrer. Aber ich denke mir oft da oben, so müsste es sich anfühlen, einer zu sein.«

»Aha.«

Göttlicher räusperte sich, nahm einen Notizblock und eine goldene Füllfeder von seinem Schreibtisch und rückte seinen Sessel ganz nahe an die Kopfseite eines Sofas, das vor einer Bücherwand stand. Anna solle es sich gemütlich machen und sich entspannen.

»Nur die Schuhe sind bitte auszuziehen!«

Dieses Sofa sei eine unbezahlbare Antiquität und aus dem Nachlass des echten Doktor Freud aus der Berggasse 19.

»Sie wissen, wen ich damit meine?« Er hätte das Möbelstück bei einer Auktion in New York teuer ersteigern lassen.

Angeber!, dachte Anna. »Selbstverständlich kenne ich Doktor Freud, ein guter Freund von mir!«, scherzte sie. Überheblicher Mensch, als ob sie nicht wüsste, wer Sigmund Freud war.

Anna strich sich die Pumps von den Füßen und stellte die Schuhe vorsichtig auf den Parkettboden. Dann legte sie ihre Beine auf eine Decke, die zum Schutz vor Verschmutzung auf dem Fußende der Couch lag.

Das würde ihr Lilly nie glauben. Anna lag auf dem Sofa des weltberühmten Dr. Freud, auf der Couch, auf dem der Arzt seine Forschungen der menschlichen Psyche betrieben hatte, auf der er vielleicht auch zur bitteren Erkenntnis gekommen war, dass er nach jahrzehntelangem Studium der weiblichen Seele die Frage nicht beantworten konnte, *was das Weib eigentlich wolle.*

Genau das wusste Anna auch nicht. Aber Dr. Göttlicher wusste es, da war sie sich sicher.

Doch anstatt vor Freude zu jubeln und sich zu entspannen, kroch Nervosität in ihr hoch.

Nein, es war nicht die Couch, die ihr Sorgen bereitete, die psychoanalytische Rarität war ihr eigentlich egal, sie hatte Angst, der fallschirmspringende Gott neben ihr könnte den Geruch ihrer Füße wahrnehmen. Blöd, dass sie sich im Wartezimmer kein Eau de Toilette auf die Beine gespritzt hatte, nun war es zu spät.

»Ein kleiner Witz gefällig, so zum Starten?«, versuchte er die bedrückende Stimmung etwas zu entkrampfen.

Anna nickte.

»Also, da kommt eine Patientin zum Gynäkologen …«

Na wunderbar, dachte Anna, gerade Gynäkologenwitze trugen nicht wirklich zu einer lockeren Stimmung bei.

»Also, der Arzt bittet die Patientin, die Kleider abzulegen. Sie geht hinter einen Paravent und entledigt sich ihrer Kleidung. ›Sind Sie so nett und könnten Sie die Vorhänge zuziehen?‹, fragt sie leise den Arzt, sie sei sehr schamhaft. ›Selbstverständlich, keine Frage!‹, meint der Gynäkologe fürsorglich. Er verdunkelt das Zimmer, da kommt die Dame verstohlen hinter dem Paravent hervor und fragt den Arzt leise, ›Und? Wohin soll ich meine Kleider nun legen?‹ Worauf der Arzt sagt: ›Legen Sie sie ruhig auf die meinen!‹«

Göttlicher fing an schallend zu lachen und schlug sich dabei auf die Knie. »Sehr witzig, finden Sie nicht?«

Anna kicherte verlegen, um den Arzt nicht zu beleidigen, war aber trotzdem nicht entspannter. Über Gynäkologenwitze lachten offensichtlich nur Männer, außerdem hatte sie diesen Witz schon öfter gehört.

»Und, geht's jetzt besser?«, fragte er sie, nachdem er sich wieder einigermaßen gefangen hatte.

»Ja, viel besser.«

»Warum sind Sie heute bei mir? Was ist Ihr Problem?«

Anna musste kurz nachdenken. Was war eigentlich ihr Problem? Sie hatte drei wunderbare Söhne, zu essen und ein Dach über dem Kopf. Ungefähr vier Milliarden Menschen auf dieser Erde würden sie darum beneiden. Und doch, sie war über fünfzig, offensichtlich im Wechsel, kämpfte mit ihrem Hashimoto und war aus ihr unerklärlichen Gründen von ihrem Mann betrogen worden. Seit der Studienzeit war sie mit ihm zusammen, fast dreißig Jahre, die besten ihres Lebens, und die hatte sie Wolfgang, diesem Betrüger, geschenkt. Nun musste sie sich wieder aufraffen und ein neues Leben beginnen mit allem, was dazugehörte. Anna war sich nicht sicher, ob sie diese Kraft aufbringen konnte. Tausend Gedanken schwirrten in ihrem Kopf, doch sie brachte kein Wort heraus.

»Und, gnädige Frau, wollen Sie mir nichts erzählen?«, bohrte der Arzt nach und klopfte ungeduldig mit der Füllfeder auf seinen leeren Notizblock, der nach Aufzeichnungen und Analysen geradezu bettelte.

»Ich lasse mich von meinem Mann scheiden! Und das nach 25 Ehejahren!«

»Das ist wirklich nicht normal!«, meinte Göttlicher fachkundig.

»Dass ich mich scheiden lasse?«

»Nein, gnädige Frau, dass Sie so lange mit ein und demselben Mann zusammen waren. Wie ist das gelungen?«, fragte der Arzt interessiert nach.

»Wissen Sie, ich stellte keine hohen Ansprüche. Vor allem nicht beim eigenen Mann.«

»Ich verstehe, und warum jetzt dieser plötzliche Schritt?«

»Weil er mich mit einer anderen Frau betrügt.«

»Das ist nichts Außergewöhnliches in der Menschheitsgeschichte, irgendwann passiert es eben!«, meinte er gelangweilt. »Aber bitte, sprechen Sie weiter!«

»Ich hätte ihm das nie zugetraut, weil er eigentlich faul und feige ist!«

»Aha«, endlich hatte er angefangen, sich Notizen zu machen. »Und?«

»Nichts und! Einen kleinen Seitensprung hätte ich ihm ja verziehen, aber das Verhältnis hat er schon seit vier Jahren!«

»Hatten Sie keine Veränderung an ihm wahrgenommen?«

»Das ist ja das Komische und genau deshalb will ich mit Ihnen eine Therapie machen. Wie blöd muss man denn als Frau sein, nichts zu merken, wenn der eigene Mann seit vier Jahren fremdgeht?«

»Das heißt, es ärgert Sie mehr, dass Sie nichts gemerkt haben, als die Tatsache, dass er Sie betrogen hat?«

»Sie verdrehen mir die Worte im Mund, aber näher betrachtet, ja.«

»Wie hätten Sie denn reagiert, wenn Sie es früher gemerkt hätten?«

»Ich weiß es nicht! Das ist es ja, was mich so beklemmt, ich hätte gar nicht reagiert. Ich hätte es wahrscheinlich ausgesessen und gewartet, so wie es meine Mutter tat und auch Tante Gerda.«

»Alles der Reihe nach, worauf wollten Sie warten?«

»Na, dass es besser wird in unserer Beziehung oder dass mein Mann stirbt! Tante Gerda hat es auch ausgesessen. Ich meine … Kurts Homosexualität … äh … mit einer Überdosis Schlaftabletten, verstehen Sie? In unserer Familie gewinnen nämlich immer die Frauen«, sprudelte sie ohne Zusammenhang hervor.

Göttlicher hatte sich Notizen gemacht, strich hektisch ein paar Zeilen, schrieb wieder und konnte sich offensichtlich keinen Reim machen. Dumm gelaufen, dachte Anna, sie hätte dem Arzt nichts über Mutter, Tante Gerda und die Todesfälle in ihrer Familie erzählen sollen, erst recht nicht bei der ersten Sitzung.

Göttlicher räusperte sich und fing mit einem Thema an, das für ihn von größerem Interesse zu sein schien, unterdrückte Sexualität, darin kannte er sich aus.

»Wann hatten Sie denn das letzte Mal Sex mit Ihrem Mann?«

»Ist denn das wirklich von Bedeutung, das fragt mich meine Freundin auch immer. Wenn Sie es genau wissen wollen, es war im Sommer 2014.«

Göttlicher senkte den Block und starrte Anna verständnislos an.

»Sommer, wann?«, fragte er nach.

»2014! Was ist denn daran so bemerkenswert?«

»Bemerkenswert, fragen Sie mich? Das ist Außergewöhnlich! Sie hatten fast zwei Jahre keinen Sex mit Ihrem Mann und da fragen Sie mich ganz unschuldig, warum er Sie betrügt? Das ist, wie wenn man einen Fisch aus dem Wasser zieht und nicht verstehen will, warum er stirbt.«

»Sie tun ja gerade so, als wäre ich daran schuld! *Ich* war der Fisch in unserer Beziehung und nicht mein Mann! Wolfgang war von uns beiden der sexuell Inaktivere, glauben Sie mir!«

»Bei einem Mann schwer vorstellbar, aber bitte! Wissen Sie, Sexualität ist eine der vielen Formen menschlicher Kommunikation und die ist offensichtlich in Ihrer Beziehung verkümmert. Die Frage, die sich mir stellt, wie haben Sie das kompensieren können? Leben Sie in einer anderen Beziehung oder befriedigen Sie sich mit anderen Dingen?«

»Ich koche gerne, wie Sie sehen!« Anna lächelte den Arzt verlegen an.

»Aha, Kochen!«, Göttlicher machte wieder Aufzeichnungen auf seinem Block und fragte weiter. »Masturbieren Sie regelmäßig?«

»Gott, was für eine Frage?! Selbstverständlich NEIN!«

»Lassen Sie bitte Gott aus dem Spiel, Anna! Ich darf wohl Anna zu Ihnen sagen? Aber wieder zurück zu Ihnen, ich kann mir noch kein rechtes Bild von Ihnen machen. Ich glaube, Sie sind nicht ehrlich zu mir, denn fast alle Menschen befriedigen sich selbst in regelmäßigen Abständen. Wenn ein Klient diese Frage mit einem Nein beantwortet, dann weiß ich, dass er lügt. Ich muss dann viel tiefer in den Patienten eindringen, um ihn zu wahrer Selbstreflexion zu führen. Sie sind offensichtlich noch nicht dazu bereit. Wir werden das aber in den nächsten Stunden aufarbeiten.«

Er stand auf.

»Leider ist unser Sitzung bereits zu Ende, gnädige Frau, Sie erhalten von meiner Assistentin draußen meine Honorarnote und den nächsten Termin, wie wäre es in einer Woche?«

Anna setzte sich etwas verwirrt vom Sofa auf, eigentlich wollte sie über ihre zerrüttete Beziehung und nicht über Masturbation reden.

Der Arzt half ihr vom Sofa, Anna schlüpfte in die Pumps und reichte ihm ihre Hand zur Verabschiedung. »Danke, Herr Göttlicher, für die aufschlussreiche Sitzung!«

»D-o-k-t-o-r Göttlicher, wenn ich bitten darf, so viel Zeit muss sein!«, buchstabierte er stakkatoartig seinen Titel und lächelte sie mit einem breiten Grinsen an.

Anna ging zurück ins Wartezimmer, ins helle, gleißende Weiß der Realität. So eine Psychotherapie war eine ganz neue Erfahrung für sie, etwas irritierend, weil sie eigentlich nicht gerne über ihr Sexleben sprach, aber sicher zielführend. Immerhin schien Göttlicher in diesen Belangen ein Profi zu sein, der ihr helfen konnte, sich besser zu verstehen.

Sie bat die Assistentin, noch ein paar Minuten bleiben zu können, sie wollte den Scheidungsvergleich noch einmal überfliegen, bevor sie das Papier Dr. Raffke in die Kanzlei vorbeibrachte.

»Selbstverständlich, so lange Sie wollen! Kaffee?«

»Ach, das ist nett von Ihnen, gerne!«

Nach ein paar Minuten stand die charmante Assistentin wieder neben Anna und reichte ihr eine wohlriechende Tasse Kaffee.

»Ich danke Ihnen!«

»Kein Problem. Ich muss Sie nun kurz alleine lassen, Doktor Göttlicher macht nun auch eine kleine Schaffenspause und isst einen Snack. Ist das in Ordnung für Sie oder brauchen Sie noch etwas?«

»Nein, herzlichen Dank, sehr freundlich von Ihnen. Wenn ich mir das durchgelesen habe, gehe ich.«

Anna kramte in ihrer Tasche nach den vier zerknitterten Zetteln, zu oft hatte sie den Vergleich durchgelesen, abgeändert oder am Rand mit Fragezeichen versehen, für Rechtsauffassungen und Regelungen, die sie nicht verstand und über die sie mit Raffke sprechen wollte. Sie ging wieder Satz für Satz durch, einiges war sicher nicht günstig für sie. Auch wenn Anna keine strittige Scheidung anstrebte, so war es doch für sie wichtig, dass Wolfgang zumindest Unterhaltszahlungen leisten musste, wenn sie unverschuldet zeitweilig nicht arbeiten konnte, denn mit der Familienbeihilfe und ihrem niedrigen Gehalt als Physiotherapeutin alleine konnten sie nicht leben. Sie schrieb auch hier einige Fragen ins Dokument. Traurig musste sie sich eingestehen, dass von einer fünfundzwanzigjährigen Ehe nicht viel mehr übrig geblieben war als vier Zettel und eine Handvoll gegenseitiger Forderungen.

Die Assistentin huschte leichtfüßig an Anna vorbei, in der Hand hielt sie einen Teller mit frischem Obst.

In Gedanken versunken las sie den Vergleich und machte sich neuerlich Anmerkungen. Konzentriert und ohne einen Funken Aggression überlegte sie und schmiedete das erste Mal Pläne für die Zukunft. Sie fühlte sich gelassen und ruhig, als plötzlich eine herrliche Musik an ihre Ohren drang.

Aus einem der vielen Zimmer flossen die Klänge aus *Parsifal* von Richard Wagner. Sie liebte diese Musik, oft hatte sie die Oper mit ihrem Großvater gehört, er hatte sie schon als kleines Mädchen gerne in seine Traumwelt mitgenommen. Nein! *Parsifal* war keine Oper im herkömmlichen Sinn, Wagner selbst bezeichnete es als *Bühnenweihfestspiel* und immer wieder lief ihr bei dieser sphärisch schönen Musik ein kalter Schauer über den Rücken. Oft war sie mit ihrem Großvater in diese Welt geflohen, diese Musik war für sie ein Hauch Gottes. Anna schloss die Augen, ließ die Zettel sinken und sog die Musik in tiefen Zügen ein.

Ja, sie wusste sich in guten Händen und würde sich einer Therapie unterziehen, außerdem hatte ihr Arzt den gleichen Musikgeschmack. *Parsifal*, was wollte sie mehr? Einem Parsifal konnte sie sich anvertrauen.

Sie strich sich die Pumps wieder von den Füßen und schlich geräuschlos aus der Praxis, sie wollte Göttlichers Schaffenspause und diese wunderbaren Klänge nicht durch das laute Geklapper ihrer Schuhe stören.

Im Stiegenhaus klingelte ihr Handy, sie hob genervt ab, zu tief war sie in die göttliche Welt des Grals eingetaucht gewesen.

Es war Lilly.

»Liebes, ich bin es. Wie geht's dir?«

»Mir geht's himmlisch. Ich war gerade in der ersten Stunde meiner Therapie. Du glaubst nicht, was ich gerade erlebt habe!«

»Eine Erleuchtung?«

Anna erzählte aufgeregt wie ein Schulmädchen von Dr. Göttlicher, von der reizenden Assistentin, vom Fallschirmspringen, von seiner paradiesischen Ordination und von Freuds Sofa, auf dem sie den Arzt tief in ihre Seele hatte blicken lassen, und das ohne Schuhe.

»Hoffentlich nicht zu tief!«

»Ach, Lilly hör doch auf, dich dauernd über mich lustig zu machen. Ich habe eine Lebenskrise und dieser Arzt hilft mir, sie zu bewältigen. Ist denn das so abnormal? Ich habe größtes Vertrauen in seine Kompetenzen, außerdem liebt er Richard Wagner.«

»Wagner? Der ist wirklich abnormal!«

»Du verstehst das nicht.«

»Worüber habt ihr denn geredet, wenn ich fragen darf?«

»Naja, so genau kann ich das auch nicht mehr sagen, es war irgendwie alles sehr verworren, wir haben über Gott und Sex gesprochen. Danach musste er eine Schaffenspause einlegen und hörte *Parsifal*, ist das nicht himmlisch?«

»Alleine?«

»Natürlich, ich habe mir draußen im Warteraum die Ouvertüre angehört und bin dann aus der Ordination geschlichen.«

»Du Dummerchen, du hast ihn wahrscheinlich mit deiner Geschichte scharf gemacht. Dann hat dein Parsifal seiner Assistentin gezeigt, wo sein heiliger Gral ist.«

»Pfui, du bist wirklich primitiv, du denkst immer nur an das eine!«

»Und du bist naiv. Aber jetzt ganz ehrlich, Anna! Du brauchst doch gar keinen Psychoheini, glaub mir, die verkomplizieren doch alles nur! Laut Statistik wird mehr als jede dritte Ehe geschieden, in Wien sogar jede zweite. Die Welt geht deswegen nicht unter. Was du brauchst, ist keine Therapie, sondern wieder Freude am Leben. Komm endlich aus der Höhle deines Selbstmitleides heraus und nimm das Leben endlich selbst in die Hand!«

»Lass uns das in einer halben Stunde bei einem Kaffee besprechen!«, meinte Anna, sie wollte noch ein paar Minuten mit sich alleine sein.

Die Täuschung

Wie verabredet trafen sich die beiden Freundinnen in einem kleinen Bistro. Lilly hatte sich den restlichen

Tag freigenommen, sie wollte bei ihrer Freundin sein, außerdem war sie schrecklich neugierig auf Annas Erzählungen und konnte nicht bis zum Abend warten. Sie bestellte zwei Gläser Prosecco, beugte sich über den kleinen Kaffeehaustisch und richtete ihrer Freundin die Locken, die ihrer Meinung nach fürchterlich zerzaust aussahen.

»Mädel, ich hab dich so schön gestylt und du schaust schon wieder aus wie ein Struwwelpeter! Du und dein dämlicher Parsifal. Komm, trink einen Schluck, wirst sehen, das wird dir jetzt guttun! Prost auf dich und deinen Gralsritter!«

»Lilly, mit dir werde ich zur Alkoholikerin! Außerdem habe ich jetzt noch einen Termin. Ich möchte den überarbeiteten Scheidungsvergleich zu Doktor Raffke bringen. Das liegt mir sehr im Magen, ich will die Dinge nun wirklich rasch erledigen!«

Lilly erschrak bei dem Namen und stellte zitternd das Prosecco-Glas auf den Tisch. »Wie heißt dein Anwalt?«

»Doktor Raffke! Aber du bist ja kreidebleich! Was ist mit dir?«

Lilly trank einen großen Schluck, atmete tief durch und zog Anna ganz nahe an ihr Gesicht.

»Liebes, den musst du schleunigst loswerden! Das ist ein gieriges Schwein, der bringt dich um Haus und Hof! Finger weg von diesem Mann, ich kenne ihn. Ist zwar schon länger her, aber Menschen ändern sich nicht, die Fehler verstärken sich im Alter!«

»Du kennst ihn?«

»Ja, leider! Ich habe dir nie davon erzählt, aber ich habe eine Zeit lang in Raffkes Sekretariat gearbeitet. War einer meiner vielen Gelegenheitsjobs. Du kannst dir ja vorstellen, wie das ist, ohne profunde Ausbildung, da ist es schwer am Arbeitsmarkt. Ich habe das

Geld aber gebraucht, um mir die Ausbildung zu einer Hair- and Beauty-Artistin zu finanzieren.«

Lilly sprach die Worte *Hair and Beauty* dermaßen näselnd versnobt aus, dass Anna hellauf lachen musste, um sich auf Wienerisch zu erklären. »A gonz a normale Friserin wollt i werden!«

»Warum hast du nie mit mir darüber gesprochen?«, fragte Anna verwundert.

»Weil's mir unangenehm war. Du warst von uns beiden immer die Strebsame, die, die immer genau wusste, was sie wollte. Und ich die Flatterhafte, die Weltenbummlerin, die aber nie weiter kam als zur Bettkante eines anderen Mannes. Wir hatten doch immer ganz andere Dinge zu bereden, die Kinder, die Männer oder dein Haus. Hat lange gebraucht, um zu wissen, was ich wirklich wollte. Ich bin so glücklich, ich gäbe meinen kleinen Laden nie mehr her.

Aber zurück zu Raffke, er ist der unangenehmste Chef, den man sich vorstellen kann. Knausrig bis zum Letzten! Er hat uns Mitarbeiter ständig um unseren Lohn gebracht, Überstunden nicht ausgezahlt oder beinhart die Urlaubstage gekürzt. Krankenstände gab es bei ihm nicht. Wenn ein Kind einer Mitarbeiterin erkrankt war und diese dafür Pflegeurlaub benötigte, meinte er nur zynisch, selbst schuld, sie hätte sich eben nicht schwängern lassen dürfen. Schuften mussten wir wie die Hunde. Bei wirklich wichtigen Aufträgen oft bis weit nach Mitternacht. Dieser Promi-Arsch steht doch dauernd in der Zeitung, weil er krumme Dinger dreht, die man ihm aber nie nachweisen kann. Weißt ja, wie Anwälte sind. Von Geldwäsche, Betrug bis zu Steuerhinterziehung. Der macht alles, um Geld zu verdienen. Raffke würde sogar die Organe seiner Mutter verkaufen, wenn die nicht schon gestorben wäre.«

»Lilly! Du hast vielleicht Fantasien! Zugegeben, irgendwie ist er mir schon ein wenig suspekt, aber er ist ein Freund meiner Mutter, ich kenne sonst keinen anderen Anwalt. Außerdem, wie soll ich ihn denn loswerden? Er hat sich schon in den Fall eingearbeitet, ich suche mit Wolfgang ohnehin eine einvernehmliche Lösung, dann wird's nicht so teuer!«

»Tu es nicht, Anna, der holt dir das Weiße aus den Augen! Ich kenne diesen Menschen.«

»Ich gehe trotzdem hin.«

»Dann gehe ich aber mit.«

»Hör doch auf, mich dauernd beschützen zu wollen, ich kann das alleine.«

Sosehr Anna sie auch davon abbringen wollte, ihre Freundin ließ sich nicht abwimmeln.

Lilly stieß mit Wucht die Kanzleitüre auf. Das Büro lag im dritten Bezirk, in einem Haus aus der Gründerzeit. Anna hatte den Eindruck, dass sich seit dieser Zeit auch nicht wirklich viel verändert hatte. Die Türen waren abgegriffen, die Parkettböden abgetreten und auch die rissigen Mauern schrien nach neuer Farbe. Gedrängt auf zwei Schreibtischen, die vorsintflutlich wackelten, saßen in einem kleinen, stickigen Vorraum zwei Büroangestellte, umgeben von Stößen an Akten.

»Wenn mein Friseurladen so aussähe«, flüsterte sie Anna zu, »könnte ich zusperren. Hallo Mädels, kennt ihr mich noch?«

Eine der beiden Damen schob sich die Lesebrille von der Nase und beäugte den unerwarteten Besuch.

»Ja, Lilly, du? Das ist aber eine freudige Überraschung!« Lilly umarmte ihre ehemalige Kollegin aufs Herzlichste und erkundigte sich nach ihrem Befinden.

»Bitte, Lilly, leiser!«, dämpfte die Angestellte ihre Stimme und deutete ängstlich mit dem Zeigefinger vor dem Mund auf die Türe von Raffke.

»Leiser?«

»Bitte, Lilly! Du weißt ja, wie das bei uns ist. Der Chef duldet keine privaten Gespräche, *time is money*! Du kennst ihn ja, er kann schrecklich wütend werden und wir spüren es dann am Monatsende am Konto.«

»Siehst du, deswegen bin ich ja von hier weggegangen, es war nicht auszuhalten. Jetzt habe ich mich mit einem Hairstyling-Studio selbstständig gemacht und bin meine eigene Chefin. Lasst euch doch nicht ständig von diesem Idioten auf der Nase herumtanzen!«

Lilly versuchte erst gar nicht, leiser zu werden, sie sprach das Wort *Idiot* besonders deutlich und provozierend laut aus.

»Psst! Bitte! Was soll ich denn machen? Wenn er wieder spinnt, klappe ich eben meine Ohren zu und lasse ihn einfach keifen, ich höre das nicht mehr. Schau, um meine Jahre und die Abfertigung lasse ich mich nicht bringen. Was führt dich eigentlich her, meine Gute?«

»Eine unangenehme Scheidungsgeschichte, ist der Chef da?«

»*Unangenehm* hört sich gut an«, flüsterte die Angestellte, »da ist Raffke wie Donald Duck. Unangenehm heißt im Juristendeutsch langwierig und lukrativ, da funkeln nur noch Dollarnoten in seinen Augen. Um wen handelt es sich denn?«

Lilly schob Anna vor, die schweigend das Gespräch mitangehört hatte. Die Damen begrüßten einander.

»Wir brauchen den Akt und lassen ihn einfach verschwinden, weil meine Freundin nicht von diesem Geizkragen vertreten werden will«, versuchte sie die Kanzleikraft von ihren Plänen zu überzeugen.

»Lilly, ich gäbe ihn dir nur allzu gerne, glaube mir, allein aus Gehässigkeit, aber er hat die Unterlagen auf seinem Schreibtisch liegen, außerdem haben wir bereits einen Akt in digitaler Form angelegt. Das geht jetzt nicht mehr, er arbeitet bereits intensiv daran. Die Causen, die für ihn lukrativ werden könnten, nimmt er sich sogar mit nach Hause. Für ihn sind die Akten wie gebündelte Geldscheine. Wird eine scheußliche Sache, plädiert auf absolut strittige Scheidung.«

»Genau das will ich aber nicht!«, erboste sich Anna. »Deswegen sind wir auch hier. Ist Doktor Raffke zu sprechen?«

»Wartet, ich melde euch an!«

Raffke telefonierte und fand es nicht der Mühe wert, die hereintretenden Frauen mit einer freundlichen Geste zu begrüßen. Der Anwalt war Mitte siebzig und von kleiner Statur. Sein rundlicher Körper verschwand beinahe in dem riesigen Lehnsessel. Trotz seines fortgeschrittenen Alters hatte er jugendliche Bewegungen und sprachliches Temperament. Asche fiel von seiner Zigarette, die er achtlos in den Raum blies, während er irgendwelche obszönen Schmierereien auf seine Schreibtischunterlage kritzelte.

Er ließ von diesen kindischen Spielereien nicht einmal ab, als die Damen schon längst vor seinem Arbeitstisch Platz genommen hatten und die Zeichnungen sehen konnten. Gelangweilt sog er an seiner Zigarette, das Telefonat schien ihn nicht wirklich zu interessieren.

»Ja, ja … natürlich, selbstverständlich mit einer Haftungsrücklage von zwölf Prozent. Verstehe. Natürlich … Treuhandkonto. Rennt wie üblich über unsere Kanzlei … und wegen der Provision? Ach, da machen Sie sich einmal keine Sorgen … so wie immer … zwanzig Prozent … Was heißt da, zu viel? Nun, wir tragen ja auch ein verdammt großes Risiko bei dem Geschäft … Was gibt's da noch großartig zu überlegen? Gut, ich gebe Ihnen noch zwölf Stunden Bedenkzeit, dann läuft der Deal nach Plan B, und der ist für Sie ungünstiger, glauben Sie mir!«

Der Anwalt legte den Hörer mit den Worten auf, er sei es leid, in einer Welt von Dilettanten und Vollidioten zu leben. Er schloss den Akt und warf ihn auf einen Stoß anderer Aktenberge. Für Anna klang die Aussage fast schon wie eine Drohung.

Ohne die Damen zu begrüßen, legte er einfach los. Der kleine, rundliche Mann hüpfte aus seinem Sessel und stellte sich breitbeinig vor Lilly auf.

»Nun zu Ihnen. Wenn Sie glauben, Sie hätten irgendeinen Rechtsanspruch auf nicht bezahlte Gehälter aus Ihrem ehemaligen Dienstverhältnis bei mir, dann muss ich Sie enttäuschen. Ich lasse mich nämlich nicht erpressen, schon gar nicht von Ihnen oder Ihrer mitgebrachten Anwältin! Übrigens guten Tag, Frau Kollegin!«

Lilly grinste, der Anwalt war in seinem Element.

»Sie brauchen mich auch gar nicht so keck anzuschauen, Sie wären beim Arbeitsgericht mit Ihren Forderungen hundertmal abgeblitzt. Also probieren Sie es nicht weiter bei mir. Außerdem unterliegen Geldforderungen, wie Sie wissen, einer dreijährigen Verjährungsfrist und die ist längst vorbei, das dürften sogar Sie mit Ihrem marginal ausgeprägten Rechtsverständnis wissen, oder?«

Lilly reichte ihm neckisch ihre Hand zum Gruß, die er demonstrativ unsanft von sich wies. »Grüß Gott, Herr Doktor! Wie schön, dass Sie sich nicht verändert haben. Ich muss Sie leider enttäuschen, ich will nichts von Ihnen, keinen Cent! Ich bin in Begleitung einer Freundin hier«, Lilly deutete auf Anna, die verschreckt und fassungslos auf ihrem Sessel saß, »die Sie in der Scheidungssache *Stöger gegen Stöger* vertreten.«

Er blickte auf Anna, musterte sie vom Scheitel bis zur Sohle und setzte danach ein breites Lächeln auf.

»*Stöger gegen Stöger*? Ach so, das ist ja etwas ganz anderes! Warum sagen Sie das denn nicht gleich?«

Die wütende Stimme beruhigte sich, er nahm Annas Handrücken, küsste ihn und fuhr mit einem gespielt süßlichen Tonfall fort: »Ja, Frau Stöger, ich bitte tausendmal um Entschuldigung. Ich habe Sie nicht wiedererkannt. Ist schon eine Weile her, dass wir uns sahen. Gott, wie haben Sie sich nur verändert? Sie tragen Ihre Haare anders und erst Ihr Figürlein? Wunderbar! Ich sag's ja immer, schade, dass die Frauen erst aufblühen, wenn sie sich scheiden lassen. Sie werden immer attraktiver. Und wie geht's den Kindern und der gnädigen Frau Mama?«

Wie schnell doch die Hoffnung auf Geld bei Menschen eine Verhaltensänderung auslösen konnte, dachte Anna und bedankte sich für das Kompliment. »Ich wollte Ihnen den Scheidungsvergleich, den ich mit meinem Mann besprochen habe, zur Begutachtung bringen. Auf eine strittige Sache, wie ich Ihnen auch schon am Telefon angedeutet habe, will ich aber nicht hinaus.«

»Ich weiß, ich weiß, ich habe ihn gelesen. Darf ich ehrlich zu Ihnen sein? Dieser Vergleich stellt Sie um Klassen schlechter als Ihren Mann. Er ist sicher ein Fuchs, was Geld anlangt, ich spüre so etwas. Aber bitte, so wie das im Moment für mich aussieht, wird er Sie schamlos über den Tisch ziehen. Gnädige Frau, Sie haben doch alle Trümpfe in der Hand. Trennen Sie sich auf Zeit und warten Sie die weiteren Entwicklungen ab. Er muss für Sie und die Kinder Unterhaltsleistungen zahlen, immerhin studieren alle noch, und bedenken Sie eines, die Mutter Ihres Noch-Gatten …«, er hüstelte und zog wieder an seiner Zigarette, »… soll ja nach meinen Informationen ziemlich vermögend sein. Und alt. Eine erbrechtlich nicht ganz von der Hand zu weisende Situation. Garantie gibt es keine. Nur eines ist eine unverrückbare Tatsache, jedes Leben findet irgendwann einmal sein Ende. Ich möchte ja nicht den Teufel an die Wand malen, aber, gnädige Frau, Sie würden sich um eine Stange Geld bringen, wenn Ihr Mann alleine erbt …«

Was hatten die zwei kleinen Gartengrundstücke der Schwiegermutter schon für großen Wert? Ein kleiner grüner Fleck neben einer Schrebergartensiedlung, wunderte sich Anna.

»Ich habe einflussreiche Freunde, meine Liebe, was glauben Sie, was die Grundstücke in ein paar Jahren wert sind? Die Stadt wächst und wächst und so ein kleines Fleckchen Land vor der Stadtgrenze mit seinen lieblichen Apfelbäumchen kann im Nu zu einem Baugrund für ein Gewerbezentrum umgewidmet werden. Eine Goldgrube! Wenn Sie sich jetzt scheiden lassen, kriegen Sie nichts und müssen Ihren Mann auch noch aus dem Haus zahlen, das gehört dann zwar Ihnen ganz alleine, aber auch der Frankenkredit. Und im Moment schaut es auf den Kapitalmärkten nicht wirklich rosig aus. Überlegen Sie doch!«

Er sog wieder gierig an seiner Zigarette und streute beiläufig ein: »Ganz zu schweigen von den Kosten, die bisher für Sie angefallen sind.«

Raffkes kurzzeitige Enttäuschung über Annas ehrliche Absichten verwandelte sich in sprühende Selbstsicherheit. Er hatte den schmutzigen Gedanken an Geld wie ein Virus zielsicher in Annas Gehirn verpflanzt.

»Welche Kosten?«

»Na, die Kosten Ihres Verfahrens und mein bescheidenes Honorar!«

»Wie viel?«, stieß Anna zitternd hervor.

»Bis jetzt belaufen sich meine Auslagen auf nicht ganz 2000 Euro!«

»Was?!! Zweitausend Euro?« Anna erbleichte.

»Ohne Mehrwertsteuer!«

Sie suchte nach der Hand von Lilly, die wie angewurzelt neben ihr saß.

»Sie können sich das Ganze noch bis kommende Woche überlegen, aber eine Entscheidung müssen wir treffen. Nur eines kann ich Ihnen versprechen, mit mir an Ihrer Seite ist es zwar nicht angenehm, aber sicher finanziell lukrativer! Da haben wir beide was davon!«

Für Raffke schien das Gespräch erledigt zu sein, er stand von seinem Schreibtisch auf, verabschiedete sich bei Lilly und zog Annas Hand wieder an seinen Mund.

»Wenn Sie in dieser Angelegenheit noch unsicher sind, lade ich Sie gerne zu mir auf ein Glas Wein ein. Dann können wir in ganz privater Atmosphäre darüber sprechen!«, Raffkes Augen funkelten.

»Ich werde auf Ihr Angebot zurückkommen!« Anna hatte ihre Hand seinen Annäherungsversuchen entzogen.

»Und, wie ist es gelaufen?«, fragte Lillys Ex-Kollegin.

Anna musste sich kurz setzen. »Schrecklich! Ich bin völlig verwirrt, keine Ahnung von Vermögens-, Erb- oder Scheidungsrecht! Heiraten geht so einfach und beim Trennen stürzt ein Tsunami auf dich ein. Wenn man davon vorher schon wüsste, man würde erst gar nicht heiraten. Eigentlich wollte ich alles schnell und schmerzlos hinter mich bringen und jetzt habe ich den Eindruck, als würde ich ein Loch stopfen und damit ein nächstes, ein weit größeres, öffnen.«

»Ja«, meinte die freundliche Sekretärin. »Anwälte sind furchtbar und Raffke ist der Schlimmste, bei ihm zählt nur das Geld! Aber ich sage Ihnen etwas, hören Sie auf Ihr Herz, ist tausendmal besser!«

Die Metamorphose

Schweigend gingen Lilly und Anna nach Hause. Sie hielten sich die Hände, genauso wie früher, wenn sie von der Schule heimwärts geschlendert waren. Beide waren in ihren Gedanken versunken. Anna war am Boden zerstört. Wo sollte sie 2000 Euro auftreiben, um den Anwalt zu bezahlen, den sie gar nicht wollte?

»Lilly, was soll ich jetzt machen?«, fragte Anna, als sie die schmale Gasse Richtung Haus gingen.

»Wir essen etwas und dann überlegen wir, ok?«

Mehmet freute sich sehr, als sich die zwei wieder an einem seiner Plastiktischchen niederließen.

»Dasselbe wie üblich?«, fragte der Verkäufer und wischte den kleinen, wackeligen Tisch ab.

»Ja, aber dieses Mal kein Bier, nur Mineralwasser!«, orderte Anna.

»Sonst wird es wieder peinlich, oder?«

Anna spürte, wie ihre Wangen erröteten.

»Mohammed, bitte seien Sie mir nicht böse wegen neulich, es ist mir wirklich unangenehm. Ich trinke selten Alkohol, der Abend vor ein paar Tagen war eine Ausnahme, die Matura von Lukas, die Trennung von meinem Mann … Natürlich trinke ich Alkohol, aber nicht so viel … es hat damals eben irgendwie gepasst. Der Abend war lustig und dann …«

»Keine Angst, Allah hat nichts gesehen!«

»Da bin ich erleichtert, aber Sie haben es gesehen und mich sogar nach Hause gebracht. Ich muss mich tausendmal bei Ihnen entschuldigen.«

Nach ein paar Minuten war Mehmet wieder an ihrem Tisch und servierte das gewünschte Mineralwasser, zwei Teller Pommes, die herrlich duftenden Kebabs und drei Gläser Rake.

»Ach, Mohammed, das ist so lieb von Ihnen, aber heute keinen Schnaps. Ich bin auch glücklich nur mit Ihrem herrlichen Kebab!«

»Sie haben Angst, weil es noch nicht dunkel ist? Dann warten wir!«

»Nein, Mohammed, ich habe keine Angst!«

»Machen Sie mir die Freude, Anna! Nennen Sie mich bitte bei meinem richtigen Namen, sagen Sie *Mehmet* zu mir!«

»Oh, das tut mir leid, Mehmet, wie unaufmerksam von mir, entschuldigen Sie!«

Die drei vollen Gläser Rake blieben am Tisch stehen, Mehmet grillte in seiner Bude und die beiden Freundinnen ließen sich die heißen, würzigen Kebabs schmecken.

»Glaube mir, Lilly«, schmatzte Anna genussvoll, »das war heute ein Scheißtag! Aber das Kebab von Mehmet ist wieder ein Wahnsinn!«

»Finde ich auch!«

»Ich bin innerlich so zerrissen, der Gedanke, mit fünfzig wieder ein Single zu sein, ist zermürbend. Auch wenn es anders aussieht, glaube mir, ich habe keine Ahnung, wie es weitergehen soll. Gott, bin ich froh, dass ich die Kinder und dich habe. Lilly, ich bin dir so dankbar, dass du an meiner Seite bist und mich unterstützt, auch wenn es mit mir nicht einfach ist.«

Während sie sprach, lief eine dicke Träne über ihre Wange.

»Liebes«, unterbrach Lilly ihre Freundin, nahm ein Taschentuch und wischte Anna zärtlich die Träne aus dem Gesicht, »ich kenne deine Gefühle, es ist wie eine Hochschaubahn, einmal ganz oben und dann wieder unten. Einmal macht man sich die herrlichsten Zukunftspläne, versöhnt sich mit der Vergangenheit und glaubt, man hätte das Ganze einigermaßen verkraftet, dann macht es *puff* und man liegt emotional wieder am Boden, da genügt oft nur ein Wort!«

»Stimmt, ein guter Vergleich. Weißt du, mich stört die Beziehung meines Mannes zu einer neuen Frau gar nicht einmal so sehr wie der Umstand, dass ich unsere Beziehung, unsere Liebe über die Jahre so leichtfertig habe den Bach hinuntergehen lassen. Lilly, ich liebe Wolfgang schon lange nicht mehr, da gab es nur Weniges, das uns wirklich noch verband. Ja, die 25 Jahre, ein starkes, aber brüchig gewordenes Band, und nun ist es zerrissen. Und es ist gut so!«

»Ich dachte, du hast dich maßlos über Wolfgang geärgert und jetzt entschuldigst du sein Verhalten?«, fragte Lilly irritiert nach. Annas Gefühlsschwankungen waren auch für sie nicht leicht zu durchschauen.

»Hab ich auch. Aber weniger, weil er sich jetzt mit einer anderen amüsiert, als dass er mit mir in diesem unerträglich gleichgültigen Zustand blieb und mich vier Jahre so unverschämt angelogen hat. Und nun die Trennung. Vielleicht die einzig wirkliche Chance, endlich ehrlich zueinander zu sein. Die letzten Tage waren so anstrengend und ärgerlich für mich. Wolfgang verkriecht sich in seiner Arbeit und delegiert wie üblich.

Es ist so typisch für ihn, nichts will er alleine entscheiden, und dann soll ich ihm noch all seine Klamotten, schön verpackt in Kisten stecken und mich mit seiner Freundin koordinieren, weil er ja sooo viel zu tun hat. Wie kann ein Mensch nur so widerwärtig sein?«

Anna leckte sich genussvoll die Joghurtsauce von den Fingern und redete wie aufgezogen weiter: »Und dann kommt so ein geldgieriger Idiot von Anwalt daher und will mir eine strittige Scheidung einreden oder, besser noch, es einfach drei Jahre auszusitzen, damit ich in den Genuss des Vermögens meiner Schwiegermutter komme. Lilly, ich verzichte aufs Geld, ich will nur endlich wieder glücklich sein. Das freie Zimmer werde ich auch nicht an einen Studenten vermieten, ich werde mir im Parterre unseres Hauses eine feine, kleine Praxis einrichten und noch mehr arbeiten als bisher.«

»Fein, du bist am richtigen Weg!«, warf Lilly ihr zu und biss dabei kräftig in ihren Snack.

Anna hatte ihr Herz ausgeschüttet und fühlte sich besser, ihr Leben glich wirklich einer Hochschaubahn. Sie war ganz unten angelangt, aber jetzt sollte es wieder bergauf gehen. Mit Lilly und den Kindern würde es ihr sicher gelingen, davon war sie überzeugt.

»Übrigens danke, dass du mich heute begleitet hast! Die Männer haben doch alle einen Vogel. Der eine redet nur übers Geld, der andere über Sex.«

»Meine waren genauso. Was blieb, waren schöne Erinnerungen und nach Monaten deren unbezahlte Fitness-Rechnungen. Ich sag's ja immer, alles Höhlenmenschen, auch wenn sie bei *Parsifal* vögeln!«, lachte Lilly.

Anna widersprach gespielt beleidigt: »Hat er nicht!«

»Hat er schon!«

Beide fingen zu kichern an und Mehmet kam mit gefüllten Gläsern. »So, jetzt ist es dunkel und nun Rake!«

Ihre neue Bekanntschaft räusperte sich und stellte sich andachtsvoll vor den kleinen Plastiktisch.

»Ein arabisches Sprichwort sagt: *Humor und Geduld sind zwei Kamele, die dich durch jede Wüste tragen!* Serefe!«

»Serefe, auf Humor und Geduld!«

»Serefe, auf alle weiblichen Kamele!« Anna hob das Glas an ihre Lippen und knallte es lachend auf den Tisch.

Mehmet setzte sich an den Tisch und fing zu singen an. Es war ein klagender, ein einfühlsamer und schöner Gesang über seine Heimat, die irgendwo in Ostanatolien lag, über seine Familie, von Abschied und Sehnsucht. Lilly summte mit und Anna empfand das ähnlich wohlige Gefühl wie bei ihrem Großvater, der sie oft auf seine Traumreisen mitgenommen hatte.

Das Unverständnis

Immer noch hatte Anna von ihrem Anwalt keinen Scheidungstermin erfahren und dieser Umstand zermürbte sie. Es war ein Gefühl von Unsicherheit wie in der Schule, wenn sie auf die Rückgabe einer schwierigen Klassenarbeit gewartet hatte, kein aufregendes, freudiges Warten, sondern ein angstvolles. Sie wollte es einfach nur hinter sich bringen, um neu durchstarten zu können.

Um sich ein wenig abzulenken, hatte sie angefangen, das leer stehende Zimmer im Souterrain auszuräumen. Lilly amüsierte sich mit den Jungs im Wohnzimmer. Sie zockten stundenlang irgendwelche Spiele auf der Playstation und amüsierten sich königlich. Keine Spur von Traurigkeit.

Wolfgang hatte sich für die nächsten Tage angekündigt, er wollte nun doch mit einem Lieferwagen kommen und seine Sachen holen. Selbstverständlich helfe ihm Miriam dabei, sie sei eine wirklich nette und liebenswürdige Person, sie und Anna würden sich sicher wunderbar verstehen.

Anna hatte dankend abgelehnt, sie wollte Miriam nicht kennenlernen. Warum sich mit seinem neuen Verhältnis verstehen? Das ganze Gelaber von Patchwork-Familien ging ihr auf die Nerven. Funktionierte sowieso nie. Das kannte sie aus Erzählungen ihrer Freundinnen.

Vielleicht war sie auch zu altmodisch erzogen worden, sie konnte diesem Gedanken einfach nichts abgewinnen.

Ihr Handy klingelte, es war ihre Mutter. Zitternd hob Anna ab.

Ohne ein Begrüßungswort und die höfliche Nachfrage, wie es ihr ginge, legte sie los: »Also wirklich, Anna, dass ich das von unserem Anwalt erfahren muss!«

»Auch dir einen schönen Abend, Mama! Was ärgert dich so?«

»Na, das mit eurer Scheidung. Ich habe eben mit Raffke telefoniert.«

»Na wunderbar, das nenne ich gelebte Schweigepflicht.«

»Anna, Raffke ist ein alter Freund von mir, das weißt du. Es ist nur fair, wenn er mich über wichtige Dinge in der Familie informiert.«

»Dich interessiert doch nur, wie ich den Kredit des Hauses zurückzahlen kann oder ob du mir wieder unter die Arme greifen musst. Musst du aber nicht, ich regle das alleine! Du fragst gar nicht, ob Lukas die Matura geschafft hat.«

Die Mutter stockte kurz. »Hat er?«

»Ja.«

»Dann ist es ja gut. Er bekommt die schönen alten Manschettenknöpfe von Großpapa. Wann ist die Maturafeier?«

»Ende Juni, aber so richtig gefeiert wird erst nach der Scheidung. Ich werde die beiden Feste zusammenlegen, kommt billiger.«

Anna spürte, sie hatte ihre Mutter ins Mark getroffen.

»Du bist geschmacklos!«, echauffierte sich die alte Dame.

»Bin ich nicht, Wolfgang ist geschmacklos.«

»Kind, überlege dir das gut mit der Scheidung, du bist über fünfzig. So schnell kriegst du keinen Mann mehr in deinem Alter, das muss dir bewusst sein, und überhaupt, wer ist diese Miriam?«

»Das neue Pantscherl von Wolfgang.«

»Mein Gott, lass ihm halt die Freude. Du machst sowieso, was du willst. Schau, mein Kind, die Jungs sind erwachsen, das Haus bald abbezahlt, da zahlt sich doch eine Trennung gar nicht mehr aus. Denk an die Großmutter, die hat immer gesagt: *Ein Mann ist wie eine Krankheit, den kriegst du auch nicht mit einer Scheidung los.*«

»Mama, ich bitte dich.«

»Aber ich dachte, ihr versteht euch so wunderbar?«

»Schon lange nicht mehr! Unsere Ehe war seit Jahren ein Bluff!«

Die Mutter fing an, ihre Tochter zu attackieren. »Vielleicht hättest du öfter mit ihm schlafen müssen, da kommen Männer nicht auf blöde Gedanken!«

Gütiger Himmel! Jetzt fing ihre Mutter mit derselben Theorie an wie Dr. Göttlicher. Das Leben bestand doch nicht immer nur aus dem leidigen Thema Sex.

Außerdem war sie das Fischlein, das vertrocknete, und nicht Wolfgang, aber das wollte sie nicht mit ihrer Mutter besprechen.

»Mutter, du bist die Letzte, mit der ich über Sex reden will. Aber wenn du es genau wissen willst, Sex dauert in unserem Alter zwanzig Minuten, bestenfalls zehn. In meinem Fall fünf. So, und nun sag mir bitte, wie ich die restlichen 23 Stunden und 55 Minuten mit einem Mann aushalten sollte, der ein bequemes, gleichgültiges Arschloch ist.«

An der anderen Seite der Leitung wurde es still, die Mutter schwieg betreten und Anna freute sich wie ein Kind über ihren kleinen Sieg, endlich hatte sie sich gegen Mutters Sticheleien wehren können.

Nach einer halben Ewigkeit antwortete diese gekränkt: »Weiß ich doch nicht, ich habe in diesen Fragen wenig Erfahrung in meinem Leben sammeln können, zumindest nicht in der Frage deiner sogenannten zehn Minuten.«

»Wie bin ich dann entstanden? Durch den heiligen Geist?«, spöttelte Anna weiter.

»Im Dunkeln!«, flüsterte die Mutter beschämt.

»Wahrscheinlich hast du dich vorher noch bekreuzigt, ein Katholiken-Highlight sozusagen!«

»Du kannst mich nicht aus der Reserve locken, mein Kind!«, ärgerte sich die Mutter, was Anna tief befriedigte. »Zu Raffke gehst du aber! Lass dich beraten und denke bitte an die Kinder!«

Wenn Mutter »denke bitte an die Kinder« sagte, meinte sie »denke bitte ans Geld!«.

Anna wurde ungeduldig, sie versprach ihrer Mutter, nochmals mit dem Anwalt zu reden, und würgte das Telefonat mit den Worten ab, sie müsse jetzt für die Jungs etwas kochen.

An der Haustüre war ein dumpfes Klopfen zu hören. Wer wollte zu so später Stunde noch etwas von ihr? Anna raffte sich auf und öffnete die Türe. Es war Mehmet mit einem großen Plastiksack in der Hand.

Die Überraschung war Anna ins Gesicht geschrieben, fast entschuldigend für die Störung meinte Mehmet: »Ihre Jungs haben Pizza bestellt.«

»Pizza?«

»Ja, Pizza. Ständig Kebab ist langweilig, ich verstehe das!«

»Ach, Mehmet, dabei liebe ich Ihr Kebab. Ich könnte es jeden Tag essen.«

Anna ließ Mehmet im Vorzimmer warten und holte ihre Geldbörse. Die Pizzas hatte sie Lilly und den Jungs auf den Couchtisch gestellt und ging wieder die Treppen hinunter.

Mehmet war in den kleinen Raum gegangen und betrachtete interessiert die Wände und den Boden.

»Ist ein schöner Raum!«, meinte er.

»Nett, nicht? Ich werde daraus eine Praxis machen.«

»Sind Sie Ärztin?«

»Nein, Mehmet, ich bin Physiotherapeutin. Wenn Menschen Probleme mit den Knien oder mit der Wirbelsäule haben, dann kommen sie zu mir und ich behandle sie. Mit den richtigen Bewegungsmustern können sich die Patienten dann wieder schmerzfrei bewegen.«

»Ich weiß, was Physiotherapie ist!«

»Verzeihen Sie, ich wollte Sie nicht kränken.«

»Sie brauchen das auch.«

»Was denn?«

»Physiotherapie!«

»Mehmet, Sie täuschen sich, ich habe keine Schmerzen.«

»Doch, ich sehe es fast jeden Tag, wenn Sie an meinem Geschäft vorbeieilen oder essen kommen. Sie lächeln und Sie weinen. Das ist nicht gut. Ein arabisches Sprichwort sagt, *Wer nach allen Seiten lächelt, bekommt nichts als Falten im Gesicht.*«

»Sie und Ihre arabischen Sprichwörter. Jetzt sag ich Ihnen ein anderes: *Lachen ist die eleganteste Art, seinem Gegner die Zähne zu zeigen.*«

»Ah, jetzt verstehe ich die Wiener. Alles ehrliche und friedliche Menschen!«

»Ganz im Gegenteil, wie kommen Sie darauf?«

»Weil die nie lachen! Von wem ist eigentlich dieses Sprichwort?«

»Weiß ich nicht, gefällt es Ihnen?«

»Nein, ist ein dämliches Sprichwort!«

»Ihr arabisches auch!«

Anna lief zum Vorzimmerspiegel und betrachtete sich.

»Keine Falten, Mehmet, bitte sehen Sie selbst!«, sie schob sich die Haare zur Seite und ließ sich von ihm eingehend mustern.

»Nicht im Gesicht, Anna, dafür in Ihrem Kopf!«

»Sie türkisches Scheusal, Sie!«, zischte ihn Anna mit gespieltem Ärger an und lachte.

Mein Gott, deswegen ging sie ja auch zu einem Psychotherapeuten, der konnte die Falten in ihrem Kopf wieder glätten.

Mehmet griff nach einer Kartonschachtel, in der sie die Lego-Eisenbahnschienen der Kinder, alte Tennisschläger und Fußbälle aufbewahrt hatte. »Wohin damit? Ich möchte Ihnen helfen!«

»Das ist lieb von Ihnen!« Wahrscheinlich waren ihm die dümmlichen Aussagen über ihre Falten unangenehm. »Hinauf auf die Dachbodenstiege!«

In einer Stunde hatten die beiden Kleiderkisten, Bananenkartonagen voll mit altem Schulkram, verstaubte Blumentöpfe und Vasen aus dem Zimmer geräumt.

In den Sommermonaten hätte Lukas Zeit und könnte ihr bei der Renovierung des Zimmers helfen und im Herbst, schmiedete sie wieder Pläne, würde sie eine Annonce in die Zeitung geben: Anna Kretschmer, Institut für Physiotherapie, Cranio-sacrale Osteopathie, Schmerztherapie und Körperbewusstsein.

Mehmet schaute verdutzt. »Aber am Türschild steht doch *Stöger*?«

»Ja, Mehmet, die Frau Stöger gibt's bald nicht mehr. Ich nehme meinen alten Mädchennamen wieder an, Anna Kretschmer.«

»Ist nicht gut, wenn man die Vergangenheit verdrängt, sie ist ein Teil von Ihnen, immerhin waren Sie sehr lange mit Ihrem Mann zusammen! Allah sagt …« Weiter konnte er nicht reden, Anna fiel ihm ins Wort.

»Nein, Mehmet, keine arabischen Weisheiten mehr!«

»Die sind aber gut gegen Falten.«

»Ich habe keine Falten!«, trotzte sie zurück.

Mehmet war bereits vor der Türe und legte ihr behutsam Zeige- und Mittelfinger zur Verabschiedung auf die Stirn. »Nicht die in Ihrem Gesicht, nur die in Ihrem Kopf!«

Er nahm die Hand von ihrer Stirn und sah ihr tief in die Augen. Anna kam dieser Moment wie eine Ewigkeit vor, obwohl es nur einige Sekunden gewesen sein konnten. Mehmet lächelte, öffnete die Eingangstüre und verschwand in der Dunkelheit. Anna hörte seinen festen Schritt am Kopfsteinpflaster noch lange nachklingen.

Anna stand zeitig in der Früh auf. Schlaftrunken nahm sie wie gewohnt ihre Tablette, schluckte diese mit einem kalten Glas Wasser und stellte Kaffee und Tee auf. Vier Tassen, Milch, Butter und was sonst noch zu einem guten Frühstück gehörte. Dann platzierte sie einen Zettel auf dem Tisch: *Ich liebe euch! Einen schönen Tag! Ma.*

Ihre Dienstbesprechung fing um 6.30 Uhr an, sie musste sich beeilen, der Primarius duldete keine Minute Verspätung. Als Chef der Orthopädie fühlte er sich als Gott, der gehässig seine verbalen Giftpfeile auf seine Mitarbeiter schleuderte, wenn diese nicht parierten. Sie wollte ihn nicht durch Unpünktlichkeit provozieren.

Auf Zehenspitzen verließ sie das Haus, um die Jungs und Lilly nicht zu wecken, die sich noch in den Betten räkelten. Während sie das kleine Gässlein zum Pfarrplatz hinunterlief, kontrollierte sie auf ihrem iPhone die Mails, in der Hoffnung, Raffke würde ihr den lang ersehnten Scheidungstermin bekannt geben, und stieß dabei mit Schwung einen Geistlichen um, der gerade auf dem Weg in die Kirche war.

»Ach, das tut mir aber leid, Pater Franz! Ich habe Sie nicht gesehen!«

Der Priester war gestürzt. »Guten Morgen, Frau Stöger! Im ersten Moment hätte ich Sie nicht wiedererkannt!«, meinte er erschrocken und versuchte sich hochzuziehen.

Was ein paar Kilos weniger im Gesicht und auf den Hüften ausmachten. So sehr hatte sie sich doch nicht verändert. Vorsichtig half ihm Anna auf.

»Ich bin untröstlich! Ist alles in Ordnung?«, fragte sie besorgt.

»Ja, kein Problem«, gab er kurz angebunden zurück und wischte sich mit hochrotem Gesicht den Schmutz vom Talar. Er war sichtlich verärgert.

»Bitte lassen Sie Ihre Kleidung reinigen, ich zahle selbstverständlich die Rechnung!«, bot Anna an. Gerade mit diesem Menschen wollte sie nicht zusammentreffen, jetzt, wo sie es wirklich eilig hatte.

Pater Franz hatte die unangenehme Art, sich in jedes Leben einzumischen. Er redete gerne und viel, auch über Dinge, von denen er eigentlich keine Ahnung hatte, stumpfsinniges Zeug aus einem seiner langweiligen Priesterseminare. Seine *Weisheiten* gab er bei jedem zum Besten, egal ob man es hören wollte oder nicht.

Anna wohnte zwar in der Nähe der Pfarrkirche, vernahm in der Früh den wunderbaren Klang der Glocken, ließ sich aber selten in der Pfarrgemeinde sehen. Warum auch?

Wolfgang hatte nie Verständnis für irgendeine Form von Spiritualität gezeigt und ihre zarten Gefühle dafür mit zynischen Bemerkungen wie »die Welt ist die Wohnung Gottes und die Kirche sein Scheißhaus« ins Lächerliche gezogen.

Einen *dreimalklugen Hostienschlecker* hatte er Pater Franz stets genannt, dann aber trotzdem akribisch die kitschigen Kommunionbilder in das Familienalbum geklebt. Zu wichtigen Meetings nahm er die Alben sogar in die Arbeit mit und platzierte sie offen auf seinem Schreibtisch, um stolz seine Familienidylle zu präsentieren.

»Ich habe Sie schon lange nicht mehr in der Kirche gesehen, liebe Frau Stöger! Wie geht es Ihnen?«

Die Frage klang nach Maßregelung. Doch Anna hatte keine Lust und keine Zeit sich zu verteidigen, sie musste in die Arbeit, und das ganz schnell.

»Ich würde ja wirklich gerne mit Ihnen plaudern, habe im Moment aber keine Zeit! Ich muss in den Dienst!«

»Ich komme gerne einmal bei Ihnen vorbei, wenn ich darf!«, forderte er einen baldigen Besuch ein. Sie bejahte mit gespielter Freundlichkeit, verabschiedete sich und rannte zur Straßenbahn.

Gott, war sie froh, diesem Menschen entkommen zu sein.

Pater Franz war vor Jahren als junger, zielstrebiger Priester in die Pfarre gekommen und in Kürze *der* Shootingstar der Diözese geworden. Das lag weniger an seinem rhetorischen Können als vielmehr an seinem attraktiven und gepflegten Äußeren, das er kokett einsetzte. Die Damenwelt lag ihm zu Füßen, sowohl in der Kirche als auch danach im sonntäglichen Pfarrcafé, wo intensiv und unverhohlen um den blonden, groß gewachsenen Jüngling gebuhlt wurde. Den Annäherungsversuchen entzog er sich mit gespielter Demut und mit zitternder Stimme, er dürfe sich nicht in Versuchung bringen lassen, er sei ein Mann Gottes. Das zölibatäre Leben wäre keine Bürde, ganz im Gegenteil, es verschaffe ihm die notwendige Freiheit, seinen Dienst am Nächsten zu vollbringen. Die Damen wurden noch eifriger in ihrem Werben, ein Mann, der sich verweigerte, schien erotisch noch anziehender zu sein. Alle wollten ihn »bekehren«.

Nur Anna nicht. Denn der Reiz verflüchtigte sich schlagartig, als sie vor Jahren Pater Franz lautstark brüllen hörte. Eine Schar Kinder hatte unbedacht und in der Leidenschaft eines Fußballspieles den Ball durch das geöffnete Kirchentor vor die Füße des Paters geschossen. Trotz vieler Tränen und Entschuldigungen nahm er ihnen den Ball mit dem Hinweis weg, es sei zwar nichts passiert, aber es hätte etwas passieren können. Anna war zu den Kindern gelaufen und wollte sich für diese einsetzen, doch der Pater war nicht wiederzuerkennen. Wie eine Furie schrie er sie an, die geröteten Augen quollen aus ihren Höhlen, und während er sich mit wilden Gesten rechtfertigte, warum er die Kinder nun bestrafen müsse, stampfte er mit den Füßen auf den Boden. Nur schwer ließ er sich wieder beruhigen. Anna war seither von seinem Verhalten zutiefst angewidert.

An Weihnachten und zu Ostern und auch nur, weil es ihre Mutter glücklich machte, ging sie mit ihrer Familie in die Kirche und beobachtete, wie der strahlende Jüngling mit den Jahren erlosch. Denn aus dem einst schönen und charismatischen *Dornenvögel*-Priester war im Laufe der Zeit ein verbitterter Mensch geworden, dem man seine Unzufriedenheit mit sich und der Welt förmlich ansah.

Eigentlich schade, dachte Anna, als sie sich keuchend in der Straßenbahn niederließ, wie leicht man sich doch in Menschen täuschen kann.

Der Neid

Außer Atem kam sie einige Minuten zu spät in die Besprechung, was der diensthabende Arzt mit einem kurzen Kopfschütteln missbilligend zur Kenntnis nahm. Ganz hinten, in der letzten Reihe, nahm sie kleinlaut Platz. Dort waren immer Stühle frei.

Die Sitzreihen folgten einem genauen hierarchischen Prinzip. Vorne saß der Chef, dahinter sein Stellvertreter, danach die Oberärzte. Anna war es egal, sie übernahm gerne die Patienten, die man ihr zuteilte oder die niemand gerne betreute. Alte oder an Demenz erkrankte Menschen, die mühsam zu behandeln waren.

»Annilein«, meinten dann die Kollegen mit übertriebener Freundlichkeit, »du machst heute bitte die Bandscheibe aus Zimmer 112 und dann den Meniskus aus 110. Du bist dafür die Beste!«

Die Bitte war nicht als Lob oder als Anerkennung für ihre langjährige Erfahrung zu deuten, man missbrauchte dabei ständig ihre Geduld und ihren Gleichmut, die Dinge anzunehmen und keinen Widerstand zu leisten.

Annas Abwesendsein war nicht zu übersehen. Sie starrte aus dem Fenster und dachte daran, wie sie möglichst unkompliziert den Tag im Krankenhaus überstehen konnte, und daran, wie sie ihren neuen Praxisraum einrichten wollte.

»Wollen Sie Ihren neuen Kollegen nicht begrüßen?«, fragte der Chefarzt, er war aufgestanden, die Sitzung war beendet, der Raum geleert, nur drei Schwestern standen in einer Ecke und unterhielten sich angeregt.

Herr Szolny, Physiotherapeut, so seine kurzen Ausführungen, würde für ein halbes Jahr das Team beratend begleiten. Er hatte langjährige Erfahrungen sammeln können und würde die orthopädische Abteilung mit seinem Fachwissen bestens unterstützen.

Anna erhob sich gedankenverloren, um den neuen Kollegen zu begrüßen, blieb aber vor seinem Sessel wie angewurzelt stehen.

»Oh, mein Gott, Berti! Du?«

»Hallo, Anna! Schön, dich zu sehen!«

»Na siehst du! Gott hat meine Gebete erhört! Obwohl ich aus der Kirche ausgetreten bin!«

Lilly freute sich und summte ein Liedchen, während sie Annas feuchte Haare föhnte. Sie hatte es sich auf einem einladend großen Stuhl bequem gemacht und genoss die angenehme Atmosphäre im Salon und Lillys einfühlsame Hände, die immer für sie da waren, wenn sie sie brauchte.

»Welche Gebete?«

»Schau, meine Liebe, ich habe um einen Mann gebetet!«

Anna drehte sich lächelnd um. »Das war ja sowas von klar!«

»Nein, meine Liebe, dieses Mal nicht für mich, sondern für dich! Nur, dass es so schnell geht, hätte ich nicht erwartet. Ich dachte erst nach der Scheidung. Wie heißt es so schön? *Gottes Wege sind unergründlich!*«

Annas ehemaliger Studienkollege Berti Szolny war nun bereits eine Woche auf der Station, doch Anna vermied jedes persönliche Gespräch mit ihm. Er ließ sich von den Krankenschwestern hofieren wie ein Arzt, trank mit ihnen Kaffee und fühlte sich sichtlich wohl, was durch die weitläufigen Gänge auch lautstark zu vernehmen war. Der Neue im Team schien lustig, offenherzig und zugänglich zu sein. Für Anna war die Anwesenheit ihrer verflossenen Liebe ein beklemmender Zustand, sie wollte die Vergangenheit ruhen lassen und blieb auch bei den gemeinsamen Diskussionen stets sachlich und zurückhaltend. Berti musste sich in die Arbeitsabläufe der Abteilung einarbeiten, las Krankengeschichten und führte mit dem ärztlichen Team Gespräche über Veränderungen in der Therapie. Wenn sie sich im Stiegenhaus oder im Schwesternzimmer zufällig begegneten, spielte ihm Anna stets die Gestresste vor, sie müsse eilig zum nächsten Patienten.

Dennoch spürte sie im Nacken, dass seine Blicke an ihr hafteten wie Kletten, eindringlich und fordernd.

»Du bist wirklich blöd, Anna! Da reicht dir der liebe Herrgott einen alten Liebhaber auf einem silbernen Tablett und du nimmst dir nichts davon.«

»Lilly, ich bitte dich. Berti ist sicher verheiratet und hat Kinder.«

»Na und? Ehemänner sind die unkompliziertesten Liebhaber, wenn du mich fragst! Schau, nach ein paar Monaten ist das ganze Verliebtsein und das Kribbeln im Bauch ohnehin wieder vorbei, dann sitzt du mit einer Packung Chips vorm Fernseher und schaust gemeinsam die *Millionenshow*. Armin Assinger ist mein Erotikmesser, wenn er den anschauen will, dann weiß ich, ups, jetzt ist es vorbei. Über diese Grenze springt mir keiner. Verheiratete Männer kriegst du ja auch wieder schnell los, wegen der Kinder, die zu Hause warten. Das zieht immer. Du bist für die sogar noch eine Heilige, weil du nicht um sie kämpfst und großzügig auf sie verzichtest.«

Lilly redete über Liebschaften und Trennungen genauso emotionsgeladen wie über ihre neue Farbpalette für Haarsträhnchen. Sie hatte den Spieß in ihren Liebesbeziehungen umgedreht. Statt sich in Männer zu verlieben und sich dann betrügen zu lassen, bestimmte sie, wann sie einen Mann brauchte und wann dieser wieder zu verschwinden hatte. Anna bewunderte sie ein wenig dafür.

»Bei Wolfgang hätte deine Strategie nicht funktioniert! Der wäre dir trotz *Millionenshow* geblieben!«

»Den hätte ich schon lange vor dem Assinger aus dem Bett geworfen. Ganz ehrlich, Anna, die Neue tut mir jetzt schon leid!«

»Mir auch!«, stimmte Anna zu, kramte in ihrer Tasche und zündete sich eine Zigarette an. Genussvoll stieß sie den Rauch aus ihrem Mund. »Ist das ok für dich?«

»Du meinst wegen des Rauchverbotes? Ach, die von der Gewerbebehörde oder vom Gesundheitsamt können mich doch kreuzweise! Immerhin ist das mein Geschäft! Die Mädels sollen sich bei mir wohl fühlen, und das ohne Verbote! Aber seit wann rauchst du wieder? Anna, gib mir auch eine, aber schnell!«

Lilly griff gierig nach der Zigarette und dem Feuerzeug und sog den Rauch tief ein. »Herrlich, schmeckt die gut! Irgendwie unfair, warum hat der liebe Gott all die schönen Dinge im Leben so giftig gemacht? Alkohol, Nikotin oder fettes Essen! Ich kann dem nie widerstehen, auch wenn ich weiß, dass es mich umbringt.«

»Ist wahrscheinlich auch der Grund, warum du als Hintergrundmusik in deinem Geschäft Amy Winehouse spielst. Als mahnendes Beispiel sozusagen!«, meinte Anna und zog wieder an ihrer Zigarette. »Bitte verrate mich aber nicht bei den Jungs, sie würden mich erwürgen! Ich rauche auch nur, wenn mir danach ist, und überhaupt, warum soll ich mich ständig kasteien? Viel zu lange habe ich nicht auf meine innersten Wünsche gehört und meine Lust ständig unterdrückt. Ich will einfach nur eine Zeit lang genussvoll leben, auch wenn ich weiß, dass es ungesund ist. Ungesund, aber aufregend und schön!«

Lilly hatte die Zigarette in den rechten Mundwinkel geschoben, um weiter mit Anna reden zu können, während sie ihre Haare pflegte.

»Meine Worte! Ich kannte da einen Herrn, der einmal in der Woche Haareschneiden kam, sehr charmant und sehr großzügig mit dem Trinkgeld. Den habe ich einmal gefragt: ›Mein Gott, Herr Sedlacek, Sie werden immer jünger, wie machen Sie das?‹ Worauf er gemeint hat: ›Disziplin, liebe Frau Lilly, Disziplin und nochmals Disziplin! Wenig essen, nichts trinken und um Gottes willen keine Zigaretten!‹«

»Und?«, fragte Anna amüsiert nach, sie wusste instinktiv, was kommen musste.

»Vorige Woche war sein Begräbnis! Herzschlag, beim Schwimmen in der alten Donau. Da hat sich dieses arme Schwein doch zeitlebens mit seinem Körper abgerackert, nichts genossen, sich nichts gegönnt und immer gesund gelebt! Und wofür? Dass jetzt seine Kinder um das Erbe streiten.«

»Wie bedauernswert!«

Lilly war mit dem Föhnen fertig. »Willst du Spray in die Haare? Ich hab da jetzt ein neues Produkt, das lässt sich leicht auskämmen.«

»Gerne.«

Die Frisur musste die nächsten Tage halten, Anna hatte Ende der Woche wieder einen Termin bei Dr. Göttlicher und bereits am nächsten Tag ein privates Tête-à-tête mit ihrem Anwalt. Sie erzählte aber Lilly kein Wort davon.

Die Verführung

Wie verabredet stand um zwanzig Uhr eine große schwarze Limousine vor Annas Haustüre. Sie richtete sich ihre Haare und strich sich mit einem roten Liner die Lippen nach. Das rote, eng anliegende Kleid hatte sie schon Jahre nicht mehr getragen, es passte wie angegossen. Nur die kleine Bauchfalte ließ sich nicht verstecken, auch als sie die Luft anhielt. Sie rannte in ihr Zimmer und kramte in ihrem Kasten nach einem

Tuch, das sie sich lässig über ihre Schultern warf. Jetzt war es perfekt.

»Sie sehen wieder hinreißend aus!«, schmeichelte Dr. Raffke, als sich Anna etwas echauffiert in die schwarze Lederpolsterung des Wagens fallen ließ. Raffke klopfte dem Chauffeur auf die Schulter. »Zum Steirereck, aber flott!«

Der Auftritt ihres Begleiters imponierte Anna, denn kaum waren die beiden in das Haubenrestaurant am Stadtpark getreten, als die Kellner schon wie kleine Hündchen um den bekannten Anwalt herumschwänzelten und ihm jeden Wunsch von den Augen ablasen. Raffke genoss dieses devote Verhalten mit einer offen zur Schau gestellten Kompliziertheit, mit Allüren, wie sie nur von zweitklassigen Starlets zu erwarten waren.

Er orderte laut und kaltschnäuzig den besten Champagner, keinen Fusel wie neulich! Er pfiff nach dem Personal, das Wasser am Tisch sei zu kalt und überhaupt, wolle er es still und nicht prickelnd. Den ganzen kitschigen Zierrat möge man tunlichst entfernen, er fühle sich in Anbetracht der vielen Blumen wie auf einem Friedhof. Er bat nicht, er wies an, so wie er es aus seiner Kanzlei gewöhnt war, und die anderen gehorchten.

Anna störte seine aufdringliche Art nicht weiter, sie war fasziniert von der Schönheit und der Eleganz des Raumes, von den wechselnden Gerüchen und von der gedämpften Atmosphäre. Die bis zum Boden reichenden Fenster waren geöffnet, die laue Luft des Abends drang in den Speiseraum und vermischte sich mit dem Geruch von gebratenen Langusten und gegrilltem asiatischen Gemüse. »Prost, meine Liebe! Ich darf doch Anna zu Ihnen sagen!« Raffke hob sein Champagnerglas in die Luft und riss Anna unsanft aus ihren Gedanken: »Wie sagte einst Johann Nestroy: *An Scheidungsgründen fehlt es nie, wenn nur der gute Wille da ist!* Liebe Anna, auf Ihre Scheidung und mögen damit all Ihre Wünsche in Erfüllung gehen!«

»Ich weiß nicht, ob ich auf meine eigene Scheidung trinken kann. Immerhin war ich so lange verheiratet und nun? Stehe ich vor einem Scherbenhaufen.«

»Dann trinken wir auf uns und auf mich! Denn ich verwandle Ihnen jede Scherbe zu Gold!«

Anna lächelte verlegen und trank einen Schluck, der Champagner schmeckte himmlisch. Sie würde ihm erst beim Dessert offerieren, dass sie eigentlich kein Geld hätte, und überhaupt, keine strittige Scheidung anstrebe.

Um die verkrampfte Stimmung ein wenig aufzuheitern, erzählte Anna dem Anwalt von ihren Kindern, von Philipp und Lorenz, die gerade ein Ferialpraktikum absolvierten und von Lukas' Maturareise und dass sie trotz aller Schwierigkeiten doch sehr stolz auf ihre Jungs war.

»Haben Sie Kinder?«, fragte Anna nach.

»Kinder? Gott bewahre! Machen doch nichts als Ärger. Zuerst hast du das Problem von Job und Familie, dann kommt die mühselige Schule. Nichts als Kosten für Babysitter oder Nachhilfelehrer! Hast du sie dann endlich durch die Uni gebracht, pfeifen sie dir etwas und im Alter, glauben Sie mir, setzten sie dir bei aller Liebe einen Sachwalter vor die Nase, der dich dann mit ihrer Zustimmung in irgendein heruntergekommenes Altersheim steckt, wo du dann alleine verreckst. Nein, Anna, ich bin froh, dass ich keine Kinder habe. Nur hie und da gehen sie mir ab, zu Weihnachten oder zu Ostern, da würde ich schon gerne in staunende, glückliche Gesichter sehen, aber auch das geht vorüber. Das

Geld, das ich mir verdiene, gebe ich lieber selbst aus! So, meine Liebe, und nun lassen wir das leidige Thema, essen wir etwas Gutes!«

Raffke bestellte eine Entenleberterrine und Carpaccio vom steirischen Biokalb, dazu eine Flasche Gewürztraminer. Er fragte gar nicht lange nach ihren Wünschen, er ging davon aus, dass sie seinen Geschmack goutierte. Als Hauptgericht aßen beide Jakobsmuscheln an Zucchiniblüten auf Hummerschaum. Anna war beim Anblick dieser Köstlichkeit verzückt.

»Wussten Sie, dass Muscheln eine aphrodisierende Wirkung haben?«, fragte er Anna, nachdem er einen großen Bissen in den Mund geschoben hatte.

»Hoffentlich nur auf die Libido von Schalentieren!«, gab Anna kokett zurück, die Muscheln waren ein Traum und Raffke bei näherer Betrachtung gar nicht so unsympathisch.

»Sind Sie zu allen Ihren Klienten so nett?«

»Nein, nur zu denen, von denen ich mir Geld erwarte.«

Anna stutzte kurz, senkte ihre Gabel und sah ihrem Vis-à-vis tief in die Augen.

»Ein kleiner Scherz am Rande. Nein, meine Liebe, Sie sind eine Ausnahme. Ich trenne den Beruf und mein Privatleben normalerweise ganz strikt. Naja, eigentlich habe ich ja kaum Privatleben. Meine Kanzlei fordert von mir hundertprozentigen Einsatz, da bleibt nicht viel Zeit zum Leben. Sie glauben ja gar nicht, mit welchen Geschichten ich jeden Tag konfrontiert werde.«

Anna ließ das Besteck sinken. »Welche zum Beispiel?«

»Ach, da sind zum Beispiel Besitzstörungsklagen, weil der PKW des Nachbarn zehn Zentimeter in die

Hauseinfahrt des anderen hineinragt, oder Klagen wegen Geldwäscherei, gewerbsmäßiger Diebstahl und Versicherungsbetrug. Ganz delikat ist der Fall eines Primararztes, der einen ehemaligen Mitarbeiter wegen Rufschädigung und Verleumdung vors Gericht schleppt. Die Leute reden einfach nicht miteinander, da wird wegen jeder Lappalie sofort geklagt!«

»Ist er im Recht, ich meine der Primarius?«, fragte Anna interessiert nach.

»Natürlich nicht! Klar hat der Dreck am Stecken, und wie! Dem passieren immer wieder Fehldiagnosen, er hat sogar von einer Pharmafirma Präparate an Patienten ausprobiert, die noch gar nicht am Markt zugelassen waren, aber das Recht ist halt immer auf der Seite der Stärkeren. Der kleine Idiot hat doch gegen den Arzt keine Chance, noch dazu, wo ich ihn vertrete.«

Raffke war in seinem Element, es freute ihn sichtlich, dass er Annas Interesse wecken konnte.

»Nötigung und Erpressung, die sind zwar geschmacklos, dafür sehr lukrativ«, fuhr er fort, »da hab ich gerade einen Fall, der besonders abstoßend ist. Bekannter Mann aus dem öffentlichen Leben, nennen wir ihn Herrn Z, unterhält eine Affäre mit einem achtundzwanzigjährigen Strichjungen, weiter nicht schlimm, denke ich. Der junge Mann lebt in einem Haus, das der Organisation von Z gehört, er muss auch keine Miete zahlen, nur ein wenig nett zu Herrn Z sein. Jetzt wird's aber lustig, denn ein Hacker, Herr XY, hat sich in den Computer des Strichers reingeloggt und die perversen Spielereien der beiden aufgezeichnet, während dessen Laptop online war. Er erpresst jetzt den Stricher und fordert Geld, sonst stelle er die Videos ins Netz.«

»Warum?« Anna hatte diese Geschichten bisher nur von Tatortkrimis aus dem Fernsehen gekannt.

»Weil er Spaß daran hat, andere zu beobachten und zu verunsichern! Der Stricher hat aber wiederum kein Geld und fordert den Betrag von Herrn Z, der aber eine derart hohe Summe nicht aufstellen kann. Und jetzt wird's erst wirklich interessant. Z könnte den jungen Mann wegen Erpressung klagen. Tut er aber nicht, weil ja dann seine eigene Perversität ans Tageslicht käme. Er macht es subtiler, er zahlt eine Schlägerpartie, die dem Prostituierten seine schöne Fresse poliert. Als kleinen zukünftigen Vorgeschmack, denn Z hat im Falle der Veröffentlichung vor, die rückständigen Mieten einzuklagen. Im Zuge der Verhandlung soll dann ans Tageslicht kommen, dass der Stricher gefälschte Papiere hat und sich illegal in Österreich aufhält. Herr Z hat nur den Fehler gemacht, mir die Sachlage zu mailen, jetzt hat XY, der Hacker, auch meine Adresse. Blöd gelaufen. Ich sag immer zu meinen Klienten, wenn es um diskrete und delikate Dinge geht, nie übers Internet zu kommunizieren. Das Internet ist ein offenes Buch, jeder kann darin lesen.«

»Und was ist Ihre Aufgabe in diesem Fall?«

»Sachlich und ruhig bleiben. Die haben sich nämlich selbst alle in Geiselhaft genommen. Ich trete da nur beratend auf. Honorar bekomme ich aber trotzdem.«

»Und der Hacker?«

»Mit dem bin ich auch schon in Kontakt getreten. Dieser Perversling hat auch versucht, bei mir zu landen. Da ist er aber an der falschen Adresse. Dem hab ich gesagt, wenn er weiterhin mich oder meine Klienten bedroht, zeig ich ihn an, weil mein bester Freund auch IT-Experte ist, ich finde ihn und dann ist er fällig.«

Anna war schockiert, in nur drei Minuten hatte sie der Anwalt in tiefe menschliche Abgründe schauen lassen.

»Wie Sie das alles aushalten, ich beneide Sie nicht um ihren Job.«

»Aber er bringt gutes Geld!«

»Ja und? Aber die Menschen, mit denen sie sich umgeben müssen, sind mehr als zweifelhaft, eigentlich krank. Warum tun Sie das?«

»Ganz einfach, wenn ich es nicht mache, dann macht's eben ein anderer. So ist die Welt und die ist nun mal dreckig. Ach, Anna, Sie und Ihre kleine Scheidungsgeschichte sind im Vergleich zu den anderen Fällen ein wahrer Segen für mich.«

Annas Skepsis gegenüber Raffke verflog zusehends, sie fühlte sich wohl, einerseits, weil sie ein Mann endlich einmal auf Händen trug, und andererseits, weil das Essen, der Wein und der ganze Abend ein Gedicht waren. Der Anwalt ließ die Rechnung kommen und legte ein paar Geldscheine in das schwarze Lederetui, das der Kellner diskret auf den Tisch geschoben hatte.

Er entschuldigte sich für ein paar Minuten, um ein dringendes Telefonat zu erledigen, was Anna nicht als Unhöflichkeit empfand. Raffke war ja wirklich im Dauereinsatz, er tat ihr leid. Verstohlen öffnete sie die Mappe mit der Rechnung, schaute hinein und klappte sie geschockt wieder zu, die Rechnung wies einen Betrag aus, der die Hälfte ihres Monatslohnes war.

Unerwartet stand ihre Begleitung wieder vor dem Tisch. »Sie brauchen bei der Rechnung keine Bedenken zu haben, die setze ich steuerlich ab. Als Geschäftsessen sozusagen. Wollen wir noch ein Glas Whiskey bei mir zu Hause trinken, zum Abschluss dieses wunderbaren Abends?«, fragte er sie.

Anna bejahte, zum einen, weil sie neugierig auf sein Haus war, zum anderen wollte sie ihn zu einer einvernehmlichen Scheidung überreden, ihn zumindest um ein niedrigeres Honorar bitten.

Staunend ging sie durch Raffkes Prachtvilla. Sie lag in einem der teuersten Bezirke Wiens, dort, wo die Reichen und Schönen unter sich sind. Gedämpfte Stille und diskret zur Schau gestelltes Vermögen.

Im Stiegenhaus hingen Bilder seiner Familie. »Die Großmutter«, erklärte er ihr, als sie vor einem Ölgemälde standen, auf dem eine gedrungene, etwas verbittert dreinblickende alte Frau abgebildet war.

»Ich habe es im Nachhinein von einer Fotografie abmalen lassen. Großvater ist im Krieg geblieben, irgendwo an der Ostfront. Meine Großmutter war eine bewundernswerte Frau, sie hat meine Mutter und ihre sieben Geschwister ganz alleine großgezogen. Mit einer kleinen Landwirtschaft, aber immerhin, den Kindern fehlte es an nichts, sie hatten als Bauern zumindest Ziegenmilch und Brot. Da ging's den Städtern weit schlechter, die mussten wirklich hungern. Die Großmutter erzählte mir oft, dass die Menschen abgemagert aufs Land zogen und nach Essbarem bettelten. Sie hatte einen regen Handel angefangen, wie in dem Theaterstück Mutter Courage von Bert Brecht. Eier, Brot, Butter und hie und da auch Fleisch tauschte sie gegen Kleidung oder Schuhe. Alles, was ihre Kinder brauchten. Einmal hatte sie besonderes Glück, sie bekam für zwanzig Kilo Schweineschmalz zwei wunderbare Rubinohrringe. Sie hat sie nie getragen. Als ich mein Jus-Studium abgeschlossen hatte, übergab sie mir diese als Geschenk. ›Sei sparsam, schau auf dich und verschenke nichts‹, meinte sie damals, ›die Ohrringe sollen dir stets ein mahnendes Zeichen sein! Pass gut auf, die Welt da draußen ist brutal und schlecht!‹ Wollen Sie sie sehen?«

Er ging mit Anna ins Herrenzimmer, das die Größe eines kleineren Ballsaales hatte. Eine riesige Bücherwand und eine wuchtige Barockgarnitur gaben dem Raum eine prunkvolle Atmosphäre. Nur die vielen Tiertrophäen irritierten Anna, denn der ausgestopfte Tod passte nicht zu den schwungvoll verspielten Möbeln. Während der Anwalt hinter seinem Schreibtisch verschwunden war und sich bei der Bücherwand zu schaffen machte, fragte Anna verwundert. »Ich wusste gar nicht, dass Sie Jäger sind!«

Zwölf Bände von Schillers klassischem Werk stellte Raffke zur Seite, nun kam endlich ein kleiner Safe zum Vorschein, den er mit ein paar gekonnt schnellen Zügen geöffnet hatte.

»Ja, ja! Ich bin leidenschaftlicher Jäger! Die Jagd ist die beste Methode sich auszutoben, sie hält mich fit und ist weit unkomplizierter als eine Ehefrau. Wo sind die Ohrringe denn nur? Ich habe sie doch in diesen Safe gegeben?«

Er ließ die schwere Eisentüre offen stehen und lief wie ein verletztes Reh aufgeregt im Zimmer umher. Weder in der Schreibtischlade, im Maul einer Antilope noch im Panzer einer ausgestopften Schildkröte konnte er die Rubinohrringe finden.

»Da sind sie ja!« Anna hatte nochmals einen Blick in den Safe geworfen und fand in der dunklen Ecke des Tresors eine kleine dunkelblaue Samtschachtel. Wie ein Wolf stob Raffke zurück zu Anna und entriss ihr den Schmuck. Ein tiefer Seufzer folgte, endlich hatte er seine Beute wieder in den Händen.

»Versprechen Sie mir, niemandem davon zu erzählen. Wissen Sie, ich habe in meinem Haus einige Safes installieren lassen, … alle gut versteckt … einer in der Bücherwand … einer in der Küche … die Handkasse am Schreibtisch mit ein wenig Bargeld ist nur Bluff, um abzulenken.«

Er öffnete die Schachtel und hielt zitternd vor Aufregung seinen Schatz unter Annas Augen.

»Wunderschön!«, meinte sie entzückt, die Rubine funkelten wie Feuer. »Und warum tragen Sie den Schmuck nicht einfach in ihre Bank? Dort wäre er am sichersten!«

»Ach die Banken, was glauben Sie denn? Alles Betrüger, alles Diebe! Die kriegen von mir keinen Cent! Wirtschaftskrise, Bankenkrise, Bank futsch, Geld futsch! Nein, Anna, ich vertraue niemandem, mein Haus ist meine Bank. Außerdem habe ich die Jagdgewehre und meine 38er Glock im Nachttisch, es wäre dumm, mich zu bestehlen.«

Anna wurde nachdenklich, eigentlich hatte sie mit diesem Mann Mitleid. Raffke hatte sich ein Vermögen verdient und nun verwendete er seine gesamte Energie, um diesen Schatz zu verteidigen.

Endlich hatten sie Zeit gefunden, ließen sich auf dem Sofa vor dem Kamin nieder und tranken einen alten schottischen Whiskey.

»So und nun zu Ihnen!« Raffke rückte näher an die Seite seines Gastes und hatte offensichtlich keine Skrupel, Anna in Verlegenheit zu bringen. Ihr hatte er sich vertrauensvoll geöffnet, sie sollte seine nächste Beute sein.

»Schauen Sie, ich kenne Ihren Mann nicht, nur aus Erzählungen Ihrer geschätzten Frau Mutter. Muss meiner Meinung nach ein Riesenidiot sein, eine derart hübsche und intelligente Frau zu betrügen.«

Er hielt ihre Hand und strich ihr zärtlich über den Handrücken. Wie Lilly damals an dem lauschigen Abend in der Kebabbude. Anna stach es plötzlich wieder in der Brust. Lilly! Ihr hatte sie nichts über den Abend erzählt, sie hatte sich vor ihrer Reaktion gefürchtet. Und nun saß sie mit diesem Mann auf einem Sofa in seinem Haus und ließ es zu, dass er sie berührte.

»Anna, ich will ehrlich zu Ihnen sein, es ist nicht klug, sich jetzt scheiden zu lassen. Sie kriegen einen läppischen Anteil von dem, was Ihnen eigentlich zusteht. Zögern Sie es hinaus, ich glaube, das ist auch im Sinne Ihres Mannes. Sie vereinbaren eine aliquote Miete oder einen zeitweiligen Verzicht auf Ihre Unterhaltszahlungen und warten einfach ab. Ihre Schwiegermutter kann ja nicht ewig leben.« Er prostete Anna siegessicher zu.

Obwohl sie auf ehrlich sein wollte, zwang eine innere Stimme sie, Raffkes Argumentationslinie zu folgen. Sie hätte Verantwortung zu tragen, versuchte er ihr einzureden, für sich und ihre Söhne. Dann wäre da dieser unangenehme Frankenkredit, der in ein paar Jahren fällig wäre und den sie unmöglich alleine zurückzahlen könne. Auf der anderen Seite als Aktivum aber das liebliche Grundstück, das ihr Mann erben würde. Damit ließen sich die Schulden begleichen.

»Und was ist, wenn meine Mutter früher stirbt?«, rechnete sie dem Anwalt vor. »Dann fließt mein Erbe ja auch noch in eine aufrechte Ehegemeinschaft und mein Mann hätte daraus seinen Nutzen, oder?«

Raffke war stolz auf seinen Lehrling. »Ich merke, Sie lernen schnell! Sie wären eine tolle Anwältin geworden! Ich sag's ja immer, den jungen Dingern von der Universität fehlt der kleine Funken an Hausverstand, der entscheidend ist. Aber nein, Anna, keine Sorge, das habe ich schon mit Ihrer geschätzten Frau Mutter besprochen. Sie hat ihr Vermögen bereits den Kindern überschrieben.«

»Gott sei Dank!«, meinte Anna. »Und die Sparbücher?«

»Ihre Mutter hat eine stattliche Summe abgehoben und das Bargeld meiner Kanzlei zur treuhändischen Verwaltung überlassen, sehr intelligente Dame, Ihre Frau Mama, hat meinen Rat befolgt. Bei ihrem Ableben ist die Erbmasse relativ gering, Sie haben nach ihrem Tod Ihr sicheres Geld und Ihr Mann schaut durch die Finger. Das Einzige, was wir jetzt veranlassen müssen, ist Ihren Mann davon zu überzeugen, die Scheidung zu verschieben.«

»Dem wird es vollkommen egal sein. Ob wir uns trennen oder nicht, es wird sein Leben nicht wesentlich verändern.«

Raffke stand auf, ging zum Schreibtisch und griff nach einem bereits vorbereiteten Schriftstück. »Sie müssen nur mehr hier unten unterschreiben, den Rest erledige ich.«

Fordernd reichte er ihr den Kontrakt. Anna unterschrieb.

»Braves Mädchen!«, meinte er und küsste ihr zärtlich den Nacken.

Der Freund

Von den Eindrücken wie erschlagen, saß Anna kurze Zeit später in der schwarzen Limousine, sie wurde nach Hause gefahren. Raffke hatte offensichtlich das bekommen, was er wollte. Sie fühlte sich alleine und verlassen, während der Chauffeur ein Liedchen pfiff. Wie einfältig sie doch gewesen war, sich so leichtfertig hatte verführen lassen, zu einer Entscheidung, die sie gar nicht wollte. Am Pfarrplatz wolle sie aussteigen, sagte sie dem Fahrer. Niemand sollte sie in diesem Zustand sehen.

Es war spät geworden, keine Passanten waren auf den Straßen, nur Mehmet stand in seiner kleinen Bude, der in Gedanken versunken die Grillgeräte putzte.

»Guten Abend, Mehmet!«

Der Verkäufer erschrak, drehte sich um und sah Anna an, die zitternd vor ihm stand.

»Anna! Was ist mit Ihnen?« Schnell hatte er seine Tücher weggeworfen, verließ seinen Arbeitsplatz und umarmte Anna vor dem Tresen, so wie sich gute Freunde begrüßen.

»Mehmet, ich habe gerade einen großen Fehler gemacht!«

»Sie sind eine gute Frau, hab ich Ihnen schon einmal gesagt und gute Frauen machen keine Fehler!«, versuchte er sie aufzuheitern.

»Oh doch, ich schon. Das kommt daher, weil ich immer lächle und tausend Falten habe. Sie haben recht, die in meinem Kopf sind die, die am meisten drücken. Heute habe ich beschlossen, mich nicht scheiden zu lassen!«

»Das ist ja wunderbar! Warum ist das ein Fehler, wenn man beschließt bei seinem Mann zu bleiben. Wenn Vernunft über Gefühl siegt. Die Jungs haben wieder Familie, Vater und Mutter, das ist wichtig.«

»Mehmet, Sie verstehen nicht. Ich lasse mich nicht scheiden, obwohl ich mich von meinem Mann getrennt habe.«

»Das verstehe ich jetzt wirklich nicht, ist wieder so eine Falte von Ihnen!«

Mehmet hatte seinen Stand geschlossen und sie schlenderten die stillen Gassen entlang. Sie erzählte ihm von ihrer kaputten Ehe, von Wolfgangs beruflicher

Karriere, von ihrem Eheleben, das sie die letzten Jahre als unerträglich empfunden hatte, von ihrer Beziehung, die von Herzlosigkeit und Gleichgültigkeit geprägt war, und von ihrem inneren Zwang, stets allen alles recht zu machen. Wie dumm sie gewesen war, nicht ihre alte Liebe Berti geheiratet zu haben, einen Mann, der sie angehimmelt und geliebt hatte.

Der Mann, der nach Lillys Meinung ihr nun vom Schicksal auf einem goldenen Tablett serviert wurde und mit dem sie doch jeden Kontakt scheute.

Sie fühle sich so eingeschlossen, jammerte sie, wie in einem Käfig, zu dem nur bestimmte Menschen einen Schlüssel hatten und den sie auch nur öffneten, wenn sie etwas von dem kleinen Singvogel brauchten. Ihre Mutter zum Beispiel oder ihre Familie, ständig lebte sie das Leben anderer.

»Ja, *das Glück ist ein Vogerl*, so sagt ihr Wiener doch, oder? Was wollen Sie jetzt unternehmen, um glücklich zu werden?«

Mehmet war stehen geblieben und sah ihr eindringlich in die Augen.

»Was ich will? Mehmet, das ist ja das Schlimme, ich weiß es nicht. Ich bin jetzt Anfang fünfzig und habe immer gewusst, wo es im Leben langgeht, was meine Bestimmung als Frau und als Mutter ist. Dann verlässt mich mein Mann, was vorhersehbar war, aber trotzdem schmerzt. Jetzt könnte man sagen, ›Juhu, endlich kann sie selbstbestimmt ihr Leben genießen und machen, was sie will‹, und was mache ich? Ich sitze in meinem goldenen Käfig und muss mir eingestehen, dass der kleine Vogel das Fliegen verlernt hat!«

»Sie haben das Fliegen nicht verlernt! Sie trauen sich nur nicht aus Ihrer sicheren Umgebung, weil Sie Angst haben, Sie könnten fallen«, beruhigte er sie.

»Ich bin heute gefallen, Mehmet, und das ganz tief.«

Sie erzählte ihm von ihrem Anwalt, der nur am Geld und an fetter Beute interessiert war. Natürlich war sie ihren Kindern verantwortlich, sie sollten eine schöne Starthilfe in ihr Leben bekommen und ja, das koste eben auch viel Geld. Geld, das sie im Moment nicht hatte. Mehmet konnte und wollte ihre Ansichten nicht teilen. Er gab ihr recht, die Welt sei schwierig und grausam geworden, den Kindern müsse man wirklich eine gute Starthilfe geben. »Alles«, meinte er lächelnd, »nur nicht Geld! Träumen und lieben sollen sie und das Leben in seiner Schönheit respektieren, damit sie keine Falten kriegen so wie Sie.«

Anna lächelte. »Sie sind schon wieder unverschämt, Mehmet. Sie können leicht reden. Haben Sie denn Kinder?«

»Leider nicht, keine Kinder und auch wenig Geld. Das macht mir aber nichts, irgendwann habe ich genügend davon und starte mit einem türkischen Cateringservice durch. Ich habe nämlich Träume und die versuche ich umzusetzen. Das dauert, aber es macht mir nichts aus. Bis es so weit ist, habe ich eben meine kleine Bude am Pfarrplatz.«

»Macht Sie das wirklich glücklich, jeden Abend die gleichen Gesichter zu sehen, jeden Abend Kebab und Bier zu servieren? Das muss doch unvorstellbar eintönig sein.«

»Manches Mal schon, aber die Dinge sind so wie sie sind, ich versuche sie nicht zu ändern. Das Leben ist ein ständiger Wandel. Anna, Sie machen einen großen Denkfehler, Sie suchen nicht nach dem Glück, sondern sie versuchen permanent, Unglück zu vermeiden.«

»Das sind doch Wortklaubereien, worin liegt denn da der Unterschied?«

»Ganz einfach. Das Glück ist eine Haltung, eine Lebenseinstellung. Es gibt Menschen, die sind glücklich, wenn sie mit dem Auto einen Verkehrsstau umfahren, andere wieder empfinden Glück, wenn sich die Kassiererin zu deren Gunsten verrechnet hat. Das ist nicht das, was ich meine. Das Glück ist ein Zustand tiefen inneren Friedens mit sich und der Welt. Suchen Sie nicht krampfhaft nach Glück, indem Sie alles planen, organisieren und kontrollieren. Vertrauen Sie mehr auf das Leben und darauf, dass es gut wird. Mein Großvater zum Beispiel saß allabendlich mit einer Zigarette und seinem Tee auf der Terrasse unseres Hauses, blickte zufrieden in die Landschaft, grüßte und plauderte mit Menschen, die an ihm vorbeispazierten. Er schien sehr glücklich zu sein und meinte dann stets, er greife in die Fülle des Lebens, ›dazu brauchst du nicht viel, mein Sohn, nur Heiterkeit und Gelassenheit, denke nicht an den Morgen, erfreue dich am Heute!‹ Anna, Sie planen zu viel und machen sich Sorgen um die Zukunft, die noch gar nicht eingetreten ist. Das kostet viel Kraft und Energie. Wissen Sie, was die Menschen wirklich glücklich macht?«

»Sie werden es mir sicher gleich sagen!«

»Drei Dinge: Sex, liebe Freunde und gutes Essen!«

»So einfach?«

»So einfach!«

»Ach, ich beneide Sie um Ihre südländische Mentalität. Ihr nehmt alles so unkompliziert.«

Mehmet grinste und äffte einen türkischen Akzent nach: »Na, das nix türkisch, das machen Kamele im Kopf. Du kennen arabisches Sprichwort?«

»Sie und Ihre arabischen Sprichwörter! Geduld und Humor, ja, ich kenne Ihre Kamele.«

Lange schon standen sie plaudernd vor Annas Haustüre, es war weit nach Mitternacht.

»Mehmet, ich danke Ihnen für das nette Gespräch, ich muss jetzt wirklich ins Bett, habe morgen einen anstrengenden Dienst, Gute Nacht!«

Mehmet nahm wieder Zeige- und Mittelfinger, hauchte einen Kuss darauf und strich Anna über ihre Stirn. »İyi geceler!«

Der Neid

In der Mittagspause setzte sich Anna in den schattigen Garten der Krankenhauscafeteria und versuchte ein wenig zu entspannen. Nur noch zwei Stunden, dann konnte sie endlich nach Hause, dachte sie und erschrak gleichzeitig bei diesem Gedanken. Eigentlich liebte sie ihre Arbeit. Sie liebte die Menschen mit all ihren körperlichen Defiziten.

Natürlich war es schwierig, Patienten nach einem Schlaganfall wieder auf die Beine zu bringen oder Hüftluxationen zu motivieren, wieder selbstständig zu gehen, zumindest bis zur Toilette und zurück. Anna dachte an Mehmet, sie hatte offensichtlich nur ein Kamel in ihrem Kopf Geduld. Der Humor fehlte. Damit konnte sie durch keine Wüste gehen, nicht einmal durch eine feuchte Wiese und schon gar nicht durch den anstrengenden Alltag einer orthopädischen Station. Anna schob sich die Sonnenbrille vor die Augen und ließ den kühlen Wind in ihre Ohren säuseln.

»Ist hier noch frei?«

»Selbstverständlich!«, Anna rutschte auf ihrem Sessel in aufrechte Position und nahm die Sonnenbrille ab, es war Berti.

»Oh, wie nett, Berti, was für eine Überraschung!«, begrüßte sie ihn verlegen.

»Grüß dich, Anna!«

Seit Wochen hatte sie jede Begegnung vermieden, grüßte ihn bei den Dienstbesprechungen nur flüchtig oder schielte zu Boden, wenn sich ihre Augenpaare trafen.

Er bestellte und räusperte sich. Ein unangenehmes Schweigen machte sich am Tisch breit. Komisch, wunderte sich Anna, man hatte sich Jahrzehnte nicht gesehen, würde ungeheuer viel zu erzählen haben und doch fiel ihr nichts ein. Der Kellner löste die erdrückende Stimmung mit seinem plötzlichen Erscheinen und stellte einen großen Braunen auf den Tisch.

»Darf ich dich zu einer Tasse Kaffee einladen?«, fragte Berti, während er sich Unmengen an Zucker in die Tasse leerte.

»Nein, danke, sehr lieb von dir, aber ich hatte schon eine!«

Berti trank einen Schluck, setzte die Tasse ab und beugte sich über den kleinen Tisch zu Anna, ganz nahe an ihr Gesicht. Sein süßlich schwerer Duft stieg ihr in die Nase, sofort konnte sie sich an seinen Geruch erinnern. Wie viel sich doch im Leben ändert, schoss es Anna durch den Kopf, ein Gesicht, ein Körper, Einstellungen und doch, der Geruch eines Menschen blieb über Jahre immer der gleiche.

»Warum gehst du mir aus dem Weg?«, fing Berti wieder an.

Anna fühlte sich wie in der Schule ertappt, wenn sie geschummelt hatte.

»Ich gehe dir nicht aus dem Weg, was für eine Frage!«

»Doch, Anna! Die ganze Zeit schon!«

Vielleicht lag es am vertrauten Geruch oder an Bertis eindringlicher Stimme, Anna fühlte sich in diesem Moment zurückversetzt in alte Zeiten, in denen sie alles mit ihrem guten Freund besprechen konnte. Ihre anfängliche Verklemmtheit löste sich und es quoll aus ihr heraus: »Ja, gut! Ich gebe es zu, ich geh dir aus dem Weg. Mir fällt es einfach so schwer, mit einem Menschen oberflächliches Zeug zu schwafeln, dem ich vor Jahren sein Herz herausgerissen habe. Was soll ich dir von mir erzählen? Ich stehe vor einem Haufen Probleme und weiß nicht, wie ich mein Leben wieder auf die Reihe bringen soll. Und dann tauchst du plötzlich auf der Station auf, das erdrückt mich!«

»Du hast es immer noch, Anna!«, unterbrach er sie.

»Was denn?«

»Mein Herz!«

»Berti, ich bitte dich! Das ist doch schon längst alles passé. Ich bin nicht mehr die Anna, die du kanntest, und du nicht mehr der wissbegierige Medizinstudent. Was ist eigentlich aus deinem Traum geworden, Arzt zu werden?«

»Anna, das ist eine lange Geschichte. Ich wollte orthopädischer Chirurg werden, das weißt du. Meine Eltern waren so stolz auf mich, ich wollte ihren Erwartungen entsprechen und ich büffelte an der Uni wie ein Irrer. Dann kam unsere Sache dazwischen. Du hast geheiratet und ich stand alleine da. Ich konnte nicht mehr schlafen, nichts mehr essen und fiel an der Uni nacheinander dreimal in Psychiatrie durch. War eine Ironie des Schicksals, genau in dem Fach durchzufallen, wo ich doch selbst unter schweren Depressionen litt. Das ging bis zur Kommissionellen Prüfung. Dieser arrogante Volltrottel von Prüfer hat mich aber wieder durchfallen lassen. Der war nur ein paar Jahre älter als ich und wollte sich einfach um jeden Preis beweisen. Beides hatte ich verloren, dich und die Medizin. So blieb mir nichts anderes übrig, als eine Ausbildung zum Physiotherapeuten zu absolvieren. Ich habe mir in den Jahren ein gewaltiges Know-how erarbeitet und verdiene nicht schlecht. Aber glaube mir, irgendwann kommt dieser Arzt in meine Gasse, es muss so etwas wie eine ausgleichende Gerechtigkeit im Leben geben. Diesem hochnäsigen Menschen ist nun ein großer Fehler passiert, ich hab ihn schon seit Längerem im Visier, deswegen bin ich auch hier. Und jetzt ist er fällig.«

Annas Handy klingelte, sie war um die kleine Störung dankbar, Bertis wütende Attacken gegen Ärzte gingen ihr auf die Nerven. Ja, es war für einen intelligenten Mann wie Berti sicher nicht einfach gewesen, eine berufliche Situation zu akzeptieren, die ihn nicht befriedigte.

Lorenz war am Apparat.

»Nein, Lorenz! Papa nimmt nur die Kisten mit, die ich vorbereitet habe. Was, der ist doch nicht mitgekommen? Nur sie? … Also das ist ja wirklich eine Frechheit! … Ich reg mich aber auf! … Welchen Christbaumschmuck? Den will er auch haben? Frag mich nicht, ich weiß nicht, warum Papa jetzt an Weihnachten denkt! … Ja, von mir aus kann sie auch das Silberbesteck mitnehmen, ist ohnehin von seiner Mutter … Pendeluhr? Welche Pendeluhr? … Ah, die aus dem Wohnzimmer? Warum will er die haben? Schön, dass sie Miriam gefällt, sie soll sich das Ding weiß Gott wohin schieben …!«, wütend drückte sie das Gespräch ab.

»Alles in Ordnung?«, fragte Berti.

»In bester, wie du hörst. Wolfgangs Freundin ist gerade in meinem Haus und holt seine Sachen ab. Wir haben uns getrennt. Er ist zu ihr gezogen, besser gesagt, ich habe ihn hinausgeworfen, freiwillig wollte er nicht gehen. Die speisen jetzt an Sonn- und Feiertagen mit dem Silberbesteck, von dem wir gegessen haben. Und weißt du, was mich dabei so irritiert? Es stört ihn gar nicht! Mir würde speiübel, alleine bei dem Gedanken. Herzloser Sack! Schlimm ist nur, dass er zu feige ist, unter die Augen seiner Kinder zu treten und ihnen die Wahrheit zu sagen, die sowieso alles bereits von mir wissen. Da schickt er lieber seine Freundin, die die unangenehmen Dinge für ihn erledigt. Auf der anderen Seite bin ich froh darüber, keinen Tag hätte ich es mit ihm länger ausgehalten.«

Anna stand auf, sie musste noch zwei Patienten behandeln und entschuldigte sich für den plötzlichen Aufbruch. Bei der Verabschiedung dankte sie ihrem alten Freund für das nette Gespräch und lud Berti zu sich nach Hause ein. Entspannt könnten sie bei einer guten Flasche Wein von alten Zeiten reden. »Weißt du, ich will mir im Souterrain unseres Hauses eine Praxis einrichten. Ich könnte dann meine Patienten viel besser und effektiver betreuen als hier im Krankenhaus.«

»Eine eigene Praxis? Du bist beneidenswert!«

»Was gibt's da zu beneiden?«

»Deine Kraft und Stärke beneide ich.«

Die Gefahr

Es war Sonntag und Anna hatte Zeit, den alten Teppichboden in ihrem neuen Praxisraum herauszureißen, als es an der Tür pochte. Sie drehte das Radio leiser, machte einen kurzen Blick in den Spiegel, richtete sich die Haare in der Hoffnung, Berti würde vor der Türe stehen, und öffnete.

Es war Pater Franz, der sich mit gesenktem Haupt demütig für die unerwartete Störung entschuldigte. Anna bat ihn höflich einzutreten und führte ihn ins Wohnzimmer. Wie üblich vertrieb sich Lilly die Zeit an ihrem Computer mit irgendwelchen Partnerbörsen und schreckte erst hoch, als Anna und der Pfarrer vor ihr standen.

»Gott, bin ich jetzt erschrocken, ich dachte der *Leibhaftige* steht vor mir!«, spöttelte sie, als ihr der Pater die Hand reichte.

»Bemerkenswert, welche Assoziationen Sie mit einem Mann Gottes haben.«

Die Abneigung stand Lilly ins Gesicht geschrieben, sie kannte den Geistlichen aus Erzählungen ihrer Kunden und konnte seine aufdringliche Art nicht ertragen.

Das Gesicht des Priesters errötete vor Wut, immer wieder wurde er mit derlei gehässigen Bonmots beworfen, gekonnt zügelte er seine Emotionen und konterte Lilly, während er ihre Hand hielt: »Gute Frau, ein Sprichwort sagt auch, *Hiobs Plage war ein böses Weib!*«

»Fein, nun sind jetzt alle Formalitäten erledigt!«, meinte Anna und versuchte die zwei auseinanderzubringen. »Darf ich Ihnen etwas anbieten, vielleicht ein Glas Wein oder ein kühles Bier?«

In Anbetracht der drückenden Hitze entschied sich der Gast für ein kühles Bier, das ihm Anna sofort kredenzte. Lilly öffnete gekonnt eine Flasche Prosecco und setzte sich neben Anna auf das Sofa. »Schauen Sie nicht so pikiert, das ist kein Alkohol, das ist Medizin für Frauen ab fünfzig!«

»Was führt Sie zu uns?«, fragte Anna, um die Konversation an sich zu ziehen.

»Eigentlich wollte ich mit Ihnen unter vier Augen

reden«, meinte der Pater und trank verlegen einen Schluck aus seinem Glas.

»Ich habe keine Geheimnisse vor meiner besten Freundin!«, betonte Anna und war im gleichen Moment erstaunt, mit welcher Leichtfertigkeit sie den Pfarrer und ihre Freundin anlog. Sie hatte ihr nichts von dem Abend mit ihrem Anwalt erzählt.

Pater Franz räusperte sich wie vor einer Predigt. Das, was er sagen wollte, schien ihm sehr unangenehm: »Ich komme heute als Seelsorger zu Ihnen.«

Lilly zog die Beine aufs Sofa. »Uh, jetzt wird es spannend.«

»Bitte unterbrechen Sie mich nicht! Man hat mir aus der Pfarrgemeinde zugetragen, dass Sie sich von Ihrem Mann getrennt haben. Eine traurige Angelegenheit, wenn sich ein Paar auseinanderlebt, das seit mehr als fünfundzwanzig Jahren ein Vorbild für unsere Gemeinde war. Ich bin überaus besorgt und würde mich gerne als Freund und Wegbegleiter in dieser schwierigen Zeit anbieten. Wissen Sie, liebe Frau Stöger, Krisen sind eine Herausforderung oder, wie ich gerne sage, eine Prüfung Gottes, die Sie annehmen müssen. Es hilft nicht, davor wegzulaufen. Ich veranstalte jedes Jahr in den Sommermonaten an Wochenenden in einem nahe gelegenen Exerzitienhaus ein Eheseminar, vielleicht hätten Sie Zeit und Lust, daran teilzunehmen. Ich glaube, Sie könnten sich in diesem Kreis wieder spirituelle Impulse für Ihr Eheleben holen.«

Noch bevor Anna darauf antworten konnte, schnappte Lilly wie ein Fisch nach Luft. »Nein! In so ein Exorzistenhaus geht meine Freundin nicht, so wahr mir Gott helfe!«

»Ich rede mit Frau Stöger, nicht mit Ihnen!«, gab der Pater ärgerlich zurück. »Außerdem heißt das nicht

Exorzisten, sondern Exerzitien, aber bitte, von Ihnen hatte ich mir ohnehin kein Verständnis in diesen Dingen erwartet.«

»Pater, mir ist das vollkommen egal, wie das heißt, ist ja fast das Gleiche! Nur, damit wir uns richtig verstehen, Anna fährt sicher nicht dorthin! Ihr macht dort nur Gehirnwäsche mit ihr. Meine Freundin ist von ihrem Mann verlassen worden und nicht umgekehrt. Während sie zu Hause bei den Kindern war und ihren Job erledigte, hat er eine Jüngere gevögelt.«

Anna beobachtete mit Genuss diese Diskussion, ohne daran teilzunehmen. Herrlich, wie Lilly sich für sie einsetzte. Bei dem Wort *vögeln* durchzuckte es den Pater, als wäre er vom Blitz getroffen.

Der Priester tat trotzdem so, als hätte er ihren Einwurf überhört, und fuhr fort: »Zur Bewältigung einer Krise gehört gegenseitige Vergebung, sonst funktioniert das nicht.«

Lilly sprang wütend auf.

»Wunderbar, das haben wir jetzt noch gebraucht. Sich von einem Mann belehren zu lassen, der Beziehungen nur aus Lehrbüchern kennt und keine Ahnung hat. Hören Sie mir doch bitte mit dem ganzen Vergebungsblabla auf. Annas Mann ist doch schon längst über alle Berge!«

Die Situation schaukelte sich zusehends auf, Pater Franz Körper fing vor Erregung zu zittern an, unkontrolliert stieß er seinen Atem aus, auch Lilly hatte die Position eines jungen Kampfstiers eingenommen. Anna saß erschrocken neben den beiden und dachte spontan wieder an die Szene mit den Kindern beim Fußballspielen. Innerlich musste sie lachen, was konnte ihr der heilige Mann als Bestrafung schon wegnehmen? Sie drehte selbstbewusst den Spieß um.

»Ich werde aus der Kirche austreten«, rief sie in die Runde.

Lilly und Pater Franz hörten abrupt mit ihren Hasstiraden auf. »Das können Sie nicht machen!«, schrie der Priester.

»Oh, doch und wie. Ich habe bisher noch keine Zeit gefunden, das Ganze auch formal zu erledigen, aber glauben Sie mir, ich zahle schon seit Monaten keine Kirchenbeiträge mehr.«

Pater Franz sprang wütend in die Höhe. »Dann sind Sie nicht mehr Mitglied dieser Kirche!«

Lilly lachte, hob ihr Glas und meinte zynisch: »Na wunderbar, von daher weht der Wind. Ihnen geht es offensichtlich nur ums Geld, nichts weiter und dann erzählen Sie uns etwas von Prüfung und Vergebung? Dass ich nicht lache.«

Auf eine sachliche Ebene konnte man das Gespräch nicht mehr heben und Anna bat den Gast zu gehen, sie würde in den nächsten Tagen einmal in seinem Büro vorbeischauen und ihm ihre private Situation in einer Form schildern, die auch ein Priester verstehen würde. Erst bei der Eingangstüre hatte sich der Mann wieder einigermaßen beruhigt.

Pater Franz reichte ihr die Hand und meinte eindringlich, sie solle sich den Kirchenaustritt nochmals gut überlegen, man könne mit der Diözese eine Ratenvereinbarung treffen, die seien sehr verständnisvoll in solchen Angelegenheiten.

»Und übrigens, weil wir gerade von Geld reden, ist mir irgendwie unangenehm, aber ich komme auf Ihr Angebot zurück und bringe Ihnen die Rechnung der Putzerei.«

Anna schaute ihn verständnislos an. »Welche Rechnung?«

»Die Reinigung des Talars, als Sie mich vor ein paar Wochen umgestoßen hatten, Sie erinnern sich?«

Sie hatte es tatsächlich vergessen, holte ihre Geldbörse und zahlte kopfschüttelnd fünfundzwanzig Euro für die Reinigung.

Vorsichtig schloss sie die Türe und atmete tief durch. Gott, was für eine Szene!

Als sie wieder zurück ins Zimmer ging, saß Lilly wieder vor ihrem Computer und war dabei, ein paar Bilder auszudrucken.

Anna ließ sich ermattet in das Sofa fallen und nippte an ihrem Prosecco-Glas.

»Lilly, ist lieb von dir, dass du dich so mutig für mich einsetzt. Ich wollte ja nichts sagen, aber bei Pater Franz bist du echt zu weit gegangen.«

»Ich mag diesen Menschen einfach nicht. Er ist arrogant und dumm, bei einem Mann eine ungute Konstellation. Gut, dass der Pfarrer ist, wenigstens kann er eine Frau mit seinen kranken Moralvorstellungen nicht quälen.«

»Lass ihn doch, er hat es sicher nicht böse gemeint, er kann eben nicht anders.«

Lilly wurde zornig.

»Was heißt nicht böse? Der wollte dich doch nur für seine Zwecke manipulieren, siehst du das nicht? Spricht in einem Atemzug von Treue und Vergebung und letztlich rennt dann alles auf die Kirchensteuer hinaus. Bäh, da wird mir richtig schlecht. Ich verstehe nicht, warum du so lange bei diesem Trottelverein dabei warst, du bist ja sonst auch immer die G'scheitere von uns beiden.«

Anna ließ sich auf keine weiteren Diskussionen ein, wenn Lilly über jemanden ein Urteil gefällt hatte, ging sie nicht mehr von ihrem Standpunkt weg. Das

Gespräch mit dem Pfarrer hatte sie auch sehr verärgert, doch nie hätte sie annähend in dieser plumpen Offenheit gesprochen, wie es ihre Freundin getan hatte. Sie hatte den Eindruck, dass Lilly absichtlich nicht verstehen wollte. Im Grunde hatten sich die beiden nichts anderes als blöde Klischees an den Kopf geworfen.

»Glaubst du eigentlich an Gott?«, fragte Anna in die Stille.

»Wer, ich? Natürlich und wie!« Lilly hatte schon wieder diesen schelmischen Unterton in ihrer Stimme. Sie drehte sich vom Schreibtisch weg und überreichte in gespielter Würde Anna die ausgedruckten Bilder. »An diesen zum Beispiel!«

Das Bild zeigte einen dunkelhaarigen Mann Mitte dreißig mit sportlicher Figur und angenehmem Äußeren.

»Ist der nicht nett?«

»Lilly, du bist echt blöd!«, fuhr Anna sie an.

Warum sie diese Frau mochte, verstand sie in diesem Moment selbst nicht. Vielleicht war es die gemeinsame Zeit, die sie als Mädchen miteinander verbracht hatten, oder die vielen Geheimnisse, die sie teilten. Meist waren es ja ohnedies nur Geheimnisse von Lilly. Sie selbst hatte die letzten Jahre ein nicht wirklich aufregendes Leben geführt. Sie hielt ihre Freundin für oberflächlich und manches Mal auch ein wenig derb, magisch war sie aber von Lillys Leichtlebigkeit und ihrem umwerfenden Humor angezogen. Sie nahm die Dinge einfach nicht ernst. So wie sie ihre Männer nie ernst genommen hatte, mit denen sie eine herzliche Unverbindlichkeit verband.

»Und wie gefällt er dir? Ist der nicht süß?«, fragte sie Anna verheißungsvoll.

»Süß? Das ist ein kleiner Aff' auch! Lilly, was soll ich mit einem Mann? Ich will meine Ruhe haben, nichts weiter. Vielleicht suche ich mir irgendwann einen Partner zum Reisen oder jemanden, der mit mir ins Theater oder in ein Konzert gehen will. Es wäre nett, mit einem Mann seine Interessen zu teilen. Das Bett nie und nimmer!«

»Sag niemals nie, meine Liebe!«, meinte Lilly und drückte Anna das Bild eines Antonio L. in die Hand.

»Wie kommst du auf den?«

»Stundenlange Internetrecherche. Hab es dir schon hundertmal gesagt, da gibt's so viele einsame Männer, die ein nettes Frauchen wie dich kennenlernen wollen. Der ist jung, hübsch und Akademiker! Warte mal, was kann der Wunderwuzzi noch?«

Sie setzte sich ihre Lesebrille auf und buchstabierte: »Ach ja, Reisen und Bücher sind seine Hobbys und gutes Essen. Der passt zu dir.«

Ihre Augen funkelten.

Anna las die Mail, die dem Bild beigefügt war: »Liebe Anna! Ich freue mich sehr auf unsere Begegnung. Kann es kaum erwarten, dich endlich kennenzulernen. Wie ausgemacht, treffen wir uns in Schönbrunn bei den Seelöwen, wenn es dir recht ist am Dienstag nächste Woche um 17 Uhr. Dein Antonio.«

Die Handynummer hatte er unter seinen Namen geschrieben.

»Was heißt hier, … *dich* endlich kennenzulernen? Woher hat der meine E-Mailadresse und überhaupt, wie kommt dieser Antonio dazu, mich zu duzen? Sag, pflegst du schon länger Kontakt zu diesem Herrn?«

»Eine kurze Zeit, dafür intensiv. Ich habe ihm in deinem Namen geschrieben, er scheint wirklich sehr nett zu sein, Liebes!«, gab Lilly unverhohlen zu.

»Bist du verrückt? Was tust du da? Ich will mich mit niemandem treffen, schon gar nicht mit einem Antonio!«

Anna fuhr hoch, zerknüllte den Zettel mit der E-Mail und warf ihn wütend in den Papierkorb.

»Wie kommt der überhaupt auf mich? Der ist ja um mindestens fünfzehn Jahre jünger, sportlich, fesch und offensichtlich eloquent, genau das Gegenteil von mir.«

»Ich habe ihm dein Profil geschickt.«

»Wie bitte? Und dann meldet sich so einer?« Fast fühlte sie sich geschmeichelt.

»Na gut, ich gebe es zu. Ich habe bei dir ein wenig geschummelt, sonst beißt ja keiner an. Du bist Anna, 176 groß, sportlich, Anfang Vierzig und wiegst 65 Kilo. Deine Hobbys sind Laufen, Reisen und deine Hunde.«

»Hunde? Ich hab doch nur einen und der ist schon uralt und lahm!«

»Schau, meine Liebe, ich habe diesen Antonio auch nicht wirklich von einer Partnerbörse, sondern von einem Begleitservice. Ich wollte dir einfach einmal einen netten Mann zuführen, der nichts weiter will als ein nettes Gespräch oder gutes Essen. Von den Jungs habe ich übrigens nichts erzählt. Kinder sind immer schlecht bei der Suche nach einem gescheiten Mann. Die Leute stehen da mehr auf Hunde oder Hundesport. Übrigens ist Antonio auch sehr tierliebend, hat er mir geschrieben. Ein wirklich höflicher Mensch, ich habe fast den Eindruck, der hat sich ein bisschen in dich verliebt.«

Anna reichte es. Sie ging zum Computer und riss die Kabel aus der Steckdose. »Da gehst du schön selber hin, ich mach mich doch nicht zum Clown, damit du deinen Spaß hast. Und überhaupt, stell dir vor, meine Kinder würden davon erfahren. Nicht auszudenken! Mama sucht sich einen Mann aus dem Internet. Das ist nicht nur geschmacklos, sondern wirklich peinlich!« Lilly war einfach zu weit gegangen.

»Rede dich doch nicht dauernd auf deine Kinder aus. Die zwei Älteren sind arbeiten, die merken gar nicht, dass du ausgehst, und Lukas ist auf Maturareise. Also, wo ist dein Problem?«

»Du bist mein Problem!«, fauchte sie Lilly an. »Du und deine verdammten Männergeschichten!« Ihre Freundin sollte endlich akzeptieren, dass sie anders war. Diese ständige Bevormundung, mit der sie zu leben hatte, ging ihr auf die Nerven. Der gierige Anwalt, die Mutter mit ihren finanziellen Ratschlägen, der Pfarrer, der sich als Moralapostel aufspielte, und nun Lilly mit ihrer Obsession, Anna einem männlichen Wesen zuzuführen.

»Lilly, du hast den Bogen echt überspannt, bitte gehe! Ich habe genug von dir und deinen pseudoerotischen Lebensentwürfen. Lass mich endlich sein, wie ich bin! Du treibst mich mit deinen Ansichten in ein Chaos. Und chaotisch ist mein Leben sowieso, da brauche ich niemanden, der das Kraut noch fettiger macht, als es ohnehin schon ist!«

»Gut, ich verschwinde! Wie du willst! Ich habe es immer nur gut mit dir gemeint, du dumme Kuh! Wirst schon sehen, wie weit du kommst, ohne meine Unterstützung und ohne meine Erfahrung. Die Männer werden dich ausnehmen wie eine Martinigans! Alle! Weil du gutgläubig und einfältig bist. Wirst auf deine Schnauze fallen, glaube mir, da draußen lauern sie, die Versuchungen, und du wirst ihnen erliegen, weil du dich blenden lassen wirst! Ich hätte dir geholfen, aber du willst es nicht anders!«

Lilly hatte gekränkt ihre Tasche gepackt, rannte mit tränenunterlaufenen Augen ins Badezimmer und warf ihre Schminkutensilien wütend in ihr Beauty Case.

Die Schuhe aus dem Vorzimmer nahm sie lose in die Hände und knallte die Eingangstüre mit den Worten zu, es sei kein Wunder, dass Wolfgang sie verlassen habe, sie sei eine Spaßbremse, ihr sei einfach nicht zu helfen.

»Und überhaupt, es ist besser, wenn du dich nicht mit diesem Antonio triffst, du hast ohnehin mehr als fünfundsiebzig Kilo!«

»Du irrst!«, brüllte Anna ihr nach. »Es sind einundachtzig!«

Anna ließ sich ins Sofa fallen, schenkte sich ein Glas aus der halb vollen Prosecco-Flasche ein und genoss das herrliche Prickeln auf ihrem Gaumen.

Nach der hässlichen Auseinandersetzung legten sich endlich Ruhe und Stille über das Haus. Anna zündete sich eine Zigarette an und checkte am Handy ihre Mailbox:

Vier Anrufe in Abwesenheit, zwei Mitteilungen.

Danke für den netten Abend! Ihr Mann stimmt unserer Strategie zu. Vorerst keine Scheidung, Trennung auf Zeit. Er verzichtet auf aliquote Miete, Sie sind am Gewinnen. Handkuss Raffke

Mir geht's gut, super Stimmung! Antalya ist echt geil! Bussi Lukas

Wenigstens einmal gute Nachrichten. Lukas hatte es offensichtlich schön und hatte Spaß auf seiner Maturareise. Das Meer, die herrliche Sonne, wie gerne wäre sie in diesem Moment auch irgendwo ganz weit von zu Hause weg gewesen. Sie raffte sich auf und zog sich andere Kleider an, um weiter in ihrem Zimmer zu arbeiten. Das würde sie von dem Streit mit Lilly ablenken.

Kurze Zeit später stand sie auf der Leiter und kratzte mit einer Spachtel die alte Farbe vom Plafond, Schicht für Schicht. Endlich war sie alleine und konnte machen, was sie wollte. Lilly würde sich in den nächsten Tagen wieder beruhigen, da war sie sich sicher.

An ihre Zukunft konnte sie nun auch ohne banges Herz denken. Dank Raffkes Geschick müsste sie die nächste Zeit an Wolfgang keine Miete zahlen, obwohl ihm die Hälfte des Hauses zustand. Er hatte sich nicht verändert, war der, der er immer war, ein Mensch, der jede Veränderung fürchtete. Es blieb wie bisher und alle hatten etwas davon. Anna am allermeisten. Sie hatte gewonnen, so wie die Frauen in ihrer Familie es immer schon getan hatten.

Der Gedanke daran löste in ihr trotzdem großes Unbehagen aus.

Die Wollust

Am nächsten Tag ging sie an ihren Computer, steckte die Kabel wieder in die Steckdose und öffnete ihre Mails. Irgendwo in ihren Nachrichten musste auch dieser Mann, dieser Antonio, sein. Sie wollte den Herrn anrufen und das geplante Treffen absagen. Warum auch sollte der arme Mensch in der Hitze auf sie warten, nur weil Lilly mit ihm ihre Späßchen trieb?

Sie klickte die E-Mails an, deren Adresse sie nicht sofort erkannte, in der Hoffnung, auf Antonio zu stoßen. Endlich hatte sie ihn gefunden, doch die E-Mail öffnete sich nicht, stattdessen wurde der Bildschirm schwarz und der Computer fuhr selbstständig herunter. Anna ärgerte sich, sie hatte ihr Antivirenprogramm nicht erneuert und offensichtlich einen Virus in ihrem System.

Sie erinnerte sich an den Zettel, den sie wütend in den Papierkorb geworfen hatte, kramte danach und holte das zerknüllte Papier aus dem Müll. Schnell zog sie ihr Handy aus der Hosentasche und tippte die Nummer ein. Auf der anderen Seite der Leitung hörte man ein zaghaftes Geräusch.

»Hallo? Herr Antonio?«

»Ja?«

»Ich bin es, Anna.«

»Anna?«, fragte die Stimme vorsichtig nach.

»Ja, Anna aus dem Internet. Sie verstehen? Ich rufe wegen des Termins an, Dienstag in Schönbrunn.«

»Ach, natürlich, Anna! Wie schön, dass ich dich hören kann. Das ist ja eine Überraschung, dass du mich anrufst.«

Die Stimme klang sympathisch und angenehm, umso mehr war sie froh, diesen Schritt getan zu haben.

»Lieber Herr Antonio oder wie immer Sie heißen mögen. Sie sind leider Opfer einer Intrige geworden.«

»Ich verstehe nicht!«

»Eine Freundin hat einige Zeit bei mir gewohnt. Sie hat über meinen Computer ein Begleitservice gesucht und mit Ihnen Kontakt aufgenommen.«

»Und?«

»Sie hat sich als Anna ausgegeben und mit Ihnen dieses Date ausgemacht. Ich kann natürlich nicht kommen, weil ich ja die echte Anna bin, verstehen Sie?«

»Irgendwie nicht ganz.«

Gott, war der schwer von Begriff, dachte Anna.

»Noch einmal. Ich bin nicht die, für die Sie mich halten. Sie glauben es nur!«

»Verzeihe die Frage, aber hast du etwas getrunken?«, die Stimme klang besorgt.

»Werden Sie nicht unverschämt, junger Mann, und bitte duzen Sie mich nicht! Egal, wie auch immer, ich werde am Dienstag nicht wie vereinbart zu unserem Treffpunkt kommen.«

»Das ist aber schade, wir haben uns doch so gut verstanden. Habe ich Sie vielleicht in irgendeiner Weise bedrängt oder fürchten Sie sich vor einer Begegnung mit mir?«, fragte Antonio nach.

»Lieber Herr Antonio, ich fürchte mich nicht! Und wie gesagt, *unseren* Treffpunkt gibt es nicht, so wie es uns nie gegeben hat!«

»Mit wem rede ich dann jetzt?«

»Mit AAAAAnnnnnnnnnnnnnnnnnaaaaaaaaaaa.«

»Dann ist ja alles bestens, oder?«

»Verstehen Sie mich wirklich nicht oder wollen Sie sich über mich lustig machen?«

»Nein, ich verstehe wirklich nicht. Ihr Humor und Ihre Offenheit haben mich beeindruckt, wo doch das Netz voll von Lügen und Obszönitäten ist. Jede Ihrer Mails verzauberte mich und nun verzichten Sie auf eine Begegnung?«

Anna verdrehte die Augen und verfluchte Lilly.

»Ja, müssen Sie wohl oder übel.«

Antonio gab nicht auf und bekniete Anna um dieses Treffen, er hätte sich extra freigenommen und wäre sogar beim Friseur gewesen. Tage lebe er schon in dieser Vorfreude, sie endlich kennenzulernen, nun dürfe sie ihm einfach keinen Korb geben.

»Es ist wie Weihnachten. Du weißt, du bekommst ein tolles Geschenk, und dann plötzlich nimmt man es weg und schenkt es einem anderen. Das ist schrecklich frustrierend!«, jammerte er in den Hörer.

Warum kamen ihr die Männer immer mit diesen idiotischen Weihnachtswünschen, wo doch Sommer war? Anna ließ sich von Antonios eindringlichen Bitten erweichen und sie verabredeten sich, wie Lilly es geplant hatte.

Die Rache

Müde und genervt war Anna vom Dienst heimgekommen. Die große Sommerhitze machte allen zu schaffen. Das erste Mal hatte sie bei der Dienstbesprechung eine anzügliche Bemerkung eines Oberarztes mit dem Götzzitat kommentiert, was die Kollegenschaft staunend zu Kenntnis nahm.

Sie duschte und zog sich ihr Arbeitsgewand an, um wieder in ihren Raum, in ihr kleines Reich zu kommen, das sie sich ganz nach ihrem Geschmack einrichten wollte. Das Zimmer war ihre geheime Höhle, der Ort, an dem sie ganz bei sich sein und über alles nachdenken konnte.

Sie drehte das alte Radio an und verspachtelte singend die Mauerrisse, um sie später mit weißer Farbe streichen zu können. Die Arbeit machte ihr ungemeinen Spaß, sie kratzte und scheuerte die vergilbten Farben von den Wänden und fühlte sich in diesem Moment sehr glücklich. Anna dachte an Mehmet und an die wunderbare Geschichte seines Großvaters, der sein Glück in der Fülle des Alltäglichen fand. Witzig, wunderte sie sich, dass mir ein türkischer Straßenverkäufer mehr vom Leben und vom Glück verraten kann als mein Therapeut.

Es läutete. Anna öffnete die Türe, ohne vorher im Spiegel geprüft zu haben, ob ihr Make-up auch passte.

Im selben Moment ärgerte sie sich über ihre Spontaneität, sie war schmutzig, verschwitzt und auf einen Besuch nicht vorbereitet.

Berti stand mit einem Blumenstrauß vor ihr.

Unwillkürlich dachte sie an ihre Trauung und nahm dankend die Blumen an sich. »Dieses Mal ohne schwarze Schleifen?«, fragte sie und gab ihm verlegen einen Willkommenskuss auf die Wange.

»Ja, ist jetzt ein angenehmeres Gefühl als damals bei deiner Hochzeit!«

Berti folgte Anna in das Zimmer, das sie ihm stolz präsentierte.

»Siehst du, das wird jetzt mein neues Leben! Ich habe lange überlegt, ob ich diesen Raum vermieten soll, weil ich mir im Moment die Kosten für das Haus nicht leisten kann. Aber nein, ich will mir niemanden mehr in mein Haus nehmen, da spare ich lieber woanders ein. Ich will meinen Traum von einer eigenen Praxis umsetzen. Vielleicht höre ich auch irgendwann mit meiner Tätigkeit im Krankenhaus auf, weil mir diese Idioten dort ohnehin schrecklich auf die Nerven gehen!«

Berti stand in der Mitte des freundlichen, sonnigen Zimmers und staunte.

»Schön wird der Raum und wie angenehm hell er ist! Ich kann mir das gut vorstellen. Hier das Massagebett, dort dein Schreibtisch und da drüben würde ich noch ein paar Bodenmatten hinlegen, damit du in Ruhe arbeiten kannst. Teppiche würde ich keine nehmen, ein Parkettboden ist da viel eleganter.«

Sie setzten sich mit einem kühlen Bier auf den Boden.

»Sag, Anna, wie geht's dir eigentlich wirklich? Im Spital bist du eine ganz andere, du machst Dienst nach Vorschrift, gehst pünktlich und bist geistig eher abwesend.«

»Berti, das Krankenhaus interessiert mich nicht

mehr. Mir ist das noch nie passiert, weil ich mich immer sehr beherrschen kann, aber heute zum Beispiel habe ich einem Oberarzt gesagt, er könnte mich kreuzweise. Im Nachhinein betrachtet tut mir das auch gar nicht leid, er hat es schon längst verdient. Rausschmeißen können die mich ohnehin nicht, ich habe einen guten Vertrag, nur eines merke ich schon, mir passt vieles nicht mehr auf unserer Station. Alles wird kälter, jeder hat Stress und die Patienten werden behandelt wie Nummern. Dabei suchen die Menschen mit ihren Erkrankungen nur Zuwendung und Hilfe, auch Zeit für Gespräche. Ich denke, viele Wehwehchen haben psychosomatische Ursachen und auf gerade die geht man im Krankenhausalltag nicht ein. Vielleicht werde ich im Sommer noch ein paar Kurse belegen und danach mit meiner eigenen Praxis durchstarten. Erfahrung hätte ich ja genügend und Patienten auch.«

Anna redete über sich und ihre Zukunftspläne, auf keinen Fall wollte sie Berti die Gelegenheit geben, in ihre gemeinsame Vergangenheit abzudriften, doch er fiel ihr ins Wort.

»Apropos Patienten. Ich komme wegen einer ganz persönlichen Sache zu dir.«

Anna zitterten die Knie, also doch. Jetzt müsste sie ihm Fragen beantworten, warum sie ihn nicht geheiratet hatte und ob für ihn noch eine Chance bestünde. Fragen, mit denen sie sich im Moment nicht auseinandersetzen wollte, zu sehr war sie mit sich und ihrem neuen Leben beschäftigt. Auf der anderen Seite hatte sie ein schlechtes Gewissen, ein wenig fühlte sie sich mitschuldig an seiner gescheiterten Existenz.

»Ich habe da einen Patienten, sehr privat und delikat! Du musst mir versprechen, mit niemandem darüber zu reden!«

»Versprochen!«, antwortete sie erleichtert, es ging nicht um ihre vergangene Liebe.

»Ich betreue ihn aus persönlichen Gründen, verstehst du? Ich kann diesen Mann aber nicht mehr behandeln. Nicht, dass ich das Geld nicht bräuchte, aber im Moment fühle ich mich beobachtet, es muss rund um mich alles korrekt und rechtlich in Ordnung sein.«

»Bist du in Schwierigkeiten, mein Freund?«

»Nein, nicht so, wie du denkst. Es ist eine heikle Geschichte.«

Berti erzählte ihr von einem Fall, bei dem ein Arzt einen Patienten falsch behandelt hatte. Der Betroffene, ein IT-Spezialist mit großer Firma, hatte aufgrund seines Burn-outs schwere Depressionen gehabt und sei zur Abklärung auf die Psychiatrie auf den Rosenhügel gebracht worden.

Burn-out, wenn Anna das nur hörte, läuteten bei ihr die Alarmglocken. Früher hatten Männer Stress beim Rasenmähen oder beim Golfspielen, heute sagte man dazu Burn-out. Ihr Freund verneinte, der Patient sei wirklich massiv unter Stress gestanden, beruflich und privat, vollkommen durchgeknallt.

»Und?«, fragte Anna interessiert nach. »Was hat das alles mit dir zu tun?«

»Also, der Bedauernswerte bekam von einem Arzt einen Medikamentencocktail, den er einfach nicht vertrug, *Durchgangssyndrom* heißt das. Der kam einfach nicht mehr zu sich. Sah seine Mitarbeiter am Dachfirst spazieren gehen und legte sich zu Patientinnen ins Bett. Der Psychiater hat ihm aber weiterhin diese Medikamente verschrieben, ein neues Präparat, obwohl er genau wusste, dass der Arme paradoxe Reaktionen zeigte. Außerdem, das habe ich erst später im Zuge meiner Recherchen erfahren, war dieses Präparat noch gar nicht am Markt zugelassen.«

»Woher weißt du das alles?«

»Weil ich seine Krankengeschichte kenne.«

»Aha«, Anna war erstaunt, woher nur hatte Berti Zugriff zu den Krankengeschichten des Spitals?

»Dann ist er in einem hysterischen Anfall die Treppen hinuntergestürzt und kam zu uns akut auf die orthopädische Chirurgie. Er hat großes Glück gehabt, normalerweise überlebst du einen derartigen Sturz nicht so ohne Weiteres. Offener Oberschenkelhalsbruch und Einriss von zwei Wirbelfortsätzen bei L6 und L5. Er hat dann Monate ein Korsett tragen müssen. Den armen Kerl habe ich dann als Patienten bekommen. Er kann mittlerweile selbstständig gehen, leidet aber seit diesem Sturz unter neurologischen Ausfällen in seiner Hand und unter Funktionsstörungen seines rechten Beines. Ich habe mich damals intensiv um ihn gekümmert. Bin oft auch privat zu ihm gefahren, wenn er unter Schmerzen litt. Wir sind so etwas wie Freunde geworden. Nur seiner Frau hat das weniger gefallen, sie hat mich eher als Bedrohung denn als eine Unterstützung angesehen. Weißt ja, wie Frauen sein können.«

Sie hatte keine Ahnung, was er damit sagen wollte. Berti sah in das fragende Gesicht Annas, klopfte ihr vertrauensvoll auf die Schulter und fuhr fort: »Entschuldige, blöder Scherz! Egal, auf alle Fälle hat er mich bei vielen Entscheidungen seiner Firma zu Rate gezogen und ich habe ihm dabei geholfen. Vielleicht hätte ich doch nicht Physiotherapeut werden sollen, sondern ein Kapazunder in der IT-Branche.«

Anna folgte geduldig seinen Ausführungen, wunderte sich aber trotzdem darüber, dass sich Berti im Laufe der Jahre so verändert hatte. An ihr alleine konnte es doch nicht gelegen haben, dass Berti ständig andere Menschen um ihr Leben beneidete. Immer verglich er sich mit anderen, maß sich an ihnen, um frustriert festzustellen, dass ihm das Leben vieles vorenthalten hatte.

Was war aus dem Medizinstudenten geworden, den sie als junges Mädchen bewundert hatte? Er sprühte damals vor Enthusiasmus, Empathie und Lebensfreude und hatte die Kraft, die Welt zu verändern.

»Wirst schon sehen«, hatte ihm Anna immer wieder prophezeit, »das liegt an deinem außergewöhnlichen Namen, du heißt Bertram, was übersetzt, glänzender Rabe heißt.«

Er hatte die wunderbare Gabe, auf Menschen zuzugehen, und sie vertrauten ihm. Ja, er hätte ein wunderbarer Arzt werden können. Nun hatte sich sein Traum zerschlagen.

Anna spülte ihr aufkeimendes Mitleid mit einem kräftigen Schluck Bier hinunter, während Berti weitererzählte.

»Dr. Cena, so heißt mein Patient, hat sich von seinen Schmerzen dank meiner Hilfe einigermaßen erholt und arbeitet wieder. Er sitzt jetzt zu Hause an seinem Computer und steuert die Firma von dort aus, weil er sich beim Gehen immer noch recht schwertut.«

»Und, was ist daran so heikel?«, fragte Anna nach.

»Der Mann ist ein absoluter Profi an seinem Computer, unfassbar, was man da alles machen kann. Die ganze Welt kannst du von nur einem Server aus steuern. Er hat jetzt viel Zeit, weißt du, seine Frau hat ihn verlassen und Kinder hat er auch keine. Also, was soll so ein alternder Mensch, der an seine Wohnung gefesselt ist, in seiner Freizeit tun? Er hackt. Das macht ihm großen Spaß, in das Leben anderer Menschen einzudringen. So war es auch kein Problem für ihn, sich in das System des Krankenhauses zu hacken und seine Krankengeschichte herunterzuladen. ›Die sind ja so blöd und naiv‹, hat er mir damals stolz erzählt, ›die haben nicht einmal intelligente Sicherungssysteme.‹ Und seine Geschichte, glaube mir, war voll von ärztlichen Fehleinschätzungen. Ich habe seinen Fall mit einem befreundeten Anästhesisten und einem Pharmakologen besprochen, er hätte diese Medikamente nie bekommen dürfen. Sie waren schuld an seinen Gleichgewichtsstörungen und an seinen Halluzinationen. Der Sturz war also verschuldet von einem Arzt, dem die Menschen völlig egal sind. So wie ich ihm damals egal war, obwohl ich ihn angefleht, angebettelt habe. Ich habe es ja selbst kaum glauben können, als ich seinen Namen gelesen habe, weißt du, wen ich meine?«

»Ich habe keine Ahnung, aber du wirst es mir sicher gleich sagen.«

»Es war dieses arrogante Arschloch von einem Arzt, der mich damals bei der Prüfung in Psychiatrie durchfallen ließ. Immer musste ich mich beweisen, vor meinem Vater, vor meiner Mutter, eigentlich vor mir selbst und hatte im Grunde alles verloren, dich und meinen beruflichen Traum. Nun habe ich diesen Widerling endlich am Haken!«

»Aber Berti, dafür gibt es eine Patientenanwaltschaft oder Gerichte, warum tigerst du dich in diesen Fall so hinein?«

»Weil der das erreicht hat, was ich nie mehr in meinem Leben sein werde, ein Arzt. Ein kleiner, unbedeutender physikalischer Therapeut bin ich geworden und dafür wird er büßen, zumindest vor Gericht. Den schleife ich vor den Kadi und in die Öffentlichkeit. Ich habe dir ja gesagt, es gibt im Leben so etwas wie eine ausgleichende Gerechtigkeit und nun ist es so weit.

Mein Patient hat geklagt und ich sage als Zeuge aus. Im Gegenzug hat mich der Primarius vorsorglich mit Klagen eingedeckt, aber dem Ganzen sehe ich gelassen entgegen.«

»Und was soll ich jetzt für dich tun?«

»Du übernimmst Herrn Cena und kümmerst dich um ihn. Er ist auf fremde Hilfe angewiesen. Du machst das schon! Ich habe ihm von dir erzählt, er freut sich schon auf dich. Du kannst schon diese Woche bei ihm anfangen. Ich bin im Moment befangen, weil es jetzt endlich zu einem Prozess kommt.«

Anna versprach, sich um den Patienten zu kümmern, sie wollte Berti keinen weiteren Anlass für seinen übertriebenen Gerechtigkeitssinn liefern, wer wüsste, wozu Berti fähig war.

»Sag, Berti, du hast mich jetzt echt neugierig gemacht, wie heißt dieser Arzt eigentlich?«, fragte Anna ängstlich nach.

»Du wirst ihn nicht kennen, ein bekannter Wiener Psychiater und Therapeut, es ist Doktor Göttlicher!«

Die Familienaufstellung

Ein paar Tage später saß Anna wieder bei ihrem Therapeuten auf der Couch.

Sie streifte ihre Schuhe von den Füßen und legte sich ohne Aufforderung des Arztes und mit einer Selbstverständlichkeit auf das Sofa, als wäre sie schon hundertmal dort gelegen. Sie schloss die Augen und genoss den Umstand, von einem Geheimnis zu wissen, das ihn angreifbarer und verletzlicher machte. Seine zur Schau gestellte Arroganz flößte ihr keine Angst mehr ein, Anna fühlte sich selbstsicher und spürte keinen

Funken von Ergebenheit. Zumindest dachte sie in diesem Moment nicht an die Möglichkeit eines störenden Fußgeruches.

Ein süßlich-herber Geruch strömte in ihre Nase, Göttlicher trug ein angenehmes Eau de Toilette, auch sonst legte er größten Wert auf sein Äußeres. Seine Hände waren zart, die Fingernägel manikürt, Hemd und Hose blütenweiß und duftig. Genau das Gegenteil ihres Mannes.

Wolfgang hatte nie eine Veranlassung gesehen, etwas für sich zu tun, geschweige denn für seine Frau einen appetitlichen Eindruck zu machen.

Herrlich, vor einem Mann zu liegen, der gepflegt war.

Göttlicher fing mit seinem psychologischen Fragespiel an: »Wo waren wir bei der letzten Sitzung stehen geblieben?«

Anna lächelte verschmitzt. »Bei Gott und bei Sex!«

Der Arzt nahm seine Brille ab. »Gott gibt es nicht, Frau Stöger!«

»Stimmt, das hatte ich ganz vergessen! Ich kann und werde aber heute nicht über Masturbation sprechen, zumindest nicht über meine eigene, auch wenn es für Sie interessant wäre. Ich belüge Sie deswegen auch nicht, mein Sexleben geht nur mich etwas an. Ich bin da sicher altmodischer erzogen als Sie, auch wenn Sie um einige Jahre älter sind als ich«, stellte sie selbstsicher fest.

Göttlicher schien kurz unangenehm berührt zu sein. Alter hätte mit dieser Frage einfach nichts zu tun, meinte er, viele psychische Probleme lägen in der Frühkindheit und in einer unterentwickelten Sexualität, die ihre Ursachen in einem schwierigen Elternhaus hätten.

Anna kannte diese stereotypen Aussagen aus Zeitschriften von Lillys Frisiersalon. Ach, Lilly, ihre beste Freundin, mit ihr musste sie sich wieder versöhnen, ihr Lachen und ihre Unbeschwertheit gingen ihr schrecklich ab.

»Gut, dann probieren wir eben etwas anderes. Sie nehmen aus dieser Schachtel Steine und legen hier auf dem Tisch Ihr momentanes Beziehungsmuster auf. Wir werden darüber reden, Ihr sogenannter Ist-Zustand. Danach werden Sie mir mithilfe dieser Steine zeigen, was Sie in Ihren Beziehungen verändern wollen, und das bitte tabulos.«

Er drückte den Notizblock auf seine übereinandergeschlagenen Beine und wartete auf das, was ihm Anna erzählen würde.

Anna zog aus der Schachtel einen roten Stein, das Symbol einer liebevollen Mutter und aufopfernden Alleinerzieherin, er passte perfekt zu ihr.

»Also das bin ich. Und diese hier, ein, zwei und drei neben mir, das sind meine drei Kinder. Da gibt's eigentlich nicht viel zu erzählen. Lorenz und Philipp studieren und Lukas hat seine Reifeprüfung bestanden. Ich bin mächtig stolz auf alle drei. Die zwei Älteren jobben im Sommer und Lukas ist zurzeit auf Maturareise in der Türkei.«

»Schweifen Sie bitte nicht ab, es geht um Ihre emotionale Ebene und nicht um die Jobs Ihrer Kinder«, betonte er gelangweilt.

»Gut, also Beziehungen. Ich liebe sie wie eine Mutter ihre Kinder nur lieben kann. Das hier, der braune Stein, das ist Wolfgang, mein fast Ex-Mann.«

»Warum wählten Sie diese Farbe?« Er zückte den Füllhalter, jetzt wurde es für den Therapeuten interessant.

»Weiß ich nicht. Braun ist irgendwie schmutzig. Außerdem ist Braun nicht wirklich eine Farbe, sondern ein Gemisch aus anderen Farbtönen. Ich stelle ihn rechts außen auf das Brett.«

»Warum schmutzig?«

»Unsere Beziehung war schmutzig, weil sie unehrlich war, zumindest die letzten Jahre. Aus Liebe entstand in den Jahren Gleichgültigkeit und irgendwann einmal wurde sie bedeutungslos. So bedeutungslos und unwichtig wie das Schälen einer Banane oder das Ausräumen des Geschirrspülers. Nur leider bin ich viel zu spät darauf gekommen.«

»Stellt die Banane für Sie eine Art Phallus dar?«, fragte der Arzt nach.

»Nein, tut sie nicht. Warum denkt ihr Therapeuten immer nur in diese Richtung?«

»Verzeihen Sie, ich wollte Sie nicht aus dem Konzept bringen, bitte weiter.«

»Ich meine damit etwas ganz anderes. Eine Liebesbeziehung sollte wie ein Rätsel sein, das einen fasziniert, nie ganz gelöst wird und doch geheimnisvoll bleibt. Mein Mann hatte sich schon lange nicht mehr für mich interessiert.«

»Aber es muss doch etwas gegeben haben, das Sie veranlasst hat, ihn zu heiraten?«

»Natürlich, schon. Anfänglich war er auch nett, hilfsbereit und amüsant. Wissen Sie, das ist in einer Beziehung ja das Allerwichtigste. Schön musste bei mir nie ein Mann sein, aber geistreich und humorvoll.«

»Hat es andere Männer in Ihrem Leben gegeben?«

»Eigentlich nur einen, aber das ist längst vorbei!«

Sie zog aus dem Kästchen einen weiteren Stein, benannte diesen nicht mit vollem Namen, Bertram. Das wäre zu offensichtlich gewesen. Der seltene Name hätte ihr kleines Geheimnis womöglich verraten und das wollte Anna nicht.

»Hier der gelbe Stein, das ist Berti, ein Studienkollege, mit dem mich eine tiefe Freundschaft, fast schon Liebe verband. Ich habe ihn vor einigen Wochen nach langer Zeit wiedergetroffen. Eigentlich wollte er Medizin studieren, aber das klappte nicht. Er steht mir nun näher als mein Mann, er ist ein fürsorglicher, lieber Freund! Aber sonst nichts weiter.«

Anna schweifte in Gedanken ab. »Von meinem Mann habe ich übrigens die letzten Wochen nichts mehr gehört. Er hat sich die Wäsche und seinen spärlichen Kram von seiner Freundin abholen lassen. Da hat er sich wieder eine Dumme gefunden, die ihm alles organisiert und alles besorgt. Einmal nur haben wir miteinander telefoniert. Er hat mich gebeten, ich möge so nett sein und ihm die Hälfte unserer CDs, einen Teil der Bücher und den Christbaumschmuck zusammenpacken. Stellen Sie sich das vor? Den scheiß Christbaumschmuck will er haben! Was Männer immer nur mit diesem Weihnachtsirrsinn haben? Ich habe ihn gefragt, ob er übergeschnappt ist, es sei Sommer und überhaupt, bis Weihnachten hätte ihn seine neue Freundin sowieso wieder vor die Türe gesetzt. Dann könne er in einem Hotelzimmer alleine mit selbst gebastelten Stanniolkugeln und drei mickrigen Kerzen feiern. So ein Arschloch, verzeihen Sie meine Ausdrucksweise, bei Weihnachten werde ich immer sehr emotional. Da sehen Sie, was wirklich wichtig ist in seinem kleinen, scheußlichen Leben, der bunte Christbaumschmuck! Vielleicht habe ich auch deswegen die Farbe Braun gewählt, weil das alles zum Himmel stinkt.«

Göttlicher schrieb und übertrug die Konstellation, die gerade eben auf dem Tisch entstand, auf seinen Block.

»Und was haben Sie gemacht?«

»Ich habe natürlich seinem Wunsch entsprochen. Ganz unten die verdammten Christbaumkugeln, dann die CDs und oben drauf hab ich ihm die Bücher geknallt. Ist alles zu Brei geworden.«

»Ich verstehe Ihre Gefühle, Ihre Wut, nur sind die nicht wirklich hilfreich in Ihrer Situation.«

»Sie meinen, weil ich die Kugeln zerstört habe?«

»Ja.«

»In solchen Situationen kann Rache erlösend wirken. Bei jedem Buch, das ich in die Kiste geworfen habe, und wenn ich eine Kugel zerspringen hörte, habe ich so etwas wie einen geistigen Orgasmus gekriegt.«

Göttlicher ermahnte sie, sich wieder mehr auf die Steine zu konzentrieren, er wollte mehr über die Farbe Gelb wissen, also Berti.

»Berti habe ich geliebt, so wie ich Wolfgang geliebt habe. Jeden auf seine Art. Groß war dann seine Verzweiflung, als ich mich anders entschieden habe. Wissen Sie, man heiratet ja nicht nur einen Mann, man heiratet immer auch die Familie dazu, und die von Berti war mir echt zu verkorkst. Mir reichte damals schon meine neurotische Mutter. Verdammt, habe ich mir damals gedacht, warum lebst du nicht ein paar Jahrtausende früher? Die Amazonen zum Beispiel, die hatten mehrere Liebhaber, oder?«

»Sie müssen zeitlich gar nicht so weit zurückgehen, solche Lebensformen gibt's heute noch.«

»Ehrlich? Das hätte ich vor fünfundzwanzig Jahren wissen müssen, jetzt ist es zu spät. Wo gibt's denn so etwas noch?«

Göttlicher war nicht nur ein hübsch anzusehender Mann, er war auch sehr belesen und intelligent, er senkte den Block und gab Anna einen kleinen Exkurs über Polygamie.

»Diese Lebensform der Vielehe mit Männern nennt man Polyandrie und sie kommt noch in Nordindien, im Himalayagebiet und auch teilweise in Afrika vor. Im Gegensatz zur Polygynie, der sogenannten Vielweiberei. Sie hätten einfach nur nach Tibet auswandern müssen.«

»Sie sind so herrlich gescheit, Herr Doktor. Aber nach Tibet wäre ich nie gegangen, auch nicht mit Wolfgang und Berti. Nur eines ist schon sehr unfair bei uns Frauen, während es gesellschaftlich opportun ist, nur einen Mann zu heiraten, machen es die Männer, sogar die blödesten, wie man bei meinem Mann sieht, hintereinander oder parallel und niemanden stört das. Stellen Sie sich vor, ich ginge in ein Lokal oder ins Theater und hielte mit zwei Liebhabern Händchen, ich wäre in den eifersüchtigen Augen meiner Mitmenschen ein exzessiver Schlampen. Aber wenn es die Männer mit unterschiedlichen Frauen treiben? Das stört niemanden, ganz im Gegenteil, man bewundert diesen Betrug sogar. Ich sage Ihnen etwas, Polygamie ist eine männliche Krankheit, das macht denen aber nichts aus, weil leiden tun immer nur wir Frauen, wir sind einfältig und doof.«

Göttlicher räusperte sich. »Ihr Feminismus in allen Ehren, aber Sie neigen zu ständigen Pauschalierungen. Ich kenne aus meinen Paartherapien genau die gegenteiligen Fälle, glauben Sie mir!«

Anna war richtiggehend in Fahrt gekommen, das Spiel gefiel ihr, sie griff wieder in die Schachtel, wählte einen grünen Stein und stellte ihn neben den Kindern gleich an ihre Seite.

»Das ist Lilly, meine beste Freundin. Sie ist für mich eine zweite Edith Piaf, sie sprengt mit ihrer Art zu leben jedes Gesetz und jede Vorstellung von konventionellem

Leben. Lilly lebt selbstbestimmt und da gehören für sie Männer eben dazu. Solange sie noch kann, meint sie, treibe sie es wie ein junger Hund. Von niemandem lässt sie sich etwas vorschreiben, kämpft um die Liebe wie eine Löwin, ohne Anerkennung erhaschen zu wollen, und bereut nichts in ihrem Leben. Ich bewundere ihren unbeschwerten Zugang, sie lebt so herrlich lustvoll.«

»Ein für Sie nachahmungswerter Zustand?«

»Ich weiß es nicht, es wäre mir ehrlich gesagt zu anstrengend! Ich spüre, dass sie, so wie sie lebt, glücklich ist, auch wenn mir ihre verrückten Männerfantasien auf die Nerven gehen. Ich liebe sie für ihren Humor und ihre Art, das Leben anzunehmen, wie es ist. Sie drängt mich ständig in irgendwelche Bekanntschaften, dabei will ich einfach nur jemanden bekochen und nicht alleine auf Reisen gehen. Alleine essen und alleine reisen ist schrecklich langweilig, mit niemandem kannst du deine Freude oder dein Staunen teilen. Gut, früher waren die Kinder da, die sind aber jetzt groß und gehen ihre eigenen Wege. Ich habe da gar keine großen Ansprüche. Natürlich könnte ich mit Berti diese Dinge tun, das Problem ist nur, ich habe Angst, er könnte mehr von mir wollen als reisen oder gut essen. Ich habe mich fünfundzwanzig Jahre lang immer den Wünschen und Erwartungen anderer untergeordnet, nun will ich endlich einmal tun, was ich für gut und richtig finde. Deswegen habe ich Lilly vergangene Woche auch aus meiner Wohnung geschmissen, weil sie mich nervt. Und jetzt, lieber Herr Doktor, wird's wirklich schwierig, denn jetzt kommt meine Mutter ins Spiel.«

Sie setzte einen schwarzen Stein neben Wolfgang und gleich danach einen violetten Stein, den sie für ihren Anwalt ausgesucht hatte.

Der Psychiater nickte.

»Eine obsessive Dreierkombination. Meine Mutter hasst Wolfgang, weil sie um mein Erbe fürchtet. Wir haben ein altes, desolates Haus renoviert und meine Mutter hat mir finanziell oft unter die Arme gegriffen. Nun wird das Vermögen bei einer Scheidung geteilt, was sie nicht einsieht. Sie meint, sie wolle diesen Proleten nicht durchfüttern. Mutter quält mich mit Anrufen, ich möge es einfach aussitzen, so wie meine Tanten es nach dem Krieg getan hatten. Im Leben wisse man nie, wie sich die Dinge entwickeln. Vielleicht würde mein Mann vor mir sterben, dann hätte ich gewonnen. Mein Anwalt drängt mich auch zuzuwarten, aber nicht aus familiären, sondern aus rein rechtlichen Gründen.«

»Und Ihr Mann? Was sagt er dazu?«

»Wie üblich gar nichts. Es ist ihm egal. Er will keine Veränderung. Die Dinge sollen so bleiben wie bisher. Wir werden uns nicht scheiden lassen, sondern uns nur zwischenzeitlich trennen. Wir lassen alles beim Alten, nur, dass er eben ausgezogen ist, muss ja niemand wissen. Mein Anwalt findet das auch besser so. Er meint, Moral sei etwas für Menschen, die auch was zum Fressen haben.«

»Ich verstehe.«

Während sie redete, stellte sie weitere Steine auf den äußersten Rand des Holztisches. Einer deckte den Bereich Krankenhaus ab, die anderen stellten Mehmet, Antonio und den neuen Patienten dar, den sie in Kürze kennenlernen sollte. Aber darüber schwieg sie, weil sie selbst noch nicht wusste, wie sich alles entwickeln würde.

»Sehr aufschlussreich, aber auch sehr kompliziert. Leider ist unsere Zeit bereits zu Ende. Wir sehen uns kommende Woche wieder, Gnädigste. Dann sprechen wir über Ihre Beziehungen weiter. Es gibt nichts, das wir nicht lösen könnten, auch wenn es sich in Ihrem Fall schon als ein sehr komplexes Thema darstellt.«

Mit einer großzügigen Handbewegung hatte er die Steine wieder in die Schachtel geschoben.

»Was tun Sie da? Ich kann das Ganze in der nächsten Sitzung nicht mehr wiedergeben.«

»Sie können sich auf mich verlassen, ich habe mir alles notiert! Vielleicht entwickeln sich die Dinge ja bis zum nächsten Mal in eine Richtung, die Sie im Moment noch gar nicht für möglich gehalten hätten!«

Schade, Anna hätte gerne weitergeredet, sie fühlte sich verstanden, bei Göttlicher war sie in guten Händen und wischte Bertis Aversion gegen diesen Arzt als persönliche Fehde zwischen Männern bedeutungslos zur Seite. Als sie die Stufen seiner Ordination hinunterlief, hörte sie von Ferne die sphärischen Klänge *Parsifals*.

Die Aussprache

Lilly ließ Anna in einem Fauteuil, das mit Blick auf die Straße stand, warten. Noch nie musste sie in ihrem Friseurladen warten, stets war sie herzlich von ihrer Freundin empfangen worden und durfte sich zu einem Platz setzten, wo sie von Lilly auch sofort bedient wurde.

»Lilly, was ist los mit dir?«, flüsterte Anna, als ihre Freundin an ihr vorbeihuschte und sich demonstrativ liebevoll um eine ältere Dame kümmerte, während sie bereits das dritte Modemagazin bedeutungslos durchgeblättert hatte.

»Gar nichts, was soll denn los sein?« Ihre Stimme klang beleidigt.

»Ich muss mit dir reden!«

Lilly ließ sich einige Minuten Zeit und übergab die Kundin einer ihrer Friseusen, dann ging sie mit gespielter Langeweile zu Anna.

»Und, was musst du mir so Wichtiges sagen?«

»Du kannst doch nicht wirklich wegen dieser Szene neulich mit dem Pater so angefressen auf mich sein, dass du dich Tage nicht bei mir rührst?«

»Bin ich auch nicht, mir ist der Volltrottel völlig egal.«

»Bist du sauer, weil ich dich rausgeschmissen habe?«

Lilly schaute Anna das erste Mal an. »Du mich rausgeschmissen? Dass ich nicht lache! Ich bin selbst gegangen, weil man es mit dir im Moment einfach nicht aushalten kann!«

Anna hatte ihren Kopf bereits in die Schüssel gelegt und wartet auf Lillys Hände. Sie schwieg wieder und ließ eiskaltes Wasser über ihre Haare laufen. Anna erschrak. »Bist du wahnsinnig? Was soll das?«

»Damit du wieder zu Verstand kommst.«

Anna hatte sich aufgesetzt und starrte ihre Freundin an.

Lilly ließ nun lauwarmes Wasser in die Spüle fließen und zog Annas Kopf wieder an den Schüsselrand.

»Du merkst gar nicht, wie du dich veränderst. Außerdem hast du mich belogen! Mich, deine beste Freundin!«

Anna verstand nicht. »Ich und dich belügen? Wie kommst du darauf?«

»Du hast die ganze Zeit von Scheidung geredet, wolltest endlich ehrlich zu dir sein und frei von dem Geschwätz, das andere dir in die Ohren flüstern!«

»Ich verstehe, du meinst damit Pater Franz, oder?«

»Nein, den meine ich nicht. Wie ich dich kenne, wirst du ohnehin wieder zu diesem Schleimer gehen und dich für mein Verhalten entschuldigen. Aber da gibt's nichts zu entschuldigen, sieht ja eh jeder, dass der nur auf die Kirchensteuer aus ist. Es geht doch nie um Gott, es geht immer nur um Macht und Geld. Die Kleinen können es dann ausbaden, deswegen schaut die Welt um uns so beschissen aus. Aber von dir, von dir hätte ich mir das nicht erwartet!«

Anna schüttelte irritiert den Kopf. Was hatte ihr Streit mit der Frage um Gott zu tun? »Lilly, ich verstehe nicht ganz, worauf du hinauswillst!«

»Stell dich nicht blöder an, als du bist!« Ihre Freundin wurde deutlicher. »Du hast gar nicht vor, dich von Wolfgang scheiden zu lassen. Den Kindern, mir und unserem neuen Freund Mehmet hast du in den letzten Tagen und Wochen die trauernde, die aufopfernde Frau und Mutter vorgespielt. Die Prinzipientreue, die unschuldig aus ihrer Bahn geworfen wurde, weil ihr Mann sie betrügt. Du bist genauso selbstsüchtig wie alle anderen. Du merkst gar nicht, wie du dich veränderst, aber nicht zu deinem Vorteil, meine Liebe. Du hast dich mit diesem gierigen Sack getroffen, oder nicht?«

»Ja, mit Raffke, aber woher weißt du das?«

»Das hat mir meine liebe Freundin aus der Kanzlei zugeflüstert. Dieses Scheusal ist seit diesem Abend wie verändert, hat sie mir erzählt. Er lacht, ist höflich und aufmerksam und spricht in den höchsten Tönen von dir. Du hast dem Kerl Hoffnungen gemacht, du Dummerchen. Der ist aber nicht scharf auf dich, sondern nur auf dein Geld!«

»Wir waren nur miteinander essen, nichts weiter«, gab Anna kleinlaut zu.

»Und? Er hat dich überredet, die Scheidung zurückzuziehen und abzuwarten.«

»Lilly, ich wollte es selbst so. Ist besser auch wegen der Kinder, ich würde finanziell einfach schlechter aussteigen. Übrigens sieht das meine Mutter auch so. Ich warte einfach einmal ein Jahr ab und dann sehen wir weiter, vielleicht entwickeln sich die Dinge auch zu meinem Vorteil.«

Lilly klatschte wütend das Shampoo in die Haare.

»Kannst du das nicht ein wenig zärtlicher machen?«

»Nein, dir gehört wirklich der Kopf gewaschen! Ich bin enttäuscht von dir! Von uns beiden warst du immer die Anständige, die, die an Ehrlichkeit geglaubt hat. Und ich dumme Kuh habe dir das auch abgenommen. Du warst es doch, die mir lachend diese Schauermärchen von deiner Mutter und den verrückten Tanten erzählt hat, dass Frauen bei euch in der Familie ihre Männer brutal überlebt hatten. Und zu welchem Preis, frage ich dich? Dass sie nach dem Ableben ihrer Ehemänner auf einem Haufen Geld sitzen geblieben sind, aber todunglücklich und frustriert waren, weil sie vergessen hatten zu leben. Du hast dich darüber stets lustig gemacht, aber mittlerweile glaube ich, dass alles wahr ist. Du gehst auf denselben ausgetrampelten Pfaden wie deine Mutter. Gut, ich gebe es zu, ich bin nicht so wie du, habe nicht so hoch gesteckte Ideale, dafür bin ich realistisch, gerade was Männer und Beziehungen angeht.«

Lilly fing wieder mit einem spöttelnden Unterton in ihrer Stimme an: »Aber ehrlich und glücklich war ich immer mit ihnen. Das dauert bei mir eben nur acht Wochen, naja, manches Mal auch weniger, je nachdem wie schnell sich der Assinger-Effekt bei mir einstellt. Spätestens dann ist bei mir Schluss. Ich mache daraus auch kein Hehl, zumindest wissen meine Liebhaber immer, woran sie bei mir sind, was man bei dir nicht sagen kann, du lügst sogar deine beste Freundin an und, was das Schlimmste ist, dich selbst!«

Anna lenkte das Gespräch in eine für sie annehmbare Richtung: »Was meinst du mit Assinger-Effekt?«

»Assinger, Chips und die öde *Millionenshow* am Sofa. Du weißt, wovon ich spreche, von der bitteren Realität!«

»Lilly, lass mich zu meiner Verteidigung auch einmal etwas sagen. Ich habe dich nicht angelogen.«

»Du hast mir nur nichts von dem Abendessen erzählt, das ist das Gleiche für mich!«

Sie bürstete die langen, nassen Strähnen, nun aber mit der Zärtlichkeit, wie sie es bei ihrer Freundin immer tat.

»Weißt du eigentlich, wie man sich fühlt, wenn das ganze Leben an einem vorbeirinnt? Wenn die Hoffnung auf eine harmonische Familie zerplatzt wie eine Seifenblase? Du musst wieder von vorne anfangen und das ganz alleine. Und abends, wenn du nach Hause kommst ist keiner da, der auf dich wartet.«

»Harmonisch? Geh ich bitt' dich! Harmonie war doch in eurer Ehe das Synonym für Langeweile. Hör mir mit diesem Selbstbemitleidungsquatsch auf. Tausenden Frauen und Männern geht es so, da bist du nicht alleine mit deinen Problemen. Mach doch die Augen auf! Bevor ich mich mit einem Menschen wie Raffke einließe, bliebe ich lieber alleine und würde als Nonne leben, und das fiele mir sehr schwer, das kannst du mir glauben! Schau, du bist doch nicht alleine! Nimm es genauso leicht wie deinen Hashimoto, in der Früh eine kleine Tablette und schon geht's wieder weiter. Jammern kannst du bei deinem Therapeuten, bei mir nicht!«

Lilly beugte sich mit ihren langen dunklen Haaren über Annas Gesicht und gab ihr einen Kuss auf die

Stirne. Anna wollte bereits aufstehen, ihre Haare waren wieder perfekt gestylt, als Lilly sie nochmals in den Sessel drückte und sie um einen kleinen Moment Geduld bat. Sie klapperte hinter das Verkaufspult und kramte nach ihrer Handtasche.

»Bevor wir etwas essen gehen, brauchst du wieder Farbe im Gesicht.«

Sie drückte aus einer Make-up-Tube etwas Creme, verschmierte sie in ihren Händen und trug die helle Farbe in großzügigen Strichen auf Annas Haut auf. Danach legte sie ihr Rouge auf und strich ihre Lippen mit einem roten Stift nach. Die Augen ließ sie durch einen dunkelblauen Eyeliner größer erscheinen und tuschte die hellen Wimpern Annas schwarz.

Anna hatte ihre Augen geschlossen und betrachtete sich erst im Spiegel, als Lilly erschöpft, aber stolz über ihre Leistung »Fertig!« keuchte.

Vor dem Spiegel saß eine attraktive Mittevierzigerin, hatte Schulden, keinen Mann, fand sich aber wunderschön.

»So sollst du in Zukunft immer aussehen! Nur eines noch zum Schluss, für dein Innenleben bist du selbst verantwortlich, meine Liebe!«

Anna stand auf und nahm Lilly in ihre Arme. »Sind wir wieder gut?«

»Klar, du dumme Nuss! Ich halte es keinen Tag ohne dich aus, und jetzt lass uns endlich etwas essen gehen, mir knurrt schon der Magen!«

Lilly schnappte sich ihre Handtasche und verließ den Salon mit den Worten, abends wieder zu kommen, um die Tageskassa zu machen. Ihre Unbeschwertheit imponierte Anna, sie kam, wann sie wollte, und ging, wenn sie Lust hatte. Sie dachte an ihre Praxis und erzählte Lilly beim Gehen, wie sie den kleinen Raum in ihrem Souterrain bereits umgestaltet hatte. Lilly hörte angeregt zu und war begeistert. Ein großes Fest würden sie bei der Eröffnung organisieren und dazu alles, was Rang und Namen hatte, einladen. Natürlich würde Lilly Plakate und Folder drucken lassen und sie in ihrem Geschäft allen Kunden in die Hand drücken, auch Mehmet würde helfen.

»Guten Tag, Mehmet, ich habe gerade mit Anna die Eröffnung ihrer neuen Praxis besprochen. Wir können doch sicher mit Ihrer Hilfe rechnen?«, überfiel Lilly den am Tisch sitzenden Türken, der gerade tief versunken bei einer Tasse Tee Zeitung las. Mehmet freute sich sehr, als er die beiden sah und begrüßte sie herzlich.

»İyi günler, Anna! Wie schön, dass Sie mich mit Ihrer Anwesenheit beehren. Ich habe Sie schon lange nicht mehr gesehen! Ist alles in Ordnung bei Ihnen und mit Ihren Kindern?«

Schnell war er von seinem Plastikstuhl aufgesprungen, säuberte mit einem Geschirrtuch den Tisch und zog die Sessel zur Seite, damit die Damen sich niederlassen konnten.

»Wie üblich?«, fragte er.

»Ja, Mehmet, einmal Kebab mit alles!«, orderte sie mit gespielt türkischem Akzent.

Lilly platzte geradezu vor Neugier, Anna musste ihr von dem gemeinsamen Essen, vor allem aber von Raffkes riesiger Villa erzählen.

Während sie auf das Essen warteten, beschrieb Anna den lauschig verbrachten Abend mit dem Anwalt. Er sei eigentlich kein unsympathischer Mensch, betonte sie, eher zu bemitleiden. Nach der Inneneinrichtung des Hauses zu schließen, musste er aus bescheidenen Verhältnissen stammen, denn sein Geschmack sei protzig. Krampfhaft sei er bemüht gewesen, ihr zu gefallen, wäre aber ständig über seine tollpatschigen Neurosen gestolpert. Die vielen Waffen, der Safe in der Bücherwand und die Alarmanlagen waren nur Zeichen von Angst, etwas von seinem Besitz zu verlieren. Anna erzählte ihr auch von den Rubinohrringen und der Großmutter, zu der er offensichtlich die ehrlichsten Gefühle hatte.

»Bei der Verabschiedung hat er mich sogar geküsst!«

Lilly erschrak. »Nein, nicht möglich!«

»Doch!«

»Und wie war es?«

»Ungewohnt und ehrlich gesagt ein wenig zu feucht!«

Mehmet hatte das Essen auf den Tisch gestellt und servierte dazu türkische Fleischbällchen.

»Die müssen Sie kosten, habe ich nach einem alten Rezept meiner Großmutter gemacht.«

Anna kostete, Mehmet sah sie erwartungsvoll an. »Und?«

»Einfach köstlich! Die schmecken hervorragend!«

»Gut, nicht? Ich will die Speisekare ein wenig erweitern. Jede Woche kommt ein neues Rezept dazu und irgendwann«, er holte tief Luft und stellte sich in Siegerpose vor die zwei Freundinnen, »habe ich das beste türkische Catering von ganz Wien!«

»Träumer!«, urteilte Lilly, nachdem er den Tisch wieder verlassen hatte, um sich um andere Gäste zu kümmern. »Kebabbuden gibt's doch wie Sand am Meer, mehr als chinesische Restaurants, obwohl …«, Lilly saugte gierig ein Fleischbällchen in sich hinein, »… wenn der im Bett so gut ist wie diese Bällchen, dann Halleluja!« und aß den ganzen Teller leer.

»Und wie geht's jetzt weiter bei dir?«, fragte Lilly nach.

»So, wie gehabt. Die Jungs arbeiten während des Sommers und wir genießen die spärliche Zeit, die wir haben. Von Wolfgang höre ich Gott sei Dank auch wenig. Ich werke abends gerne in meinem kleinen Raum und gehe jetzt regelmäßig in Therapie, was mir sehr guttut. Ach ja, und weil es jetzt gerade so schön ist und ich vor dir keine Geheimnisse mehr haben will, ich treffe mich jetzt häufiger mit Berti. Er hat versprochen, mir bei der Inneneinrichtung meiner Praxis behilflich zu sein, und stell' dir vor, einen Klienten hat er mir auch schon vermittelt, ist ein langjähriger Patient von ihm. Ich mach das jetzt ganz privat, muss ja niemand wissen, dass ich ein kleines Nebeneinkommen habe.«

»Hallihallöchen? Was sind denn das für Ansichten? Du willst doch nicht das Finanzamt betrügen, Kleines?« Lilly lachte herzlich. »Von mir erfährt niemand etwas! Verdammte Steuer, frisst mir auch die letzten Haare vom Kopf!«

Lilly bestellte zwei weitere Biere und drei Gläser Rake und lud ihren türkischen Freund ein, sich einfach zu ihnen zu setzen.

»Anna, darf ich Ihnen ein Kompliment machen?« Mehmet rutschte aufgeregt wie ein kleiner Schuljunge auf seinem Sessel. »Sie sehen heute einfach fantastisch aus!«

»Ja, ja!«, betonte Lilly mit Stolz. »Was ein bisschen Farbe im Gesicht ausmacht!«

»Nein, ich meine nicht das Make-up, Sie strahlen heute von innen! Ich kann das sehen!«

Anna nickte dankend und prostete Mehmet zu. Sie fühlte sich seit Langem wieder richtig wohl, sie war in lieber Gesellschaft, hatte sich mit ihrer Freundin versöhnt und aß dieses herrliche Kebab!

»Ja, ich bin heute nach langer Zeit wieder sehr glücklich! Ihr seid wirklich gute Freunde! Lilly hat recht, im Moment ist mein Leben eine Hochschaubahn. Das Leben spielt verrückt und spült mir die aberwitzigsten Personen zu. Hätte ich nicht euch, ich würde mir vorkommen wie in einem Käfig voller Narren!«

Mehmet hatte angeregt zugehört. »Schön, dass Sie wieder Spaß in Ihrem Leben empfinden.«

Anna hob ihr Glas. »Prost, meine Freunde! Mehmet, ab heute sind wir bitte per Du!«

Der Abend dämmerte bereits und Lilly stellte bedauernd fest, dass sie noch in ihrem Friseursalon vorbeischauen musste. Sie hatte es versprochen und die Mädels warteten auf sie. Es machte Anna nichts aus, sie blieb in der angenehmen Gesellschaft von Mehmet sitzen, es wartete sowieso niemand zu Hause.

Sie half ihrem Freund, die Teller und Gläser zu säubern, wischte die Tische und half sogar beim Zählen der Tageslosung. Bis spät in der Nacht saßen die beiden zusammen und plauderten über ihre Familien, über ihre Bekanntschaften, über ihre Träume und Wünsche, die sie noch in ihrem Leben verwirklichen wollten.

»Was willst du eigentlich wirklich, Anna?«, fragte Mehmet.

»Darf ich ganz ehrlich zu dir sein? Ich würde am liebsten alles liegen und stehen lassen und auf eine griechische Insel auswandern, vielleicht nach Kreta. Ich bin eine schreckliche Romantikerin, ich weiß, aber als Studentin war ich oft auf Kreta und genoss die Menschen und ihre Unbeschwertheit. Wenn ich es mir aussuchen könnte, würde ich mein ganzes Geld nehmen und mir ein kleines Fleckchen Land auf Kreta kaufen. Das wäre herrlich! Schafe züchten und in Ruhe Wein trinken, sonst nichts. Keinen Mann, keine Sorgen, kein Haus und keine Gedanken an eine unsichere Zukunft.«

»Und warum tust du es nicht?«

Anna starrte verträumt in die Luft. »Was bitte?«

»Na loslassen und wegfahren?«

»Wie soll ich denn? Die Kinder brauchen mich noch, ich habe hier einen Job und Verpflichtungen, außerdem müsste ich Griechisch lernen, ich kann die Sprache nicht und tu mir schon mit Englisch schwer.«

»Du musst die Sprache nicht sprechen, um die Menschen zu verstehen!«

»Mehmet, das ist wieder so ein dreimalkluges arabisches Sprichwort, oder?«

»Nein, ist es nicht. Ist von meinem Großvater. Er sprach viele Sprachen.«

»Dann muss er aber sehr gebildet gewesen sein.«

»War er auch. Er konnte weder lesen noch schreiben, er kannte aber die Sprache der Kinder, die Sprache der Bäume und die Sprache des Windes. Er war ein einfacher Bauer, war nie in einer größeren Stadt gewesen, vielleicht einmal in seinem Leben in Istanbul, und doch lag ihm die ganze Welt zu Füßen, wenn er draußen auf dem Feld saß und den Ziegen beim Äsen zusah. Ich lag als Kind oft bei ihm auf der Wiese und hörte seinen Geschichten zu. Als dann mein Vater beschloss, nach Österreich zu gehen, wollten er und Großmutter nicht mit. Es müsse sich jemand um die Tiere und um das Haus kümmern und überhaupt meinte er, einen alten Baum solle man nicht verpflanzen. Bei der Verabschiedung drückte er mir einen Stein in die Hand, ich solle nie auf meine Wurzeln vergessen.«

Mehmet griff in seine Hosentasche und zeigte Anna das Erinnerungsstück.

»Ich trage Großvater immer bei mir, ist das Einzige,

was von meiner Heimat geblieben ist, und doch ist es mein größter Schatz!«

Anna nahm den Stein und betrachtete ihn. Er war durch Tausende Berührungen bereits abgegriffen und hatte die Form eines Kiesels.

»Danke für diese wunderbare Geschichte!«

Mehmet hauchte einen Kuss auf seine Finger und berührte zärtlich Annas Stirne.

Die Maßlosigkeit

Der kommende Tag war ein Dienstag. Anna hatte ihren ersten Termin bei Dr. Cena und wollte mit ihm den zukünftigen Therapieplan besprechen. Von dem anschließenden Treffen mit Antonio hatte Anna Lilly nichts erzählt, sie hätte dieser Begegnung eine Bedeutung beigemessen, die ihr nicht zukam. Anna wollte sich diesem Herrn kurz und schmerzlos erklären und den Abend wieder alleine genießen.

»Der Chef wartet schon ungeduldig auf Sie«, meinte ein Dienstmädchen, das Anna bei der Eingangstüre zu Cenas Appartement begrüßte. Sie entschuldigte sich für die kleine Verzögerung, die Wiener Linien seien schrecklich unpünktlich.

»Verstehe ich doch!«, rief Cena aus dem Zimmer, er hatte Anna bereits über die Monitore in seinem Arbeitszimmer gesehen.

Der übergewichtige Patient hatte sich mit Mühe aus seinem Stuhl gequält und reichte seiner neuen Therapeutin die Hand.

Der weiche Händedruck verriet Anna, dass Cena Probleme in der rechten Seite hatte, die Schulter war leicht nach vorne gewölbt und beim kurzen Gang zum

Massagebett fiel ihr auf, dass er sein rechtes Bein ein wenig nachschleifte.

»Schauen Sie mich nicht so verächtlich an«, atmete er schwer und stieß mit kurzen Unterbrechungen die Luft aus seinen Bronchien, während er sich mühselig auf das Bett hievte, »mein Herz! Ich weiß, ich bin zu fett!«

Die Schwerfälligkeit war der Preis, den er für sein Übergewicht zahlen musste. Das Massagebett stand in der Mitte des halb verdunkelten Raumes und hatte am Kopfende eine Vorrichtung, auf der ein Schaltpult lag. Anna krempelte die Ärmel hoch, griff in ihre Tasche und zog eine Flasche Johanniskrautöl heraus.

»Es stört Sie doch nicht, wenn wir beide arbeiten. Sie an meinem Körper und ich am Computer!«

Anna stand etwas irritiert vor dem massigen Körper, sie strich das weiße Hemd auf die Seite und betrachtete das riesige Stück Fett, das sich vor ihr ausgebreitet hatte. Unfassbar, was sich ein Mensch antun konnte.

»Mir wäre es lieber, Sie würden sich eine Stunde auf mich konzentrieren und den Computer einfach abschalten. Wir könnten uns dann besser miteinander unterhalten, finden Sie nicht?«

Cena hörte Annas Vorschlag nicht, er lag am Bauch, den Kopf hatte er in die Auskerbung des Massagebettes gelegt und tippte wie wild in die Tastatur, die unterhalb der Kopfstütze angebracht war. Er telefonierte mit Mitarbeitern aus seinem Büro, gab forsch Direktiven und kontrollierte nebenbei irgendwelche Statistiken. Daneben erschienen auf den Bildschirmen, die wie Bücher die Wand tapezierten, Menschen im Büro, Menschen bei ihren Alltagsaktivitäten, beim Kochen und Putzen, Menschen ganz privat und intim.

Anna fing an, sich mit ihren Händen in den wuchtigen Körper vorzutasten. Die Rücken- und Nackenmuskulatur schienen außerordentlich verspannt zu sein. Offensichtlich verbrachte Cena seine gesamte Zeit damit, in den Computer zu starren und sich nicht zu bewegen. Sie hob sein rechtes Bein vorsichtig und versuchte es auf die andere Seite anzuwinkeln. Cena schrie auf.

»Sind Sie wahnsinnig? Sie brechen mir ja das Bein!«

»Wunderbar, wenigstens haben Sie mich endlich gespürt!« Sie legte das Bein wieder auf das Massagebett. »Ich kann und will so mit Ihnen nicht arbeiten. Drehen Sie bitte den Computer ab und konzentrieren Sie sich auf die Übungen!«

»Gut, wie Sie wollen, aber die Seitenbildschirme bleiben!« Der Bürocomputer fuhr herunter und schaltete einen großen Flachbildschirm aus.

»Ich habe das sowieso nie für eine gute Idee gehalten, dass mir Berti eine Frau schickt. Berti war in diesen Belangen um einiges unkomplizierter. Er behandelte mich und redete nicht viel. Ihr Frauen müsst immer reden, das ist eine Krankheit von euch!«

Anna hörte kurz auf zu massieren. »Wollen Sie nun von mir behandelt werden oder nicht?«

Cena bejahte murrend, von ihm aus könne sie reden, was sie wolle, sie sollte ihn nur von den schrecklichen Schmerzen befreien.

»Also erzählen Sie von sich!«, fing Anna an, sie brauchte keine Befunde, um zu sehen, dass dieser Mensch litt.

»Was? Ich soll über mich erzählen? Sind Sie eine Psychotante oder Physiotherapeutin?«

»Wenn man es ganzheitlich sehen will, bedingt das eine das andere. Geist, Körper und Seele gehören zusammen, guter Mann!«

»Ach, hören Sie mir doch mit dem ganzen Esoterikblabla auf! Ich habe zwei kaputte Bandscheiben und eine marode Hüfte. Hatte Monate dieses enge und steife Gipskorsett zu tragen und konnte mich nicht bewegen. Wissen Sie, wie lange ich daran gearbeitet habe, dass ich halbwegs wieder auf die Beine kam? Monate! Meine Firma leite ich nun von zu Hause aus und alles andere auch. Diese ganzen Computeranlagen haben mich ein Vermögen gekostet, aber jetzt habe ich alles wieder unter Kontrolle.«

»Nur nicht Ihre Adipositas!«, lachte sie ihn an.

»Was soll damit sein?«

»Die haben Sie offensichtlich nicht unter Kontrolle, oder? Was sagt Ihre Frau dazu?«

»Meine Frau? Die hat mich schon seit Langem verlassen. Angefangen hat ja alles mit dem Burn-out. Ich habe einfach nicht mehr können.

Glauben Sie mir, ich habe mich über diese Menschen früher immer lustig gemacht, sie Loser und Tachinierer genannt, bis es mich selbst erwischt hat. Heute rede ich nicht mehr so spöttisch darüber. Da war dieser unwahrscheinlich lukrative Auftrag, ein riesiges Rechenzentrum aufzubauen, ich habe mich hineingeworfen in die Arbeit wie ein tollwütiger Hund, so eine Chance kriegst du nicht so schnell wieder, habe ich damals gedacht. Meine kleine Firma wuchs in kürzester Zeit von zwölf Mitarbeitern auf siebzig Angestellte an.

Wissen Sie, was das bedeutet? Kosten, Kosten, Kosten. Und die musst du ja schließlich wieder hereinwirtschaften. Das ist ein Rad, in dem du dich wie ein Hamster dauernd zu drehen hast. Wehe, es hört auf, der Stillstand bedeutet ein Aus und ein Aus den sicheren Tod, zumindest finanziell. Mit kleineren Stimmungsschwankungen hat es bei mir begonnen, dieses Burn-out. Habe mir dann eben von meinem Arzt Beta-blocker verschreiben lassen und irgendwann, an einem heißen Tag, bin ich im Büro zusammengebrochen. Ich habe einfach nicht mehr können.

Da liegst du am Boden und glaubst, du hast einen Herzinfarkt oder einen Schlaganfall und dann kommt so ein dreimalkluger Psychiater daher und sagt dir, nein, Sie sind einfach nur zu fett, aber kerngesund, sie müssen schleunigst ihren Lifestyle ändern. Meinen Lifestyle?! So ein Idiot. Der hat ja keine Ahnung, dass ich Verantwortung trage und meine Aufträge erfüllen muss. Ich konnte mich gar nicht wehren, die haben mich einfach mitgenommen und mich drei Tage zur Beobachtung mit diesen Psychos eingesperrt, mit irgendwelchen Medikamenten, die ich nicht vertrug. Den Rest wissen Sie ohnehin von Berti. Er hat mir in dieser schweren Zeit sehr geholfen und mich unterstützt. Ich habe mich wieder voll auf die Arbeit konzentriert und darauf, dass mein Hirn wieder funktioniert, für meine Frau blieb da eben wenig Zeit. Sie hat es nicht verstanden, obwohl ich mich redlich bemüht habe. Sie hat mich verlassen, die dicke Abfindung hat sie aber trotzdem gerne genommen. Jetzt esse ich eben zum Ausgleich. *Gutes Essen ist der Sex der alten Leute*, heißt es sehr richtig. Schauen Sie sich einmal meinen Bauch an!«

Cena rutschte behäbig von der Liege und stand breitbeinig vor Anna. »Berti meint, ich habe einen Spiegelpenis!«

»So genau wollte ich es eigentlich gar nicht wissen!«

Anna war perplex und irritiert über Cenas Offenheit, seine Maßlosigkeit kannte nicht einmal bei ihrem Schamgefühl Grenzen, vielleicht wollte er sie auch nur in Verlegenheit bringen.

»Wissen Sie, was ein Spiegelpenis ist?«

»Nein!«

Cena zog Anna näher zu sich und führte sie ins Badezimmer, das gleich neben dem Arbeitsraum lag, ließ das Hemd und das große Badetuch fallen und starrte mit ihr in den Spiegel.

»Schauen Sie selbst, das ist ein Spiegelpenis!«

Lauthals mussten beide lachen, Cena bewies Humor, er hatte tatsächlich einen derart voluminösen Bauch, dass er sein *bestes Stück* nur mehr im Spiegel betrachten konnte.

Anna starrte ihn und seinen Bauch an und meinte bestimmt: »Herr Cena, Sie müssen wieder lernen, sich ein wenig zu disziplinieren, dann finden Sie bestimmt jemanden, der Interesse an Ihnen hat. Es gibt sicher Menschen, die Ihre Leibesfülle anziehend finden.«

»Ich kann das nicht!«, gab er zur Antwort. »Ich bleibe lieber zu Hause und schaue mir die Menschen am Computer an. Übrigens habe ich mich auch über Sie schlau gemacht, meine Liebe.«

»Über mich? Was hat Ihnen denn Berti alles erzählt?« Anna musste schmunzeln.

»Nicht viel, brauchte er auch nicht. Ich hole mir alle meine Informationen aus dem Internet oder hatten Sie geglaubt, ich öffne einem wildfremden Menschen meine Türe?«

Was sollte von einer Physiotherapeutin schon im Netz stehen, amüsierte sich Anna. Cena gab mit seiner unzweifelhaft genialen Computeranlage an, um sie zu beeindrucken, in Wirklichkeit war dieser Mensch einsam und verlassen.

Das Dienstmädchen klopfte und ihr Patient zog sich schnell wieder sein Badetuch über den Bauch.

»Herr Cena, es ist angerichtet.«

»Wollen Sie mir die Freude machen und mit mir essen?«, fragte er Anna und machte dabei ein derart kindlich-bittendes Gesicht, dass sie nicht ablehnen konnte.

»Aber nur ein halbes Stündchen, ich habe heute noch eine Verabredung«, sie schaute auf ihre Armbanduhr, es war erst 15 Uhr, der Termin mit Antonio ging sich somit aus.

Cena nickte befriedigt. »Ich weiß.«

Anna hörte es nicht, sein gieriges Schmatzen an den Schweinelendchen mit Safranbutter hatte seine bedrohliche Aussage übertönt.

Das Rendezvous

Annas Magen drückte. Weniger vom üppigen Essen bei ihrem neuen Patienten als von der bevorstehenden Begegnung mit Antonio. Zu dumm, dass sie sich zu einem Treffen hatte überreden lassen, nur weil sie gewohnt war, es jedem recht zu machen. Sie würde diesem erwartungsvollen Jüngling einfach frech und unmissverständlich ins Gesicht schmettern, dass sie eigentlich gar kein Interesse hätte, einen Mann kennenzulernen. Vielleicht war sie auch nur zu feige gewesen, ihm eine Absage zu erteilen. Sie war gar nicht in Stimmung für eine Verabredung und erst recht nicht für eine anregende Konversation, der Patient war bei Gott anstrengend genug gewesen.

Tatsächlich kam sie um einige Minuten zu spät und stand unter staunenden und brüllenden Kindern vor dem Seelöwenaquarium. Annas Blicke hafteten an den Tieren und dem Dargebotenen, als sie eine zärtliche Hand auf ihrer Schulter spürte. »Anna?«

Erschrocken drehte sie sich um und starrte in ein freundliches dunkelbraunes Augenpaar. »Schön, dass

Sie gekommen sind, ich bin Antonio!« und er küsste ihr die Hand.

Am nächsten Morgen wurde sie von den grellen Sonnenstrahlen geweckt. Sie hatte vergessen, die Vorhänge zu schließen. Müde rappelte sie sich im Bett hoch, drehte ihren Kopf zur anderen Bettseite und atmete erlöst durch die Nase. Gott sei Dank, niemand hatte neben ihr geschlafen. An den gestrigen Abend konnte sie sich nur mehr dunkel erinnern. Anna schob die Bettdecke zur Seite und stand auf, ein wenig schwankten die Beine, ihr Kopf pochte unsäglich. Langsam kroch sie in die Küche und schluckte wie gewohnt ihren Hashimoto mit einem Glas kaltem Wasser hinunter. Danach ging sie ins Badezimmer zum Schrank, in dem sie ihre Medikamente aufbewahrte, und suchte mit zittrigen Händen nach einer Kopfwehtablette.

»Einen wunderschönen guten Morgen, mein Schatz!«

Antonio saß auf der Toilette mit einer Zeitung in der Hand. Anna zuckte zusammen und ließ vor Schreck die Packung fallen. Kurz musste sie sich an der Waschmaschine festhalten. Aber statt zu schreien, flüsterte sie dem unerwartenden Gast zu: »Sagen Sie nicht *Schatz* zu mir! Das hat mein Ex-Mann auch immer zu mir gesagt!«

Antonio war lächelnd aufgestanden, betätigte die Spülung und wusch sich die Hände. Beschämt drehte sich Anna zur Seite, noch nie hatte ein fremder Mann, und noch dazu splitterfasernackt, bei ihr übernachtet. Antonio griff ihr an die Hüften, zog sie an sich und drehte mit seiner Hand zärtlich ihren abgeneigten Kopf zu seinem Gesicht.

»Guten Morgen, meine Allerliebste, meine Venus, meine Geliebte!« und er küsste sie mit seinen vollen, üppigen Lippen. Anna erschien der Kuss wie eine Ewigkeit. Gedanken durchzuckten ihr Gehirn, was würden die Kinder dazu sagen oder die Mutter oder Wolfgang?

Es war wie früher in der Studienzeit, als sie nach einer durchzechten Nacht mit irgendeinem männlichen Wesen in der Früh aufgewacht war. Aber dieses Mal war es nicht der Anatomieprofessor, sondern ein Adonis, eine Herrlichkeit von einem Mann. Ihre Gefühle spielten Katz und Maus. Die Begegnung mit dem Unbekannten war aufregend, doch überkam sie ein unglaublich schlechtes Gewissen. Sie war eine erwachsene, eine reife Frau und Mutter und hatte sich mit jemandem eingelassen, von dem sie nur ein Internet-Pseudonym kannte.

Antonios Zunge tastete sich vorsichtig von ihren Lippen weg in Richtung Ohren, um danach an Annas Hals zu kosten. Er hob zärtlich ihren Arm und ließ seinen Mund in die Achselhöhle gleiten. Als er bei ihren Brüsten angelangt war, riss sich Anna aus dieser lustvollen Berührung. Sie schüttelte wie wild ihren Kopf und stöhnte Antonio zu, dass alles nur ein Traum wäre, alles Fiktion, eine Illusion, der sie erlegen sei. Es sei nichts passiert, sie wolle das nicht.

»Hat dir die vergangene Nacht nicht gefallen?«, fragte Antonio etwas irritiert, während Anna krampfhaft nach einem Badetuch suchte, um ihren nackten Körper zu verhüllen.

»Zieh dir nichts an, du bist wunderschön so!«, meinte er. »Ich möchte dich endlich auch bei Licht betrachten.«

Anna hielt an ihrem Tuch fest wie an einem Rettungsring kurz vor dem Ertrinken. »Schau mich nicht an, ich bin über fünfzig, habe Falten an Stellen, die ich gar nicht sehen will, und von den Schwangerschaften einen hässlichen Bauch. Ich schäme mich!«

»Musst du nicht! Was gibt es Herrlicheres als einen Frauenkörper, der viel zu erzählen hat.

Er strich ihr über den Bauch, über ihre vollen Hüften und kniff ihr in den Po. »Dein Hintern ist übrigens fantastisch! Ich konnte gestern fast darin ertrinken!«

»Du machst dich über mich lustig, oder?«

»Nein! Ich finde ihn sehr attraktiv!« Anna fühlte sich geschmeichelt, meinte aber trotzdem: »Dann zieh du dir zumindest etwas über! Ich bin es nicht gewohnt, so viel Nacktheit!«

»Was stört dich denn daran, oder findest du mich nicht schön?«

Schön? Was war schon schön? Schönheit war stets eine Frage der Betrachtungsweise. Schön hatte sie damals auch Wolfgang gefunden, in den ersten Jahren und auch Berti. Schön war es anfänglich auch im Bett gewesen, aber irgendwann wurde diese Schönheit relativ und so schrecklich unromantisch und normal, so langweilig und vergänglich. Schön waren im Laufe der Jahre auch der frisch geputzte Esstisch und schön die fertig gebügelten Wäscheberge, wenn sie endlich in den Kästen lagen. Auch das war schön, schön öde!

»Doch, doch, doch! Und wie!«, gab Anna zurück, sie wollte Antonio in keiner Weise beleidigen.

»Ich bin nur vollkommen baff, ich weiß einfach nicht, wie es so weit kommen konnte. An den Kaffee in Schönbrunn kann ich mich noch erinnern und an die guten Gespräche. Ich wollte dich einfach nur treffen, um dir mitzuteilen, dass deine Erwartungen ins Leere gehen, ich gehöre nämlich nicht zu der Art von Frauen, die du suchst. Leider bist du einer dummen Laune meiner Freundin aufgesessen und ich wollte es wiedergutmachen. Mehr nicht. Und dann kommst du, ein für mich wildfremder Mann, wir treffen uns, trinken Kaffee und ich lasse mich von dir widerstandslos in eine Welt verführen, die ich bis dato nicht kannte. Weißt du, ich bin eine anständige Frau!«

»Davon habe ich heute Nacht aber nichts gemerkt!«, lächelte Antonio siegessicher.

»Nein, bitte lach nicht! Normalerweise lasse ich mich nicht so leicht verführen. Vielleicht hast du mir in dieser kleinen, schummrigen Bar K. o.-Tropfen in den Longdrink gegeben, weil ich danach einfach nichts mehr wusste?«

Antonio verneinte, warum sollte er auch K. o.-Tropfen verwenden, wenn sie sich ihm so bereitwillig an die Brust geworfen hatte. Und ja, das Gras, das er mithatte, das hatte sie unbedingt rauchen wollen.

»Du meintest immer wieder, *ein* Joint sei *kein* Joint, und hast mir das Gras buchstäblich aus der Hand gerissen. Vielleicht hatte es auf dich die Wirkung, dass du dich an nichts mehr erinnern kannst. Das ist immer so, wenn man mit Drogen keinerlei Erfahrungen hat. Aber eines ist schon bemerkenswert, es machte dich weich und zugänglich. Wir taten Dinge miteinander, die ich mir nicht vorstellen konnte, mit einer Frau deines Alters zu erleben!«

»Bitte rede nicht weiter! Frau meines Alters! Mit fünfzig sollte man im besten Alter sein, meint zumindest meine Freundin. Frauen seien wie edle Weine, je älter, desto besser. Gut, wir haben getrunken, wir haben Gras geraucht. Und? Wir haben doch hoffentlich nicht miteinander geschlafen, oder?«, fragte Anna verunsichert nach.

»Und wie, meine Liebste, drei Mal! Du konntest einfach nicht genug kriegen.«

»Oh Gott, drei Mal?«

»Weißt du wirklich nichts mehr davon?«, während Antonio ihr diese Frage stellte, hatte er wieder angefangen ihren Nacken und ihren Rücken zu küssen.

»Nein, nicht wirklich! Ich bin vollkommen verwirrt und stehe echt neben mir!«

Antonio küsste sie weiter. »Das ist gut so. Wenn du nichts mehr weißt, meine Geliebte, dann helfe ich dir auf die Sprünge!«

Er zog Anna vorsichtig das Badetuch vom Körper. Beide wankten eng umschlungen aus dem Badezimmer und fielen schon vor dem Bett leidenschaftlich übereinander her.

Nach einem üppigen Mahl schmeckte die Zigarette am besten. Anna sog den Rauch gierig in sich hinein und fragte Antonio, der erschöpft neben ihr döste: »Sag einmal, wie heißt du eigentlich wirklich?«

»Antonio, warum?«

»Naja, weil ich einmal gelesen habe, dass die Leute von einem Begleitservice unter falschen Namen agieren. Klar, man will ja auch ein wenig Privatsphäre haben.«

»Ich heiße wirklich Antonio!«

»Woher kommst du? Dein Teint verrät mir, aus irgendeinem südlichen Land, oder?«

»Ach, weil ich so eine dunklere Hautfarbe habe? Ich komme aus Rumänien.«

»Und woher sprichst du dann dieses akzentfreie Deutsch?«

»Ich hatte viele gute Lehrerinnen, so wie dich!«, antwortete er und liebkoste dabei ihren Nabel.

»Antonio, lass das!«

»Meine Großmutter war aus Siebenbürgen, wir sprachen zu Hause deutsch. Ich habe natürlich einen kleinen Akzent, aber den hört man im Allgemeinen nach ein paar Gläsern Champagner nicht mehr.«

Anna fuhr hoch, unten in der Küche hörte man das Klirren von Geschirr. Sie rannte die Stiegen hinunter und erstarrte zu Stein, Wolfgang stand in der Küche und kramte in der Messerlade.

»Was tust du da?«, schrie sie ihn an.

»Ich suche nach dem Tranchiermesser, das mir meine Mutter vor zwei Jahren zum Geburtstag geschenkt hat. Miriam isst leidenschaftlich gerne Fisch, ich brauche dieses Messer!«

»Hast du keine anderen Probleme?«, fuhr ihn Anna an, außerdem fand sie es ungeheuerlich, dass er einfach in ihren Dingen herumstöberte.

»Das könnte ich dich auch fragen! Wem gehören eigentlich die Herrenschuhe, die im Vorzimmer stehen? Und im Übrigen, seit wann läufst du nackt im Haus herum?«

»Das geht dich einen Schmarren etwas an!«

»Wäre nett gewesen, wenn du das in unserer Beziehung auch öfter gemacht hättest?«

»Was denn?«

»Das mit dem Nacktherumlaufen! Schaut witzig aus, du und dein Bäuchlein!«

Noch bevor Anna eine Antwort auf diese geschmacklose Äußerung geben konnte, stand Antonio an der Türe. »Ich habe dich reden gehört, ist alles in Ordnung?«

»Ah, von da her weht der Wind!« Wolfgang schüttelte Antonio die Hand. »Sehr erfreut, Stöger mein Name, ich bin der Noch-Ehemann von Anna!«

Gott sei Dank hatte Antonio zumindest Boxershorts an, er erwiderte seinen Gruß herzlich: »Und ich Annas Liebhaber, angenehm!«

Kein Funken Eifersucht oder Enttäuschung waren in Wolfgangs Gesicht zu erkennen, es war ihm schlichtweg egal, mit wem seine Frau eine Beziehung pflegte, er kramte weiter in der Geschirrlade und wurde fündig. »Ich habe es! Es stört dich doch nicht, wenn ich es mitnehme?«

»Du kannst dir auch die Pfannen und die Töpfe mitnehmen!«, keifte ihn Anna an und lief beleidigt ins Schlafzimmer zurück, um sich anzuziehen. Kurz danach hörte sie die Haustüre wieder ins Schloss fallen. Sie griff nach der Hose, den Socken und dem Hemd und gab es Antonio unsanft in die Hände. »Du musst gehen, es tut mir leid, aber ich bin nicht so eine, wie du denkst!«

»Ich denke an gar nichts, Anna! Ich denke nur, dass die Zeit mit dir wunderschön war, wir haben es einfach genossen, was ist so schlimm daran?«

»Einfach alles! Ich komme mir wie ein siebzehnjähriges dummes Würstchen vor, das sich vom erstbesten Prinz verführen lässt.«

»Hat es dir denn nicht gefallen?«

»Doch! Und wie! Aber jeden Moment könnte einer meiner Söhne nach Hause kommen und das wäre mir schrecklich unangenehm!«, log sie ihn an.

»Warum unangenehm? Hast du nicht gesagt, sie seien alle schon erwachsen?«

»Ja, sind sie!«

»Dann werden sie verstehen, dass ihre Mutter auch einmal glücklich sein darf. Auch du hast ein Privatleben!«

Während sie sprachen, hatte Anna angefangen, das Zimmer aufzuräumen, und gab ihm damit unmissverständlich zu verstehen, dass er gehen sollte.

»Darf ich dich wenigstens anrufen?«, fragte Antonio flehend.

»Nein, Antonio, bitte nicht! Ich will das Ganze möglichst schnell vergessen! Es ist nie etwas zwischen uns passiert!«

Antonio zog sich wortlos an und ging gesenkten Hauptes. Als sie die Türe ins Schloss fallen hörte, ließ sie sich aufs Bett fallen und strahlte über beide Ohren wie eine Siebzehnjährige, die sich vom erstbesten Prinzen hatte verführen lassen.

Die nächsten Tage verkroch sich Anna in ihre gewohnte Alltäglichkeit, es gab ihr Sicherheit. Sie tat, als wäre alles nur ein Traum gewesen. Vormittags arbeitete sie im Krankenhaus, traf sich mit Berti in ihren Kaffeepausen und abends putzte sie hysterisch ihre Wohnung. Da durfte nichts, absolut nichts sein, das sie an diesen Abend erinnerte.

Die erste Zeit schlief sie in einem der Kinderbetten, sie konnte und wollte das Ehebett nicht benutzen. Kein Wort wollte sie darüber verlieren. Niemals. Hoffentlich würde ihr Mann die Begegnung mit Antonio nicht gegen sie verwenden, sie musste mit Raffke darüber sprechen. Es sollte alles wieder in seinen gewohnten Bahnen laufen.

Lukas kam von seiner Maturareise glücklich und erholt zurück und bewunderte den kleinen Raum unten im Souterrain, der fast fertig war. Es fehlten nur noch die Tapeten, die Inneneinrichtung und eine neue Armatur für das Waschbecken.

»Was sagst du dazu?«, fragte Anna ihren Sohn.

»Toll, Mama! Und was gibt's heute zu essen?«

Sie gab ihm für diese freche Antwort eine kleine Tachtel und lachte ihn an. »Nichts, du gemeiner Kerl! Wir gehen am Abend mit Lilly zu Mehmet!«

Lukas verschwand in seinem Zimmer, um am Computer zu arbeiten, und Anna sortierte die Post. Nichts Wichtiges, nur ein paar Postkarten von Freunden, die irgendwo Urlaub machten und an sie dachten.

Fast hätte sie die Nachricht der Kirchenbeitragsstelle in den Müll geworfen. Schnell öffnete sie das Kuvert und las. Man gab ihr eine Nachfrist von einem Monat, die noch offenen Beträge zu bezahlen. Es bestünde die Möglichkeit, eine Ratenvereinbarung zu treffen oder bei Sofortzahlung einen Nachlass von fünfundzwanzig Euro zu erwirken, sonst erwäge man rechtliche Schritte. Wütend zerknüllte sie das Stück Papier und schoss es in den Mistkübel. Nein, nichts würde sie bezahlen.

Anna suchte zornig nach ihrem Handy und rief in der Pfarrkanzlei an. Pater Franz sei bei einem Taufgespräch, teilte ihr die Pfarrsekretärin mit, und gegen 17 Uhr wieder im Büro. Der Termin passte, sie wollte endlich austreten. Die Kirchensteuer konnte sich dieser Pater sonst wo hinschieben.

Danach würde sie mit Lilly und Lukas zu Mehmet Abendessen gehen.

Lukas stand unerwartet vor ihr, mit Freude präsentierte er seiner erstaunten Mutter einen Folder für die neue Praxis, den er für sie entworfen hatte. Anna war überwältigt, auf ihren Sohn konnte sie sich verlassen.

Anna Kretschmer, Physiotherapeutin Cranio-sakrale Osteopathie, Körperarbeit.

Das Prospekt schaute fantastisch aus, informativ und einladend. Anna umarmte ihn innig.

»Sag, Mama, ich habe kurz auch in deine E-Mails hineingeschaut, da sind mindestens schon fünfzig ungelesene Nachrichten an dich. Willst du das denn nicht einmal bearbeiten?«

Anna ging an den Computer und öffnete das Outlook-Fenster, 52 ungelesene Nachrichten. Einige waren von Freunden, viele davon von Antonio und eine Nachricht von ihrem Patienten, der dringend um einen neuen Termin bat. Natürlich hätte sie die nächsten Tage wieder mehr Zeit, um ihn zu behandeln, schrieb sie ihm zurück.

Kurz danach kam die Antwort.

Wie wäre es morgen am späten Nachmittag? Cena

Ja, gerne. So gegen 16.30 Uhr? Stöger

Wunderbar. Hoffe, Sie bleiben danach auf einen kleinen Snack! Cena

Ich kenne Ihre üppigen Snacks! Was ist mit Ihrer Adipositas? Stöger

Die vergessen wir! Es ist besser, mit einem gefüllten Bauch zu sterben als mit leerem! Wie lief es mit Ihrer Verabredung? Heißt der wirklich Antonio? Cena

Woher wissen Sie das? Stöger

Ich weiß alles, Anna! Das Internet ist ein offenes Buch. Sie müssen nur lernen, es richtig zu lesen. Cena

Ich komme morgen und dann sprechen wir darüber. Aber nicht über mich, sondern wie Sie es geschafft haben, sich in meinen Computer zu hacken. Sie unterlassen das bitte sofort, sonst komme ich nicht mehr zu Ihnen! Stöger

Wunderbar, also bis morgen! Cena

Anna war außer sich vor Wut! Wie konnte es ein Mensch wagen, sich in ihre Privatsphäre zu drängen? Sie wählte die Nummer von Berti und las gedankenverloren über die anderen E-Mails. Zwanzig Nachrichten von Antonio! Er schrieb von unbändiger Lust, von Explosion, von Sehnsucht, von nie dagewesenen Gefühlen, von Einsamkeit … sie schmunzelte verlegen und drückte sofort auf die Taste »Löschen«.

»Hallo! Anna! Was ist? Warum sagst du nichts?«, Berti war bereits am Apparat.

»Ich muss dir etwas ganz Außergewöhnliches sagen. Dieser neue Patient, Doktor Cena …«

»Was ist mit ihm, geht es ihm schlechter?«, fragte er besorgt nach.

»Ganz im Gegenteil, ich kann diesen Menschen nicht mehr behandeln. Morgen werde ich noch einmal zu ihm gehen und dann musst du ihn wieder übernehmen.«

»Ich bitte dich, Anna! Das kannst du nicht machen! Ich bin jetzt in diese Sache mit dem Psychiater verstrickt, wenn der Anwalt herausbekommt, dass ich mit ihm in Beziehung stehe, dann lässt mich das Gericht nicht als Zeuge zu, wegen Befangenheit. Mir ist das irrsinnig wichtig, du weißt ja, dass ich diesen Arsch ans Kreuz nageln will.«

»Aber Berti, der hat sich einfach in mein Leben gehackt.«

»Was heißt hier gehackt?«

»Er weiß Dinge über mich, die ich ihm nie erzählt habe!«

»Vielleicht habe ich sie ihm erzählt. Er wollte ja keinen anderen Therapeuten und ich musste dich ihm erst schmackhaft machen.«

»Ja, aber nun frisst er mich auf. Mit Leib und Seele. Er kennt sogar meine privaten E-Mails.«

»Mein Gott, die kennt die halbe Welt, was glaubst du, was die NSA macht? Außerdem ist es wahrscheinlich ohnehin nichts Aufregendes.«

»Doch, Berti! Ich habe da jemandem aus dem Internet kennengelernt und mich mit ihm getroffen.«

Anna wurde leiser am Telefon, sie schämte sich vor ihrem Freund.

»Aus dem Internet?«, fragte Berti besorgt nach.

»Naja, anfänglich habe ich mir gedacht, ist eh nichts passiert, weil ich so zugedröhnt war. Ich habe das erste Mal in meinem Leben … äh, bitte verzeih … einen Joint geraucht und dann noch diese schrecklichen Mengen an Alkohol. Egal, ich habe es auf alle Fälle nicht vertragen, aber offensichtlich sehr genossen«, stotterte sie ihrem Freund ins Telefon, »… und es war ein Wahnsinn, Berti, eine Explosion, ein unbeschreiblich schönes Gefühl, das ich seit Jahren nicht mehr kannte! Bis dann eben Wolfgang nach Hause kam und die herrlich romantische Stimmung wieder ins Lächerliche abglitt. Er suchte nach seinem Küchenmesser.«

»Also Anna, von dir hätte ich mir das nicht gedacht! In deinem Alter!«, gab ihr Berti enttäuscht zur Antwort.

»Warum sagt mir denn das jeder? Glaubt ihr denn alle, dass man mit knapp über fünfzig ein lebender Toter ist, ein Neutrum, ein sexloser Zombie? Und warum bist gerade du enttäuscht?«

»Anna, weil ich mir dachte, dass … du … äh … und ich, irgendwann einmal … ich habe mir eben Hoffnungen gemacht. Ich glaubte bei dir wieder das auslösen zu können, was du einmal für mich empfunden hast, und nun muss ich mitansehen, wie du moralisch verfällst.« Berti räusperte sich verlegen.

Anna stand von ihrem Schreibtisch auf, Brüllen und Keifen waren in erhobenen Zustand besser, das wusste sie von ihren Kindern.

»Was heißt moralisch verfallen? Das ist doch die Höhe! Ich will mich nicht vor dir rechtfertigen! Ich habe die schönsten Jahre meines Lebens moralisch gelebt und hatte nichts davon, außer einem Frankenkredit, der mir das Haus auffrisst, und einem Mann, dessen geistiger Horizont nicht über die verdammten Christbaumkugeln und ein Fischmesser hinausgeht. Du redest mir von Moral? Blödes Geschwätz, du hast doch nichts anderes im Kopf, als dich wegen deiner verpatzten Vergangenheit zu rächen. Was zählt, sind deine egoistischen Interessen und deine neurotische Obsession, Gerechtigkeit zu erwirken. Berti, ich muss dich leider enttäuschen, wir haben uns verändert, du und ich. Du bist mir wirklich ein guter Freund, aber sonst nichts weiter, verzeih!«

Berti schwieg eine Zeit lang, er unterdrückte seine Enttäuschung, fragte sie aber trotzdem: »Gehst du bitte trotzdem zu Cena?«

»Ja, mach ich! Ich habe es dir versprochen. Aber bitte rede mit ihm, er muss damit aufhören, sonst werfe ich die ganze Sache hin.«

Nach diesen Worten hatte Anna das Gespräch abgebrochen und widmete sich wieder den E-Mails.

Antonio tat ihr wirklich leid, eine Liaison mit ihm war ausgeschlossen, er war viel zu jung und unerfahren, eine Frau wie sie glücklich zu machen, obwohl sie sich eingestehen musste, dass ihre Begegnung einfach fantastisch war. Lilly und ihre Kinder durften davon niemals erfahren, auch ihrem voyeuristischen Freund wollte sie keine Angriffsfläche mehr geben und zog das Computerkabel vorsichtshalber wieder aus der Steckdose.

Nun war Anna auch in der richtigen Stimmung, um zu Pater Franz zu gehen, sie lief das Gässchen hinunter und blieb kurz bei Mehmet stehen.

»Hallo, mein Freund!«

Mehmet, der gerade den Kühlschrank mit Sprite und Cola Dosen befüllte, drehte sich um. »İyi günler, Anna! Das ist aber ein Zufall. Ich habe im Moment nicht viel zu tun und wollte dich gerade anrufen. Ein guter Freund von mir ist Installateur, wir könnten in deinem neuen Raum die Armaturen installieren, wenn du willst, schon heute Nachmittag!«

»Das ist lieb von dir! Leider habe ich keine Zeit, ich möchte eine für mich unangenehme Sache klären. Pater Franz! Du weißt bestimmt, wen ich meine. Ich wollte dich eigentlich um einen Schnaps bitten, damit ich das Gespräch überlebe!«

»Du brauchst keinen Schnaps dazu, denke einfach an etwas Schönes und dann wachsen dir Flügel!«

Anna kramte in ihrer Handtasche. »Wenn du willst, gebe ich dir den Schlüssel meines Hauses. Ihr beide könnt dann werken, wann immer ihr wollt, und sage mir, was du von den Tapeten hältst, die habe ich vergangene Woche erst gekauft, sie liegen hinter der Türe.«

Sie zog den Hausschlüssel vom Anhänger und gab ihn Mehmet.

»Was tust du bei diesem Priester?«, fragte er.

»Nichts weiter, ich trete aus der Kirche aus. Warum ich diesen Schritt setze, möchte ich ihm erklären.«

»Geht das bei euch Christen so einfach?«

»Ja, mein Lieber! Es genügt ein Formular und eine Unterschrift, schon bist du draußen.«

»Ist dir dein Glaube denn nicht wichtig?«

»Natürlich, und wie! Aber nicht gegen Bezahlung! Weißt du, das ist der Vorteil des Älterwerdens, die Dinge werden klarer und durchschaubarer. Ich glaube an Gott, an das Leben und an die Liebe, aber nicht an die Moralvorstellungen, die mir irgendwelche Kirchenvertreter einreden wollen. Mein Leben ist seit der Trennung etwas aus den Fugen geraten, aber ich will es wieder ordnen und da gehört das eben auch dazu. Ich spiele einfach nicht mehr mit bei diesem Spiel.

»Mir geht es ähnlich wie dir! Aber nun geh endlich und erledige die Dinge, die du tun musst. Wir können dir zumindest bei deinem Raum helfen. Wirst sehen, du kannst deine Praxis schon im Herbst eröffnen, wird alles fertig.«

»Mehmet, du bist ein wahres Geschenk für mich, ich danke dir! Du hast ja jetzt den Schlüssel, im Kühlschrank ist ein kaltes Bier für alle Fälle.«

»Perfekt!«

»Wenn ich heimkomme, werde ich dir und deinem Freund etwas Gutes kochen, versprochen!«

»Bitte nur nichts Türkisches!«, lachte sie Mehmet an.

»Gut, dann vielleicht einen Schweinebraten?«

»Du bist ein fieses Mädchen, Anna!«

»War auch nur ein Witz! Lass dich einfach überraschen!«

Mehmet verabschiedete sich von Anna in gewohnter Weise, sie hielt ihm die Stirn hin, er küsste seine Finger und berührte sie damit zärtlich. Nur bei ihm hatte sie das unzweifelhafte Gefühl, aufrichtig sein zu können, ohne Vorbehalte und ohne Einschränkungen. Er schaffte es immer wieder, ihre Falten zu glätten, zumindest die in ihrem Kopf.

Das Geheimnis

Anna betrat die barocke Kirche und atmete tief ein. Der Duft von Weihrauch und Kerzen stieg ihr in die Nase, ein angenehmes Gefühl durchströmte ihren Körper. Die Symmetrie des Raumes hatte etwas Beruhigendes, etwas Erhabenes an sich, nur die Sonnenstrahlen, die durch die bunten Glasscheiben drangen, tänzelten in der Mitte des Altars. Das störend Laute, das Lärmende blieb vor der Türe und Anna fühlte sich von einer plötzlichen Andacht erfüllt, wie sie es nur als Kind gekannt hatte, wenn sie mit ihrem Großvater Wagner hörte. Sie setzte sich an den linken Außenrand der hölzernen Bestuhlung direkt neben den Beichtstuhl. War sie noch vor wenigen Minuten aufgeregt und nervös gewesen, so durchfloss sie nun ein Gefühl der Ruhe und der Harmonie. Eine wahre Erholung, dachte sie und ließ ihre Augen über die wunderbare Architektur gleiten.

Kaum merkbar hatte sich jemand neben sie gesetzt, Anna fühlte plötzlich einen Atem neben sich. Es war Pater Franz.

»Schön, dass Sie in *Ihre* Kirche gefunden haben«, meinte er zweideutig.

»Grüß Gott, Pater Franz! Ich möchte mit Ihnen über einiges reden.«

Der Priester schien sichtlich nervös zu sein, seine Finger spielten zitternd mit den Bändchen seines Messbuches, er spürte, was Anna ihm in Kürze sagen wollte. Er ließ sie nicht zu Wort kommen und fing aufgeregt zu reden an.

»Verzeihen Sie, ich komme etwas zu spät, hatte ein Taufgespräch. Ist immer nett, wenn man die Babys in der Hand hält, so unschuldig und unwissend. Ich denke dann oft, mein Gott, sind die Kleinen nicht wunderbare Geschöpfe Gottes … und in ein paar Jahren so unglaubliche Trottel. Wollen wir nicht in mein Büro gehen?«

Nach dieser Bemerkung hatte Anna auch den letzten Zweifel an ihrer Entscheidung verloren.

»Nein, Pater Franz, hier ist es genau richtig. Sehen Sie unser Gespräch als Beichte. Ich will ganz ehrlich zu Ihnen sein und ich denke, hier ist der passende Ort dafür.«

»Wie Sie wollen, liebe Frau Stöger! Was führt Sie zu mir?«

»Ich komme wegen der Kirchensteuer und wegen …«

Der Pater ließ sie nicht weiterreden. »Keine Sorge! Ich habe das schon für Sie erledigt.«

»Erledigt?«

»Ja, ich habe ihn selbst bezahlt, ich will nicht, dass Sie aus finanziellen Gründen austreten.«

»Das ist nett von Ihnen, aber eigentlich …«

»Wissen Sie, ich kann mir in meiner Pfarre weitere Austritte nicht leisten, das wirft ein schiefes Bild auf mich. Ich habe einige Schwierigkeiten mit der Diözese. Wir Geistliche stehen alle unter enormem Druck, uns rennen die Schäfchen reihenweise davon.«

»Kein Wunder! Ihnen geht es um die Kirchenaustritte, ehrlich, Pater Franz, ich würde mir eher Gedanken machen über die Moral Ihrer aufgeblasenen Kirchenoberen. Was sagen Sie einer alleinstehenden Mutter mit zwei Kindern oder einem Arbeitslosen, der von der Mindestsicherung lebt? Sie sagen nichts! Dafür gibt es keine Regeln, das Einzige, das hilft, wäre Menschlichkeit und die haben Sie leider verloren.«

Pater Franz hörte ihren kritischen Einwurf nicht, sondern redete weiter.

»Glauben Sie mir, ich war anfänglich so von mir überzeugt, ein guter Priester und Pfarrer zu sein. Die Kirche war auch jeden Sonntag voll. Anfänglich. Mit der Zeit gingen mir aber diese ständigen Krankenbesuche, der Religionsunterricht und die Beichtgespräche unheimlich auf die Nerven. Religion interessiert heute niemanden mehr, inzwischen bringt man einem Veganer größeres Verständnis entgegen als einem Katholiken. Es ist zum Heulen. Hari Krishna und Buddha sind *in*, da kann ich mit meinem Jesus brausen gehen.«

Aber auch der arme Jesus mit dir, dachte Anna. Sie konnte und wollte diesem Anfall von Selbstmitleid kein Gehör mehr schenken und unterbrach den Pater mit einem anderen Gedanken.

»Ich muss mich für das Benehmen meiner Freundin Lilly entschuldigen. Sie kann manches Mal schon recht kratzbürstig werden, meint es aber nicht so. Auf der anderen Seite hat sie in vielen Dingen recht.«

»Das sehe ich anders, Frau Stöger. Sie verurteilt pauschal einfach alles, was mit Religion und Gott zu tun hat. Das ist eine Selbstgerechtigkeit, die ich einfach nicht ertrage.«

»Also ich wollte …«

»Ich muss mich auch bei Ihnen entschuldigen«, unterbrach er sie wieder, »ich war ja auch nicht gerade sanft zu Ihrer Freundin. Ich habe zwar vor Jahren die Gelübde der ehelosen Keuschheit, der Armut und des Gehorsams abgelegt, nur meinen Zorn kann ich bei solchen Gesprächen einfach nicht unter Kontrolle bringen. Das war schon früher so, ich konnte mich so maßlos ärgern, dass ich blind vor Wut irgendetwas zerstörte, mal war es die Türe des Beichtstuhls, ein anderes Mal die Tastatur meines Computers. Ich habe gebetet, aber der Zorn blieb trotzdem. Weil mir Gott nicht hilft, gehe ich seit Jahren in Therapie, aber bitte sagen Sie es nicht weiter!«

»Ich schweige wie ein Grab, außerdem ist das nichts, wofür man sich schämen müsste. Mit sich selbst ist es ja am schwierigsten, auszukommen, finden Sie nicht?«

»Wem sagen Sie das. Alles höchst kompliziert! Ich fühle mich oft missbraucht, Was glauben Sie, was mir die Leute erzählen. Unschöne Dinge kann ich Ihnen sagen. Und ständig geht es dabei um Liebe und Beziehung, um Sehnsüchte, die unerfüllt bleiben. Ich höre mir das Ganze jeden Tag hundertmal an, die Verhältnisse, die Betrügereien, und muss sie nach ihrer Beichte von ihrer Schuld lossprechen. Wenn ich ganz ehrlich bin, würde ich gerne dem einen oder anderen einmal so richtig eine kleben! Hätte ich da nicht selbst die Möglichkeit einer Aussprache, ich würde durchdrehen! Doktor Göttlicher meinte dazu nur, ich solle mir einen Lebensmenschen suchen, dem ich mich anvertrauen kann, was ich auch tat.«

»Wie heißt Ihr Therapeut?« Anna lief ein kalter Schauer über den Rücken.

»Doktor Göttlicher, ein Spitzenmediziner. Das Wunderbare ist, er ist Psychiater und Therapeut. Er hat mich anfänglich mit Medikamenten behandelt, damit ich wieder ein wenig ruhiger werde und nicht bei jeder Kleinigkeit mit Wutausbrüchen reagiere. Es ist schon viel besser geworden. Nun versuchen wir, mein Problem mit einer Gesprächstherapie zu lösen.«

Um Gottes willen, dachte Anna, halb Wien lag offensichtlich bei diesem Arzt auf der Couch.

»Pater, ich hab's immer noch nicht ganz verstanden, was ist eigentlich Ihr Problem?« Anna rückte ganz nahe an das Gesicht des Priesters.

»Ich mag keine Menschen, blöd, nicht?«, flüsterte er, in der Hoffnung, Gott würde es nicht hören.

»Ja, das ist als Seelsorger wirklich blöd!« Anna lachte hell auf.

»Sie lachen jetzt, aber das ist schlimm.«

»Warum hören Sie denn nicht mit ihrem Job auf und machen etwas ganz anderes? Es zwingt Sie ja niemand dazu!«

»Das ist kein Job, das Priesteramt ist eine Berufung. Das könnte ich Sie auch fragen. Tun Sie es denn? Nein, Sie verharren in demselben Dilemma wie gehabt.«

»Das stimmt nicht ganz. Ich versuche mein Leben wieder in den Griff zu bekommen, indem ich die Dinge annehme, wie sie sind, zumindest probiere ich es. Leicht ist es nicht, denn ich bin nach einer langen Beziehung wieder auf mich alleine gestellt, muss mich neu orientieren, mir wieder einen neuen Sinn geben. Mit irgendwelchen Moralvorstellungen, die andere mir vorkauen, komme ich aber nicht weiter, das habe ich erkannt. Die Moral ist wie ein Strohhalm, an dem du dich festkrallst, aber trotzdem versinkst.«

»Eigenartig, das habe ich damals meinem Bischof auch gesagt. Aber der hat mich nicht gehen lassen, ganz im Gegenteil. Der hat mir nahegelegt zu schweigen.«

»Worüber denn?«

»Wissen Sie, auch wir Priester sind nur Menschen und haben Bedürfnisse, nur ausleben darf man sie nicht. Ich habe gesündigt, nicht nur in Gedanken.«

Seine Stimme fing zu zittern an, fast unbemerkt war er von der Bank auf seine Knie gerutscht, das Messbuch fiel zu Boden.

Anna versuchte ihn zu beruhigen, auf keinen Fall wollte sie Näheres über das Intimleben eines Menschen erfahren, der ihr eigentlich nur leid tat.

»Ich bitte Sie, Pater Franz, Sie brauchen sich nicht vor mir seelisch zu entblößen.«

Die Aufdringlichkeit, mit der er sich bei ihr Gehör verschaffen wollte, bedrückte sie. Anna wollte aufstehen und gehen, doch der Geistliche fing wieder zu reden an: »Anna, bleiben Sie, Sie müssen mich verstehen. Ich hatte einen Menschen gefunden, wollte damals alles hinschmeißen und mit meinem Freund ein gemeinsames Leben aufbauen. Wissen Sie, was der Bischof gesagt hat? Ich solle machen, was mir beliebt, aber an die Öffentlichkeit dürfe die Beziehung nicht kommen.

Die Diözese würde dadurch Schaden erleiden, die Kirchenaustritte seien besorgniserregend und überhaupt, man hätte viel in mich investiert, auch finanziell. Ich dürfe nicht gehen. Nun ist aber meine Beziehung aufgeflogen, weil dieser sogenannte gute Freund ein Video von uns gedreht hat und es ins Netz stellen will. So weit hat mich diese scheiß Moral gebracht, ich bin dadurch erpressbar geworden.«

»Und? Das ganze Internet ist voll davon, das reißt doch heute niemanden mehr vom Hocker.«

Seine Erzählungen klangen wie ein billiger Krimi und irgendwie hatte Anna das Gefühl, davon schon einmal gehört zu haben.

»Ich habe mich täuschen lassen, ich glaubte an Hingabe und Treue, an echte Verbindlichkeit, nun weiß ich, die Liebe ist ein Teufelswerk, ein One-way-Ticket in den Abgrund.«

Während der Pater sprach, hatte er Annas Hand fest umschlungen, so fest, dass es sie fast schmerzte.

»Was machen Sie denn jetzt, Sie Armer?«

Ihr Mitgefühl war ehrlich, trotzdem versuchte sie, ihre Hand aus der festen Umklammerung zu lösen.

»Ich bin natürlich furchtbar verletzt und gekränkt, das können Sie sich vorstellen. Nicht auszudenken, wenn die Presse davon erfährt!«

Pater Franz schoss aufgeregt in die Höhe und atmete wie ein wildes Tier, Schweißperlen standen an seinen Schläfen. Anna wurde mulmig, der Mensch hatte sich offensichtlich wirklich nicht unter Kontrolle.

»Pater, Sie haben einen Blutdruck über zweihundert! Bleiben Sie bitte ganz ruhig! Einatmen und wieder ausatmen!« Anna pustete die Luft aus ihren Bronchien. »Einatmen und wieder ausatmen, sonst fallen Sie mir noch um!«

Sie spürte, wie er sich langsam entspannte, er atmete tief ein und wieder aus und ließ sich erschöpft in die Kirchenbank zurückfallen.

»Weiß Ihr Bischof von all dem?«

»Natürlich. Sollte mein zweifelhafter Freund den Porno ins Internet stellen, wird der Bischof rechtliche Schritte gegen ihn unternehmen, immerhin hält er sich illegal in Österreich auf.«

»Um Gottes willen! Lassen Sie es nicht so weit kommen. Hören Sie auf Ihr Herz und nicht auf das, was Ihnen der Bischof ins Ohr flüstert. Sie haben es doch selbst in der Hand, legen Sie Ihr Amt zurück und erfüllen Sie sich Ihren Traum. Ihr Schweigen und Ihre Wut werden sie noch umbringen! Ihre sogenannten Schäfchen werden es verstehen, weil es menschlich ist. Und ganz unter uns, Homosexualität bei Priestern gehört ja fast schon dazu wie der Streusel zum Kuchen.«

Auch Anna spürte ihr Herz rasen, beide atmeten noch eine ganze Weile still vor sich hin.

»Anna«, fing der sichtlich erlöste Pater wieder ein Gespräch an, »das war die erste Beichte, die mir in meinem Leben etwas gebracht hat. Ich danke Ihnen dafür! Sie bleiben mir hoffentlich wohl gesonnen?«

»Natürlich«, versicherte ihm Anna.

»Aber erzählen Sie es bitte nicht weiter, das mit dem Video ist eine schlimme Sache!«

»Es bleibt unser Beichtgeheimnis!«, hauchte sie dem Priester ins Ohr, stand auf und verabschiedete sich wortlos, nur mit einem freundlichen Nicken, während Pater Franz noch andächtig in der Bankreihe sitzen blieb. Den Kirchenaustritt hatte sie gänzlich vergessen.

Als Anna beim Verlassen der Kirche das Knie beugte, kam ihr wieder ihr kleines süßes Geheimnis in den Sinn. Antonio.

Das Gespräch mit dem Pfarrer hatte länger gedauert, als ihr recht war. Sie musste sich beeilen, denn sie wollte Mehmet und seinen Freund mit einem Zwiebelrostbraten verwöhnen. Der ließ sich schnell zubereiten und schmeckte fantastisch.

Sie schloss die Eingangstüre auf und stellte die Einkaufstaschen in den Flur. Türkische Musik war aus ihrem Praxisraum zu hören. Erwartungsvoll ging sie der Musik nach und sah Mehmet auf der Leiter und seinen Freund an einem Tapezierertisch arbeiten. Tief in ihre Arbeit und in ihre Lieder versunken, hatten die beiden die Hälfte des Raumes bereits tapeziert, auch die Armaturen waren installiert.

Vollkommen perplex strahlte sie: »Ihr seid ein Wahnsinn!«

Mehmet strich mit kräftigen Zügen die letzte Tapete an die Wand, kletterte von der Leiter und schmierte den überschüssigen Kleister in ein Handtuch. »Ist schön geworden, nicht? Die Tapeten sind wirklich elegant!«

»Ich habe jetzt ein richtig schlechtes Gewissen, Mehmet! Ihr habt ja den ganzen Nachmittag daran gearbeitet. Du hast nicht einmal dein Geschäft geöffnet. Ich hätte dich nie darum gebeten.«

»Eben, Anna, deswegen haben wir es auch getan. So ist das bei uns, Freundschaft geht über alles. Schau, du musst gar nicht mehr lange warten, du kannst in ein paar Wochen deine Praxis eröffnen. In zwei Tagen sind wir fertig, dann brauchst du nur mehr ein Massagebett und ein paar nette Bilder und los geht's.«

»Du bist ein Engel!«, jubelte sie, während sie überwältigt mit den Fingern über die feuchten Wände glitt.

Nach dem Essen war Mehmets Freund gegangen und beide saßen müde und schweigsam in ihrem kleinen Raum, ihrer geheimen Höhle, in die sie nur Mehmet Zugang gewährte. Wie angenehm es doch war, gute Freunde zu haben, auf die sie sich verlassen konnte. Nie und nimmer hätte sie es alleine geschafft. Mehmet rauchte genüsslich eine Zigarette und Anna hatte es sich mit einem Glas Wein in der Hand auf einer Bierkiste bequem gemacht. Der Traum eines eigenen kleinen Therapieraumes schien in greifbarer Nähe.

»Wollen wir tanzen?« Mehmet drehte das Radio lauter.

»Ich kann zu türkischer Musik nicht tanzen!«

»Komm, ich zeig es dir!«

Er nahm sie an der rechten Hand, die linke hielt er in die Luft. Anna tat es ihm gleich und unter seinem Kommando, *linker Fuß vor, rechts seitlich*, fingen sie zu tanzen an, obwohl ihre Augen fest am Boden verhaftet waren, sie wollte keinen Fehler machen.

»Anna, du bist zu verkrampft, schließe deine Augen, du kannst das. Lass dich einfach von der Musik tragen!«, befahl er ihr lachend.

Sie tat es und es war ihr egal, ob sie es richtig tat. »Mehmet, bei der Eröffnung werden wir auch türkische Musik spielen und dazu tanzen, ok?«

»Und ich koche das Essen! Wirst sehen, das wird ein Multikulti-Eröffnungsfest!«

Beide lachten und tanzten um die Leiter, sie bemerkten nicht, dass Wolfgang schon die längste Zeit an der Türe stand und das Treiben beobachtete. Das Radio wurde brutal abgeschaltet. »Dir geht es offensichtlich ziemlich gut!«

Anna riss es aus ihren Träumen, auch Mehmet stand erschrocken vor Wolfgang.

»Willst du mich nicht vorstellen?«, fragte dieser vorwurfsvoll.

»Tut mir leid, Mehmet, darf ich vorstellen, mein Mann, Wolfgang Stöger. Wolfgang das ist Mehmet. Wie ist eigentlich dein Nachname?«

»Gönül. Mehmet Gönül.« Er reichte Wolfgang die Hand, die dieser demonstrativ verweigerte.

»Ihr Name hat für mich keine Bedeutung. Egal, ob der jetzt Antonio oder, wie war doch gleich Ihr Name, ach ja, Mehmet heißt. Wenn ich nach Hause komme, steht immer ein anderes Männergesicht vor mir! Ist schon komisch, wie schnell du deine Bekanntschaften wechselst. Wissen Sie, meine Frau steht mehr auf südländischen Touch. Ich war ihr immer zu langweilig.«

Anna hatte sich von der unerwarteten Störung wieder einigermaßen erholt, richtete sich die Haare und streifte ihre Bluse glatt.

»Was machst du hier?«

»Ich? Anna, wir sind noch nicht geschieden! Ich habe einen Schlüssel und kann kommen, wann immer ich will. Du hast vergessen, dass das Haus, wenn auch nur zur Hälfte, immer noch mir gehört!«

»Und die Schulden auch! Das ist aber trotzdem kein Grund, einfach unangemeldet aufzukreuzen.«

»Du bist seit Tagen nicht zu erreichen und liest auch deine E-Mails nicht.«

»Ist etwas passiert?«

»Meine Mutter hatte einen Schlaganfall!«, meinte Wolfgang mit Tränen in den Augen.

»Sie liegt auf der Intensivstation, es wäre nett, wenn du sie einmal besuchen würdest«, er blickte zu Mehmet, »und auch nur, wenn es deine kostbare Zeit erlaubt!«

»Natürlich besuche ich sie!«, sagte Anna verstört. »Und wie geht es ihr?«

»Die Ärzte meinen, es gehe dem Ende zu!«

»Ach, das tut mir aber leid!« Sie wunderte sich, weil sie im Moment alles andere, nur kein Mitgefühl aufbringen konnte. Weder ihrer kranken Schwiegermutter, noch ihrem Mann gegenüber. Gleich morgen müsste sie Dr. Raffke anrufen und ihm diese Neuigkeit erzählen, es ging finanziell in die Richtung, die er ihr vorgeschlagen hatte.

Wolfgang war bereits gegangen, beide standen sich still gegenüber, bis Mehmet wieder ein Gespräch begann: »Gut, wir werden in den nächsten Tagen fertig. Wann hast du vor, die Regale und den Schreibtisch zu kaufen? Ich habe einen alten Kastenwagen und kann dir die Möbel nach Hause fahren und, wenn du willst, auch gleich aufbauen.«

Anna schaute ihren Freund etwas irritiert an. »Interessiert es dich denn nicht, wer Antonio ist?«

Mehmet räusperte sich verlegen. »Sollte es mich interessieren? Anna, es ist dein Leben!« Er kramte nach seinen Klamotten, zündete sich eine Zigarette an und ging.

Die ausgelassene Stimmung der letzten Stunden war wie weggeblasen. Wolfgang hatte es wieder geschafft, sich in ihr Leben zu drängen. Sie empfand es als bodenlose Frechheit, dass ihr Mann sie um diesen Besuch gebeten hatte. Sollte doch er sich um die Kranke kümmern, schließlich war sie seine Mutter.

In den vergangenen Jahren hatte sie kein ungetrübtes Verhältnis zu ihrer Schwiegermutter gehabt. Nie hatte Wolfgangs Mutter ihr verziehen, dass sie ihren Sohn aus dem *Hotel Mama* weggelockt hatte.

Während Wolfgang studierte, wohnte er bei ihr, sie kochte für ihn und bügelte seine Wäsche. Anna hatte einen Job angenommen und finanzierte damit eine kleine Mitwohnung, um ungestört mit ihrem Freund leben zu können. Wolfgang schlief zwar bei ihr, doch das kleine Zimmer bei seiner Mutter hatte er nie aufgegeben. Erst nachdem sie geheiratet hatten, entschloss er sich, aus seinen elterlichen Gefilden auszuziehen und mit ihr ein Leben zu beginnen.

Anna griff aufgeregt in ihre Hosentasche und wählte die Nummer von Lilly. Ihre Freundin hob sichtlich gestört ab. »Sag einmal, weißt du überhaupt wie spät es ist?«

»Ach, Lilly, kann ich heute bei dir schlafen? Ich fühle mich einfach elend!«

»Wenn du auf einen flotten Dreier Lust hast?«

»Wieso?«

»Naja, weil mein Besuch noch bei mir ist!«

»Gott, das tut mir leid, ich wollte dich nicht stören!«

»Ach, Liebes, du störst uns … äh … nicht mehr! Er ist gerade duschen, mein Lover hat einen Reinlichkeitstick. Nervt mich irgendwie, ich finde es unpassend, wenn ein Mann nach einem schönen … naja, du weißt schon …aufspringt und sich duschen geht. Das ist genauso, wie wenn du etwas Wunderbares isst und danach ins Badezimmer rennst und dir die Zähne putzt. Der ganze Zauber, der gute Geschmack von Liebe und Sex, alles ersäuft in Menthol. Mir ist das wurscht, ich bleibe im Bett liegen, schlafe mich aus und hoffe, dass der Typ am nächsten Morgen nicht mehr neben mir liegt.«

»Ja, genau darüber will ich mit dir reden!«

»Kommst du mir schon wieder mit der Moralkeule, von wegen«, sie äffte Anna nach, »die Liebe ist etwas Wunderbares, Schützenswertes? Du weißt genau, Anna, dass ich nicht so lebe. Ich stehe mehr auf Liebe light, man verbringt eine nette Zeit miteinander und das war es schon.«

Anna wurde ungeduldig. »Lilly, höre mir doch bitte einmal zu! Mir ist das auch passiert.«

»Was denn?«

»Naja, das was du erzählt hast. Menthol und Sex, du verstehst?«

»Sag, hast du was getrunken?«

»Nein, ich bin nüchtern, jetzt. Aber vor einigen Tagen war ich es nicht. Und als ich morgens in der Früh erwachte, lag da jemand neben mir im Bett, der nicht unter die Dusche ging.«

»Waaaaaaaaaaaaaaaaaaaaas?«

»Ich weiß, du bist jetzt sicher furchtbar enttäuscht von mir. Aber es kommt noch schlimmer, ich wusste von dem Ganzen nichts mehr. Es war ein schöner Abend, anregende Gespräche und dann der viele Alkohol. Ich hab mir irgendwie Mut antrinken wollen, weil der Typ um mindestens fünfzehn Jahre jünger war als ich, aber genau das war ja das Reizvolle. Außerdem ist er unglaublich fesch, hat was Südamerikanisches, wie sich aber später herausstellte, ist er Rumäne ...«

»Fünfzehn Jahre jünger? Das macht nichts. Junge Männer haben zwar nicht die nötige Erfahrung im Bett, dafür können sie es die ganze Nacht!« Lilly kicherte.

»Und als wir uns am nächsten Tag erst so richtig kennenlernten, stand plötzlich Wolfgang in der Türe und suchte nach einem Tranchiermesser für seine Freundin.«

»Sag ich ja immer, der hat jetzt schon genug von ihr.«

»Nein, er braucht es, um Fische zu zerlegen.«

»Das ist dasselbe für mich, stinkendes Luder! Aber bitte erzähl weiter!«

»Es war ihm aber egal, als Antonio und ich so nackt vor ihm standen.«

»Hast du gerade Antonio gesagt? Der aus dem Internet? Ich werd' verrückt!«

»Ich langsam auch.«

»Und? Wie war es?«

»Herrlich. Ich fühle mich seit Langem wieder begehrenswert und sexy. Im Moment prasseln aber da so viele Dinge auf mich ein, dass ich es kaum genießen kann. Antonio schreibt mir ständig Mails, auf die ich aber nicht antworten will.«

»Warum denn nicht? Genieße doch die Zeit, solange du sie noch hast. In ein paar Jährchen klopft keiner mehr an die Türe, in ein paar Jährchen musst du für jeden Liebesdienst bezahlen. Denke an deine Geschichte mit der Polizei, das fängt immer so an. Und dann nützt dir auch die beste Friseurin nicht mehr! Warte, meine Liebe, ich verabschiede mich nur schnell von meinem Süßen und bin gleich wieder bei dir.«

Lilly hatte aufgelegt und Anna schenkte sich in der Zwischenzeit ein Glas Prosecco ein. Unten an der Türe klingelte es. Wahrscheinlich hatte Mehmet etwas vergessen, sie hüpfte freudestrahlend in den Flur und öffnete.

Es war Antonio.

Anna erschrak. »Was willst du zu solch später Stunde?«

»Warum antwortest du mir nicht auf meine Mails?«, fragte er enttäuscht.

»Mein Lieber, aus zweierlei Gründen, erstens habe ich irgendeinen Virus auf meinem Gerät, keine Ahnung, mein Computer stürzt immer wieder ab, und zweitens will ich dir keine Hoffnungen machen.«

»Habe ich auch nicht!«

Anna musste kurz schlucken, sie dachte, sie hätte ihn bei ihrer letzten Begegnung tief beeindruckt. »Ach so!«

Der junge, ungestüme Liebhaber nahm sie an der Taille und küsste ihr den Nacken, Anna durchrieselte wieder dieses angenehme Kribbeln am ganzen Körper. »Anna, ich verspreche dir eines, du brauchst für diese Dienste nie etwas zu bezahlen!«

Sie stieß ihn von sich, was hieße *bezahlen*?

»Naja, normalerweise zahlen die Klienten für diese Dienste!«

»Welche Klienten und welche Dienste?«, meinte Anna erbost. »Du schläfst mit mir, hast deinen Spaß und ich soll dafür bezahlen? Ich dachte, du bist von einem Begleitservice?«

»Ja, das stimmt. Das ist gut für eine Geschäftsanbahnung. Schau, die einen buchen mich für ein nettes Dinner oder für ein Geschäftsessen, da teile ich mit meiner Agentur das Honorar, andere wiederum wollen mehr als nur einen netten Abend, so wie du.«

»So wie ich?« Annas erotisches Entzücken verwandelte sich sprunghaft in bittere Frustration.

»Schatz, das merkt man als Mann sofort, du warst so ausgehungert und gierig nach Sex, du hast mich geradezu aufgefressen.«

»Sag nicht *Schatz* zu mir!«

»Dein Mann muss ein seltener Trottel sein, hat der nie entdeckt, was in dir steckt?« Antonio zog sie leidenschaftlich an sich und versuchte ihre Bluse zu öffnen.

Das Handy klingelte, es musste Lilly sein. Anna nahm die kurze Störung zum Anlass, sich aus Antonios Umklammerung zu lösen, sie schwankte und lehnte sich wie erschlagen an die Spiegelwand. Es war Lilly, trotzdem hob sie nicht ab.

»Anna«, fing Antonio wieder an »wann immer du mich willst, du kannst mich jederzeit anrufen. Sex ist mit dir so herrlich aufregend und doch so unkompliziert!«

»Unkompliziert …?« Noch nie hatte Anna eine derart eigenwillige Beschreibung gehört.

»Ja, unkompliziert. Keiner muss sich etwas beweisen im Bett, das macht alles so frei. Mir ist das noch nie passiert, aber bei dir fühle ich mich wie zu Hause, so verstanden und angenommen. Irgendwie erinnerst du mich ein wenig an meine Mutter.«

»An wen bitte?«, fragte Anna zitternd nach, verdammt, der Vergleich schmerzte.

»An meine Mutter!«, wiederholte er. »Sie ist eine bewundernswerte Frau, so wie du. Ich vermisse sie sehr.«

»Weiß sie eigentlich, womit du dir hier dein Geld verdienst?«

»Nein, natürlich nicht! Das mit dem Begleitservice ist ein super Job, eine Arbeit wie jede andere auch! Sieh es als reine Dienstleistung an. Du bist Physiotherapeutin, bist Dienstleisterin und ich? Ich fülle einsame Herzen wieder mit Freude, was ist daran schlecht?«

»Weil du mit Liebe spielst, das ist schlecht.«

»Die Leute wissen, woran sie bei mir sind. Die Liebe ist eben auch nur ein Geschäft, so wie jedes andere auch.« Er drückte sie wieder an sich. »Und der Markt für unglückliche Herzen ist riesengroß!«

Anna entzog sich seinen Schmeicheleien. »Antonio, es ist schon sehr spät. Ich muss morgen ziemlich früh raus, wir können ja ein andermal darüber reden, ok?«

Sie gab Antonio einen Kuss auf die Wange, so wie sie es bei der Verabschiedung bei ihren Jungs oft getan hatte. Er hätte ja wirklich auch ihr Sohn sein können.

Scham und Wut stiegen in ihr hoch. Sofort griff sie nach dem Handy und wählte die Nummer von Lilly.

»Sag, tickt es bei dir noch richtig? Es ist zwei Uhr in der Früh! Ich habe schon geschlafen!«

»Lilly, ich muss unbedingt mit dir reden, ich platze gleich!«

Anna erzählte ihrer Freundin von dem offenen und ehrlichen, in höchstem Maße aber unangenehmen Gespräch, das sie gerade mit Antonio geführt hatte. Dass er eigentlich eine männliche Nutte war, dass er sich seine Liebesdienste teuer bezahlen ließ, fast heulend schloss sie ihre Erzählung, »... und er findet mich genauso bewundernswert wie seine Mutter! Lilly, wie seine Mutter hat er gesagt, ist das nicht schrecklich? Und ich blöde naive Kuh habe tatsächlich geglaubt, er findet mich einfach nur ...«

Anna suchte nach einem passenden Wort.

»... geil?!«, gab Lilly ironisch zur Antwort. »Na was glaubst denn du? Mit fünfzig? Du bist wirklich naiv, Anna! Na und, wenn schon, dann ist er eben ein Callboy! Ist denn das so schlimm? Außerdem verlangt er bei dir ohnehin kein Honorar. Stell dir vor, du gehst shoppen und brauchst dafür nicht zu bezahlen. Also, ich würde bei so einem Angebot nie Nein sagen.«

»Lilly, du bist echt gemein!«

»Wieso gemein? Meine Güte, sei doch nicht so schrullig, ihr hattet einen schönen Abend und eine tolle Nacht! Du hast wieder gesehen, was in dir steckt, und er möchte weiterhin mit dir Kontakt halten. Das ist doch *die* Gelegenheit, noch dazu gratis! Was glaubst du, was du für eine derart tiefe Erkenntnis bei einem Therapeuten hättest zahlen müssen?«

Lilly gähnte lautstark in den Hörer, sie war müde und dieses Gespräch langweilte sie.

»Mein Gott, dann bin ich eben in deinen Augen verkorkst und altmodisch. Ich kann eben nicht aus meiner Haut heraus. Gut, es ist einmal passiert und, ja, ich gebe es zu, es war fantastisch. Trotzdem kann ich nicht wie eine Biene, so wie du, von einer Blüte zur nächsten fliegen. Die Liebe ist kein *car2go*, du brauchst sie, benützt sie und lässt sie dann irgendwo wieder stehen. Für mich hat eine körperliche Beziehung etwas Verbindliches, da schwingen immer auch Gefühle mit, ich kann das eine vom anderen nicht trennen.

Auf der anderen Seite habe ich auch diese blöden Regeln und Konventionen in meinem Kopf, wie eine Beziehung zu funktionieren hat, daran ist ja letztlich auch meine Ehe gescheitert. Wolfgang und ich begingen einen großen Denkfehler, immer wieder haben wir unsere gemeinsame Zukunft hinausgezögert, alles andere schien wichtiger zu sein. Lilly, dieses schreckliche *Zuerst* hat unsere Beziehung getötet. *Zuerst* einmal die Kinder großziehen, *zuerst* die Schule fertig machen, *zuerst* der Job, *zuerst* das Haus. Wir hatten vor lauter *Zuerst*-Sagen auf das Leben vergessen. Es ist uns buchstäblich durch die Finger geronnen, dabei hatten wir es immer in der Hand, diesen kleinen Traum vom Glück.

Jetzt ist er zerplatzt wie eine Seifenblase. Nun stehe ich da und muss mit ansehen, wie Wolfgang nur mehr nach Hause kommt, um sich wieder etwas aus unserem gemeinsamen Leben zu holen, den Christbaumschmuck oder das Tranchiermesser, es ist zum Kotzen. Viele tappen in die gleiche Falle, den Traum vom großen Glück oder von einem Menschen, mit dem man sein Leben verbringen kann. Du natürlich nicht, du bist ja ganz anders, aber die Menschen, mit denen ich gerade zu tun habe.

Raffke zum Beispiel setzt Glück mit Geld gleich, dabei sucht er einen Menschen wie seine Großmutter, die hat ihm so etwas wie Zuneigung und einen Hauch von Liebe geschenkt. Wenn auch nur ihre Rubinohrringe übrig geblieben sind, so ist das *sein* großer Schatz, aber eben auch nur ein Hirngespinst. Lilly, du hattest ja so recht, ich habe mich von ihm verführen lassen.«

»Also war doch mehr an diesem Abend, du Luder!«, ätzte ihre Freundin schlaftrunken in den Hörer.

»Nein, nicht so, wie du denkst! Der Aussicht auf die Erbschaft und auf das Geld konnte ich nicht widerstehen und nun liegt die Schwiegermutter im Krankenhaus, mit einem Schlaganfall. Aber anstatt mich betroffen zu fühlen, weil es ja wirklich jetzt zu Ende geht mit dem alten Drachen, empfinde ich nur Genugtuung. Ich erkenne mich selbst kaum wieder.

Dabei wollte ich mein Leben wieder in Ordnung bringen, das funktioniert aber nicht so, wie ich dachte, immer wieder pfuscht mir das Leben eines anderen dazwischen. Heute Nachmittag war ich sogar in der Kirche und habe ein interessantes und aufschlussreiches Gespräch mit Pater Franz geführt.«

»Jessas!«, hauchte Lilly in den Hörer.

»Na, der hat vielleicht einen Vogel, das kannst du mir glauben.«

»Was hat er denn erzählt?«, fragte Lilly.

»Das kann ich dir nicht sagen, ich habe es ihm versprochen, ist ein Beichtgeheimnis.«

»Bist du jetzt unter die Pfaffen gegangen?«

»Nein, natürlich nicht. Ich ging mit der Überzeugung hin, ihm zu erklären, warum ich aus der Kirche austreten wolle, doch er nahm meine Krise zum Anlass, sein Leben vor mir auszubreiten. Er ist das Produkt seiner unerfüllten Sehnsüchte und leidet darunter wie ein Hund.«

Anna hatte es sich am Sofa im Wohnzimmer bequem gemacht und kuschelte sich in die Kissen.

»Weißt du, was am schrägsten ist? Wir haben den gleichen Therapeuten! Manches Mal denke ich, Gott macht sich einen riesigen Spaß mit den Menschen. Er liegt wahrscheinlich mit einer Packung Chips auf einer Wolke und amüsiert sich göttlich, wie seine Ebenbilder da unten auf der Erde herumstrampeln und von einem Chaos ins nächste fliegen. Über diesen Pater Franz lacht er wahrscheinlich am meisten.

Ich lebe im Moment wie in einem Irrenhaus, ein Theaterstück, eine Tragikomödie mit den verrücktesten Charakteren, ein ständiges Kommen und Gehen und ich Volltrottel übernehme dabei die Hauptrolle.

Ich werde aber weiterhin zu Göttlicher in Therapie gehen, er hilft mir hoffentlich aus meinem emotionalen Dilemma heraus, auch wenn es ein kleines Vermögen kostet. Er ist intelligent, aufgeschlossen und sehr sympathisch, obwohl er ein arrogantes Arschloch ist, zumindest meint das Berti. Du glaubst ja gar nicht, was mein alter lieber Freund vorhat. Er will sich an diesem Arzt rächen, weil er ihm sein Leben zerstört hat. Natürlich habe ich Berti nichts davon erzählt, dass ich zu Göttlicher in Therapie gehe, ich finde das sogar höchst witzig, wie sich Männer aufführen. Sie sind wie Kinder bei ihren Sandkastenspielen. Meinen Vorschlag, er möge doch das Ganze auf sich beruhen lassen und sich mit ihm und dem Leben versöhnen, hat er forsch von sich gewiesen. Ich schwöre dir, Lilly, es ist der Neid, der ihn dabei auffrisst, üble Sache, wenn du mich fragst. Gott, wie mich das nervt, dabei wollte ich eigentlich nur meinen bescheidenen Traum realisieren und in Frieden leben.«

Anna atmete tief durch, trank einen Schluck Prosecco und erzählte aufgeregt weiter.

»Friede und Ruhe sind genau das, was ich mir eigentlich am meisten in dieser Situation wünsche. Das habe ich erst kürzlich einem neuen Patienten gesagt. Dem ist sein Gewicht scheißegal, seine Gesundheit scheißegal und macht sich einen mordsmäßigen Spaß, alle und jeden zu beobachten. Und Gott schaut bei diesem Spiel wieder genüsslich zu, wie er sich mit seinen teuren Computeranlagen in das Leben anderer hineinfrisst, schlimmer als die NSA. Er kann einem nur leidtun.

Wie sagst du dazu? Mitleid ist Liebe in langen Unterhosen, herrlich warm, aber hässlich.

Rund um mich herum schwimmen alle in einem Meer aus Sehnsüchten und keiner hat eine Schwimmweste an. Und diese Schwimmweste ist und bleibt die Liebe, Lilly! Die Liebe zu einem Partner, die Liebe zu einer göttlichen Kraft oder die Liebe zu den eigenen Kindern. Und neben meinen Kindern bist du, Lilly, eine solche Schwimmweste in meinem Leben. Du bist zwar ein unheimliches Scheusal und eine unerträgliche Nymphomanin und doch sind deine Lebensfreude und dein unerschrockener Humor für mich Zeichen deiner großen Dankbarkeit, und dafür liebe ich dich … Lilly? … Lilly, bist du noch dran?«

An der anderen Seite der Leitung war es still geworden. Anna hörte nur ein schweres, tiefes Atmen.

Lilly war bereits eingeschlafen.

Anna hatte vor, sich nun ganz auf die Realisierung ihres Traumes zu konzentrieren. Und der hieß Therapieraum.

Das kleine Zimmer wurde immer ansehnlicher. Waschbecken und Armaturen waren installiert, der Plafond erstrahlte in schönstem Weiß und die Seitenwände hatte Mehmet mit einer Professionalität und Geschwindigkeit fertig tapeziert, dass Anna vor Staunen die Luft wegblieb.

»Du hättest eigentlich Maler und Tapezierer werden sollen!« Anna hatte sich die nächsten Tage beurlauben lassen und stand zeitig in der Früh vor Mehmets Bude, sie wollte sich noch einen türkischen Kaffee gönnen, bevor sie zu Göttlicher in Therapie ging.

»Mehmet, dein Kaffee schmeckt himmlisch! Bei dir zu sein, ist immer wie im Urlaub!«

»Dann fahre mit mir einmal in die Türkei, muss ja nicht Kreta sein! Ich werde dir die schönsten Plätze zeigen, die ein Tourist niemals zu Gesicht bekommt!«

»Das wäre wirklich schön! Nur habe ich im Moment tausend verschiedene Dinge im Kopf, die Kinder, die Trennung und jetzt die kranke Schwiegermutter! Du warst in den letzten Wochen ein unverzichtbarer Begleiter! Hast mir immer zugehört und mir sogar geholfen, mein Leben halbwegs wieder auf die Reihe zu bringen. Und nun ist mein Therapieraum fertig geworden, wie kann ich dir jemals dafür danken?«

Sie zückte ihre Geldbörse und holte ein paar Hundert Euroscheine heraus. »Nur eine kleine Geste meiner Dankbarkeit!«, sagte sie und reichte ihm das Geld.

Mehmet schob ihre Hand ärgerlich zurück. »Sag, willst du mich beleidigen? Wir sind doch Freunde, oder?« Anna nickte.

»Das habe ich für dich getan, ich will kein Geld dafür.«

»Sei doch vernünftig und nimm es an! Du hast stundenlang bei mir gearbeitet. Nimm es quasi als kleine Mitgift für deine Träume, für dein neues Geschäft.«

»Nein, Anna, niemals! Warum muss denn immer alles gegenverrechnet werden? Damit man sich nichts schuldig bleibt? Nein, Anna, so denke ich nicht, so denken wir Türken nicht!«

»Mehmet, ich muss mich bei dir entschuldigen.«

»Warum?«

»Für meinen Mann, er war so unglaublich beleidigend zu dir.«

»Ach so, das hatte ich schon wieder vergessen. Überlege einmal, ihr wart fünfundzwanzig Jahre verheiratet und nun entfaltet sich aus einer kleinen Raupe ein wunderbarer Schmetterling. Er sieht ja nur ein ganz kleines Stück aus deinem Leben, ist damals eben dumm gelaufen. Offensichtlich kann er sich mit der Idee, dass seine Frau nun ein neues Leben beginnt, nicht anfreunden, da schlägt er nun um sich wie ein wildes Tier. Trifft eben auch mal einen Unschuldigen. Aber das ist mir egal. Was glaubst du denn, wenn ich jedes Mal beleidigt reagieren würde, wenn man mir als Türke mit deftigen Sprüchen kommt? Ich hätte schon längst das Land verlassen müssen und wäre wieder nach Ostanatolien zurückgekehrt. Es würde nichts ändern. Ich will hier leben und hier glücklich sein. Und irgendwann, das sage ich dir, Anna, wenn ich mein eigenes Catering auf die Beine gestellt habe, dann fliege ich mit dem ersten Geld zu meinem Großvater. Ich werde in die Küche gehen, für ihn Yufkaröllchen kochen und ihn damit überraschen.

»Was sind Yufkaröllchen?«

»Eine türkische Köstlichkeit! Das sind in Olivenöl herausgebackene Teigröllchen mit Ziegenkäsefüllung. Weißt du, alles was ich über das Leben und über die Menschen weiß, weiß ich von Großvater. Wenn ich im Sommer bei ihm sein durfte, meinte er: ›Wenn du einmal die Yufkaröllchen so gut zubereiten kannst wie deine Großmutter, dann kannst du heiraten.‹ Großmutter hatte es sicher nicht einfach mit ihm, weil er ein stolzer und eigensinniger Mann ist. Einmal kamen Fremde zu uns auf Besuch, englische Touristen, die sich verlaufen hatten. Großmutter kochte ein Festmahl, weil Gäste etwas Besonderes sind. Bis spät in die Nacht saßen sie zusammen, plauderten und lachten, obwohl mein Großvater kein Wort Englisch konnte. Er sagte dann immer zu mir: ›Du brauchst keine Sprache, um die Menschen zu verstehen, du brauchst nur ein großes Herz!‹«

»Wie schön! Es schmerzt dich sicher, ihn so selten zu sehen!«

»Ich werde ihn bald sehen, aber eben mit den Röllchen. Ich werde dann zu ihm gehen und sagen: ›Großvater, ich habe dir deine Lieblingsspeise gemacht, koste!‹ Ich stelle mir das herrlich vor.«

»Wie alt ist dein Großvater?«

»Fünfundneunzig!«

»So alt?«

»Ja, so alt, ich muss mich mit den Röllchen beeilen, Anna! Damit er sieht, dass aus mir etwas geworden ist.«

»Ich bin überzeugt, er weiß es ohnehin!«

Anna liebte es, wenn Mehmet Geschichten aus seiner Heimat erzählte, es kam ihr so vertraut vor. Schließlich hatte sie auch immer davon geträumt, irgendwann einmal auf einer Gartenbank zu sitzen und ihren Enkelkindern beim Spielen zuzusehen. Still saßen sie nebeneinander und tranken ihren Kaffee und Anna nahm sich vor, in den nächsten Tagen ihre Schwiegermutter im Krankenhaus zu besuchen.

Die Brettspiele

Dr. Göttlicher wartete bereits ungeduldig auf seine Patientin. Er schlug seine Füllfeder wie einen Taktstock kurz vor einem Konzert nervös auf seinen Notizblock, als Anna sein Besprechungszimmer betrat.

»Verzeihen Sie die kleine Verspätung, Herr Doktor!«

»Sie sind um eine Viertelstunde zu spät, meine Liebe! Wie soll sich da ein professionelles Therapiegespräch ausgehen? Wir müssen heute unsere Sitzung wirklich pünktlich beenden, weil ich einen dringenden Termin habe!«

»Selbstverständlich!«, meinte Anna und drückte dem Arzt einen Folder ihrer neuen Praxis in die Hand, um ihn in bessere Stimmung zu bringen. Dann legte sie sich gehorsam auf die Couch von Freud, ohne sich die Schuhe auszuziehen. Göttlicher nahm den Folder und las gelangweilt.

»Sehr nett!«, meinte er herablassend und ließ den Prospekt achtlos auf seinen Schreibtisch gleiten, auf dem bereits unterschiedliche Schriftstücke und Skripten lagen.

»Sie sind herzlich zur Eröffnung eingeladen! Ich würde mich sehr freuen, wenn Sie Zeit hätten zu kommen!«

Annas Herz pochte aufgeregt, eine Koryphäe wie Göttlicher bei der Eröffnung als Gast zu begrüßen, würde dem Ganzen einen besonderen Touch verleihen.

»Wir werden sehen!«, antwortete der Arzt im majestätischen Plural und forderte Anna auf, genau dort fortzufahren, wo sie eine Woche zuvor aufgehört hatte. Doch Anna hatte keine Ahnung, sie wusste es nicht mehr. Zu viel war in den letzten Tagen passiert.

»Und?«, fragte er bestimmt nach.

»Was und?«, sie war verunsichert. »Ach so, Sie meinen die Familienaufstellung.«

Anna betrachtete das Brett auf dem kleinen Tisch und sah eine weiße Schachfigur, den König im Zentrum stehen, rechts außen einen weiteren Stein, die Dame.

»Lieber Herr Doktor, ich bin mir sicher, wir haben keine Schachfiguren, sondern kleine bunte Steine verwendet, außerdem bin ich die Liebe, also rot und nicht weiß!«

»Verzeihen Sie meine Unachtsamkeit!«, meinte er, räusperte sich etwas verlegen und stellte den König auf seinen Schreibtisch. »Ist meine eigene Familienanalyse.«

Interessant dachte Anna, da gab es offensichtlich nur einen König und eine Dame in seinem Leben und die stand weit weg von ihm.

»Auch ich gehe in Psychotherapie!«, gab er kleinlaut zu.

»Sie? Nicht möglich!«

»Doch!«

Er nahm die Figur wieder in die Hand und stellte diese ins Zentrum des Holzbrettes.

»Nach unserem letzten Gespräch analysierte ich Ihre zugegebenermaßen etwas verworrenen Beziehungsmuster, sehr kompliziert, muss ich sagen. Und doch muss ich ehrlich zugeben, ich beneide Sie darum!«

»Mich beneiden? Um Gottes willen! Warum denn?«

»Anna, hören Sie bitte mit Gott auf!«

»Ich weiß, den gibt es für Sie nicht, für mich aber schon. Warum beneiden Sie mich?«

»Weil Sie ein Leben in Fülle leben. Verrückt, aber auch herrlich bunt sind Ihre Beziehungen, zu den Kindern, zu Ihrer Freundin, Ihrem Ex-Ehemann und und und …«

»… und einem Liebhaber, den hatte ich das letzte Mal gar nicht erwähnt! Das hat sich erst kürzlich ergeben«, sprudelte es aus Anna heraus.

»Dafür bewundere ich Sie!«, er zeigte wieder auf die weiße Schachfigur. »Das bin ich, ein einsamer König.«

»Ein nicht ganz von der Hand zu weisender Vergleich!«

Göttlicher, der unnahbare Star der Psychotherapie, glitt plötzlich in eine Unprofessionalität ab, die Anna fast die Sprache verschlug, er zeigte das erste Mal so etwas wie Emotion.

»Ist mit einem König auch schwierig!«, meinte Anna, setzte sich vom Sofa auf und blickte ihr Gegenüber mitfühlend an.

»Wie meinen Sie das?«

»Weil der einsame König immer nur ein Feld verrücken darf, nach oben und unten oder diagonal. Nur einfach immer zu langsam, das ist sein Schicksal, armes Schwein!«, beschrieb Anna die Figur und charakterisierte damit Göttlichers Wesenszüge.

Sie hatte ins Schwarze getroffen. »Sehr witzig, genau das hat mein Therapeut auch zu mir gesagt.«

Göttlicher überrollte eine Welle von Gefühlen. Der elegant zurückhaltende Arzt verwandelte sich zusehends in seinen eigenen Patienten. »›Wenn ich fünfzig Prozent Ihrer Ausführungen als eitle Übertreibung wegstreiche‹, meinte dieser vor ein paar Wochen zu mir, ›und zwanzig Prozent als Unwahrheit klassifiziere, dann bleiben immer noch dreißig Prozent über, die so grausam und schrecklich sind, dass Sie einem nur leidtun können. Sie sind ein armes Schwein!‹«

Bei dieser Aussage lachte Göttlicher kurz auf, danach öffnete er eine kleine Schachtel mit den restlichen Schachfiguren und fing an, wie wild seine Lebensgeschichte aufzustellen. Aufgeregt erzählte er von sich, von seinem Studium, von Freundschaften und Beziehungen, die immer in die Brüche gingen, und von seinem harten Los, intelligent, aber einsam zu sein. Er beschrieb ausführlich und detailgenau seine Glücksgefühle, die er empfand, wenn er mit seinem Freund hoch in den Lüften beim Tandemsprung die Welt betrachten und von oben aus verächtlich auf sie herabschauen konnte.

»Genau deswegen bin ich Psychiater geworden, liebe Anna, weil ich mich und die Welt nicht verstehe. Irgendwie ist das alles schon grotesk, da lebst du als Spitzenmediziner äußerst erfolgreich und bist eigentlich maroder als die Patienten, die jeden Tag vor dir sitzen. Die menschliche Spezies besteht aus lauter Psychopaten, Irren und Idioten.«

»So wie ich?«, fragte Anna spöttelnd nach.

»Nein, Sie sind eine Ausnahmeerscheinung.«

Der Arzt räusperte sich wieder kurz, sein plötzlicher Gefühlsausbruch schien ihm höchst peinlich zu sein, er hatte sich wieder einigermaßen gefasst und meinte flüsternd: »Verzeihen Sie bitte meine spontane Erregung. Ist schwer, sich jemandem anzuvertrauen, aber bei Ihnen fühle ich mich verstanden. Ist irgendwie sonderbar, ich hatte bei Ihnen eine Assoziation und dachte an meine …«

Anna unterbrach seinen Gedanken mit den Worten: »Bitte sagen Sie jetzt nicht an Ihre Mutter! Das habe ich erst unlängst gehört! Und das tut weh!«

Die vollbusige Assistentin stand plötzlich in der Mitte des Raumes.

»Entschuldigen Sie Herr Doktor, wenn ich störe, aber Ihr Termin …!«

In einer Millisekunde hatte sich der Arzt wieder gefasst, war aufgesprungen und herrschte seine Mitarbeiterin an: »Sie haben mich bereits gestört! Können Sie nicht anklopfen?«

Die Assistentin kämpfte mit ihren Tränen, sie hätte es ein paar Mal versucht und keine Antwort erhalten, »… aber Ihr Termin wartet bereits im Nebenraum, Herr Doktor!«

Göttlicher nahm Annas Hand, bedankte sich und hauchte einen Handkuss darauf, dann befahl er seiner Assistentin, nur die Hälfte des üblichen Honorars für die Sitzung zu verrechnen, und verschwand mit dem beiläufigen Versprechen, ihrer Einladung zu folgen, in einem Nebenzimmer, von dem aus wieder Richard Wagner und eine männliche Stimme zu hören waren.

Anna zuckte zusammen, es war Antonio.

Irritiert und verwundert erhob sie sich von der Couch und beschloss in diesem Moment, nie wieder in eine Therapiestunde zu gehen. Lilly hatte ja so recht! Göttlicher, ihr strahlender Stern, verwandelte sich nach dieser Begegnung zu einer kleinen unbedeutenden Sternschnuppe. Sie brauchte keine Hilfe von einem *Parsifal* hörenden, eingebildeten Psychoheini, der emotional in höchstem Maße verkümmert war. Da lebte sie lieber in ihrer kleinen, chaotischen Welt, die war wenigstens aufregend und ehrlich! Noch dazu ärgerte sie sich über Göttlichers Unverfrorenheit, für die Stunde etwas zu verrechnen, wo sie doch nur über ihn gesprochen hatten. Kurz verschwand sie in der Toilette, um sich wieder frisch zu machen, sie wollte ihre Zukunft sinnvoller nutzen, sich intensiver um ihre Jungs und ihre Freunde kümmern. Außerdem würde sie ihre kranke Schwiegermutter besuchen, wie sie es Wolfgang versprochen hatte.

Der Tod

Doch dazu kam es nicht mehr. Wolfgangs Mutter erholte sich von ihrem Schlaganfall nicht mehr, bekam eine Lungenentzündung und wurde auf die Intensivstation gebracht, auf der sie ein paar Tage später für immer die Augen schloss.

Es war ein heißer, drückend schwüler Tag gewesen, als Anna von Wolfgang eine SMS bekommen hatte, schnell ins Krankenhaus zu fahren, denn *es ginge dem Ende zu*. Kein Mensch würde alleine geboren und kein Mensch solle daher alleine sterben, hatte er ihr geschrieben. Wie recht er hatte, zumindest empfand er seiner Mutter gegenüber einen Funken Anstand und Einfühlungsvermögen.

»Natürlich, ich beeile mich!«, hatte sie ihm versprochen.

»Nimm dir bitte ein Taxi! Ich komme später nach!«

Anna bat den Fahrer inständig, sich zu beeilen, die Schwiegermutter läge im Sterben. Er tat es nicht, offensichtlich hatte er schlechte Erfahrungen mit seiner eigenen gemacht.

Noch im Taxi schrieb sie zurück: *Wo bist du?*

Beim Arzt.

Ist alles in Ordnung?

Alles ok. Bin mit Miriam beim Gynäkologen.

Warum?

Anna war froh, dass sie im Taxi saß, ihr schwante Böses. Sie wartete einige Minuten auf Antwort. Mit einem lachenden Smiley kam neuerlich eine SMS.

Wir bekommen ein Baby!

Jetzt war ihr klar, warum Wolfgang sie um den Weihnachtsschmuck gebeten hatte. So ein mieses Arschloch! Während er sie zur sterbenden Schwiegermutter fahren ließ, freute er sich auf sein Kind. Annas Emotionen überschlugen sich. Wie gemein und frech war das? Und dann dieses schreckliche Unwort *Wir*.

Wir erwarten ein Kind. *Wir* bereiten uns auf die Geburt vor, *wir* lernen jetzt das richtige Atmen, *wir* planen das aber mit einem gemeinsamen Kaiserschnitt, *wir, wir, wir…*

Sie kannte Wolfgangs Beschreibungen auch aus ihren Schwangerschaften und fand sie damals schon vertrottelt. Sie hatte neun Monate einen prallen Bauch vor sich hergetragen, sie die Anstrengungen und Schmerzen bei der Geburt ausgehalten, hatte nächtelang an den Kinderbetten gegen das Fieber und die Tränen gekämpft, während er ausgeschlafen und aufgeräumt ins Büro gegangen war. Von dem kleinen Wörtchen *wir* war nichts mehr übrig geblieben als sein dämlich männlicher Stolz, drei Söhne gezeugt zu haben.

Arme Miriam, du Getäuschte, du Betrogene! Auch sie hatte er nun herabgestoßen vom Thron der Geliebten in das Dämmerreich der stillenden, behütenden Hausfrau, Mutter, Gattin und Putzfrau. Wie erbärmlich! Mit einer Kaltschnäuzigkeit, die ihresgleichen suchte, delegierte er, feige wie immer, sogar den Tod, und das eiskalt. Wie gewohnt konnte er sich auf

Anna verlassen. Dicke Tränen liefen ihr über die Wangen, der Taxifahrer hatte ihr wortlos Taschentücher gereicht.

»Ein schwerer Verlust?«

»Ja!« Anna heulte drauflos. Weniger wegen ihrer Schwiegermutter als über die Tatsache, wie auswechselbar und unbedeutend sie für den Mann geworden war, mit dem sie fast dreißig Jahre verbracht hatte.

Keuchend und erschöpft stand sie vor der Türe der Intensivstation. Sie drückte auf den Knopf, der unterhalb einer Kamera angebracht war, und gab ihren Namen an: »Anna Kretschmer, ich möchte zu meiner Schwiegermutter.«

»Kretschmer? Es gibt bei uns keine Frau Kretschmer.«

»Verzeihen Sie, die Aufregung, natürlich Stöger, Frau Stöger!«

Mit einem dumpfen Summen öffnete sich die Türe und Anna betrat den Raum. Eine Krankenschwester führte sie ans Bett ihrer Schwiegermutter, die mit halb geöffneten Mund und geschlossenen Augen vor ihr lag. Sie kam zu spät. Die Hände, in gräuliches Blau getaucht, lagen gefaltet auf ihrer Brust, darum gelegt der Rosenkranz, den sie immer bei sich getragen hatte.

Die Krankenschwester nahm Anna liebenswürdig um die Schultern und streichelte ihren Rücken. »Es tut uns leid, Frau Stöger ist vor wenigen Minuten friedlich entschlafen! Ich lasse Sie jetzt alleine mit ihr, damit Sie sich in Ruhe verabschieden können, danach müssen wir leider die Formalitäten erledigen!«

Anna fiel vor dem Bett auf die Knie und heulte leise ihren Kummer über Wolfgang in die Decke,

»Du mieser Betrüger, hast mich und die Kinder einfach im Stich gelassen! Kriegst mit einer jüngeren Frau ein Kind und erschaffst dir einfach eine neue Welt. Ich fasse es nicht. Ich Trottel habe jahrelang geglaubt, ich würde dir genügen, wollte mit dir alt werden und nun lässt du mich zurück mit einem Haufen Probleme und dem Gefühl, als Frau versagt zu haben. Aber eines schwöre ich dir hier und jetzt, mich kriegst du nicht klein! Ich habe nämlich das Träumen noch nicht ganz verlernt, ich werde meine kleine Praxis eröffnen und mit meiner Freundin Spaß haben. Und irgendwann, wenn ich alt und grau bin, werde ich unter einem Olivenbaum sitzen und meinen Schafen zusehen und denken, Anna, du hast es richtig gemacht. Es muss ja nicht Griechenland sein, ich kann auch in meinem Garten träumen, werde meine Enkelkinder sehen und mich an ihnen erfreuen, während du dich mit sechzig Jahren mit irgendwelchen dämlichen Volksschulpädagogen herumschlagen musst, die alle glauben, du seiest der Großvater des Kindes! Ich bin so schrecklich enttäuscht von dir, du … du …!«

Anna fand kein passendes Wort, um ihre Wut und Trauer über Wolfgang auszudrücken. Die tote Schwiegermutter lag friedlich vor ihr, doch plötzlich war ihr, als flüsterte jemand von Ferne *du Miststück!*

Die Krankenschwester zog vorsichtig den Vorhang zur Seite und half Anna beim Aufstehen, ihre Haare waren durcheinander und das Gesicht von den Tränen angeschwollen.

Sie lächelte Anna an. »Wissen Sie, der Tod ist bei uns ein Stammgast, ein ständiges Kommen und Gehen, worunter auch das Personal leidet. Aber wenn wir dann Menschen wie Sie sehen, die sich von einem Angehörigen in derart liebevoller und emotionaler Weise verabschieden, dann gibt es auch uns wieder die nötige Kraft, an das Gute im Leben zu glauben!«

Anna atmete erleichtert auf, Gott sei Dank hatte die Intensivschwester kein Wort gehört.

Wolfgang kam natürlich nicht, Miriam und er steckten im Berufsverkehr fest und *jetzt, wo sie gestorben ist, ist es ohnehin egal*, meinte er per SMS.

Das Styling

»Anna, ich muss deine Haare etwas kürzen, damit die Dauerwelle wieder besser hält. Sonst schaust du nach drei Tagen wieder aus wie das Spiegelbild deiner eigenen Mutter. Und noch was, es tut mir leid, dass ich bei unserem letzten Telefonat eingeschlafen bin. Weißt ja, ich bin halt auch nicht mehr die Jüngste und davor war ich ja einigermaßen sportlich unterwegs. In unserem Alter muss man mit seinen Kräften haushalten, es wird immer schwieriger, Wohnung, Beruf und Männer unter einen Hut zu bringen. Meine Multitasking-Fähigkeit schwindet mit dem Alter. Früher konnte ich beim Bügeln ein Buch lesen und daneben fernsehen. Heute ist für mich der *Tatort* schon eine intellektuelle Herausforderung. Wird ja auch alles immer komplizierter. Deswegen liebe ich meinen Beruf über alle Maßen, ich wasche und wickle den Damen die Haare, schnippe mal hier und mal dort was weg und höre mir ihre wahnwitzigen Geschichten an …«

»So wie meine!«

»Nicht doch, Anna! Deine sind schön. Schön blöd!« Sie lachte und strich sich dabei die langen schwarzen Haare aus dem Gesicht. »Sag, magst du etwas trinken?«

Lilly rollte erwartungsvoll die Augen, doch Anna verneinte, sie habe einen Termin bei ihrem Patienten und müsse mit Dr. Raffke über die neuen Vorkommnisse in ihrer Familie telefonieren.

»Also bei euch kenn ich mich nicht mehr aus. Wie Luchse wartet ihr beide auf das Ableben eines Verwandten, versucht durch Hinhaltetaktik den anderen über den Tisch zu ziehen. Wolfgang zählt auf deine grenzenlose Bescheidenheit und Loyalität und du rechnest mit seiner Faulheit und Blödheit. Wenn du mich fragst, geht das alles sowieso den Bach hinunter. Es kommt im Leben immer anders, als man es erwartet.«

»Richtig, Lilly, und deswegen rede ich auch mit meinem Anwalt. Raffke ist ein schlauer Fuchs, auf den kann ich mich verlassen. Und im Übrigen, ich denke auch an meine Kinder, die sollen schließlich auch etwas für ihre Zukunft haben. Und der kleine Schrebergarten soll ja in Zukunft ein kleines Vermögen wert sein …«

»Liebes, du planst zu viel! Du bist wie ein Eichhörnchen.«

»Eichhörnchen?«

»Ja, dumme Viecher, wenn du mich fragst. Die raffen, raffen und raffen. Verstecken alle ihre Vorräte irgendwo und wissen danach nicht mehr, wo sie diese vergraben haben. Du kommst mir genauso vor, du planst eine Zukunft, auf die du keinen Einfluss hast. Wer weiß, vielleicht haut dich dein netter Anwalt übers Ohr? Warum soll der plötzlich ein anderer Mensch sein?«

»Weil er mich kennt und mich wertschätzt?«

»Du bist naiv. Der sieht in dir nur zwei Dollarnoten, sonst gar nichts! Sei doch glücklich mit dem, was du hast! Du hast drei gesunde und glückliche Kinder, die dich lieben, einen Traum, den du dir gerade verwirklichst, und wirklich gute Freunde! Du kannst endlich selbstbestimmt leben, das wolltest du doch immer, oder?«

»Wolfgang kommt so billig davon! Das ärgert mich!«

»Mein Gott, was ärgert dich daran, hat jetzt eine neue Frau und neuen Stress.«

Lilly hatte die nassen Haare gekämmt und klemmte Strähne für Strähne gekonnt zwischen Zeigefinger und Mittelfinger, um diese entsprechend zu kürzen.

»Passt dir das so?«, unterbrach sie ihren Redeschwall und zeigte Anna eine abgeschnittene Locke in den Spiegel.

»Du kannst ruhig fünf Zentimeter schneiden!«, antwortete Anna und fuhr fort: »Wolfgang hat jetzt tatsächlich Stress. Er wird alles daran setzen, möglichst viel aus mir herauszuquetschen, er braucht das Geld im Moment nötiger als ich!«

»Warum? Seine Freundin geht ja auch arbeiten, oder?«

»Ja, aber nicht mehr lange, sie erwartet ein Kind!«

Anna spürte die Schere ganz nahe an ihrem Ohr vorbeisausen und auch den festen Schnitt, der ihre Haare zu Boden gleiten ließ.

»Scheiße!«, schrie Lilly durch das Geschäftslokal.

»Meine Güte, Lilly, ich habe mich schon an den Gedanken gewöhnt! Ist nicht weiter schlimm!«, versuchte Anna sie zu beruhigen.

»Ach, das mit dem Kind ist mir wurscht, aber *das* nicht!« Lilly löste ihre Hände von den Haaren und zeigte ihrer aufgeschreckten Freundin die Katastrophe.

»Ich Vollidiot habe dir jetzt vor Schreck ein tiefes Loch in deine Haare geschnitten! Du machst mich mit deinen Geschichten echt fertig!«

Lilly lief kurz weg und kam mit einer Flasche Prosecco zurück. »Das ist mir seit der Lehrlingszeit nicht mehr passiert, ich muss jetzt etwas trinken!«

Anna saß geschockt vor dem Spiegel. Oberhalb ihres

Ohres klaffte eine breite Lücke. Der Versuch diese mittels Haarband zu verstecken, scheiterte kläglich. Lilly versuchte es mit einem Seitenscheitel, auch das misslang.

»Es bleibt uns nichts anderes übrig, als alle Haare zu kürzen, meine Liebe! Es tut mir so unendlich leid. Zum Teufel mit den Beziehungskisten, daran ist nur Wolfgang schuld!«

»Das hat doch nichts mit Wolfgang zu tun, nur bitte hör jetzt zu trinken auf, sonst sitze ich in einer Stunde da und habe keine Haare mehr!«, konterte Anna.

»Da fällt mir übrigens eine lustige Geschichte ein!«, versuchte sich Lilly aus ihrer Notlage zu retten. »Ein Kunde von mir hatte eine junge, hübsche Frau geheiratet und mit ihr ein Kind bekommen. Sagen wir einfach Herr Dämlich zu ihm. Herr Dämlich war Arzt und erhielt ein verlockendes Angebot aus dem Ausland. Seine junge Frau mit dem Baby wollte aber nicht aus der wunderbaren Villa ausziehen. Obwohl ich ihn vor diesem Schritt hundertmal gewarnt hatte, ging er trotzdem, alleine. Dämlich wurde ein berühmter Chirurg und machte seinem Namen alle Ehre, während sich seine Frau mit unterschiedlichen Liebhabern amüsierte. Sie wurde schwanger, aber nicht von Dämlich, sondern von ihrem Lover. Sie bekam das Baby und reichte sofort die Scheidung ein. Ihren berühmten Namen behielt sie sich natürlich. Weil aber das Kind in einer noch aufrechten Ehe entstanden war, hieß der kleine putzige Kuckuck auch Dämlich. Und jetzt wird es erst richtig lustig. Der Liebhaber wurde auch Arzt und was, glaubst du, was der gemacht hat? Der hat die junge, hübsche Frau geheiratet und ihren Namen angenommen. Dämlich. Nun sitzt der echte Dämlich jede Woche beim Haareschneiden in meinem Sessel und heult sich die Seele aus dem Leib. Er hat zwar eine protzige Villa, aber seinen glänzenden Namen muss er mit seinem Rivalen teilen. *Der Teufel scheißt halt immer auf den größten Haufen!* Witzig, gell? Besser kann man es ja gar nicht erfinden, das Leben spielt die besten Satiren. Wirst sehen, Wolfgang wird es ähnlich ergehen.«

Während sie redete, vollbrachte sie wieder ein Wunder an Anna. Sie schnitt das Haar um einiges kürzer und in Stufen. Durch die Leichtigkeit der Fülle fingen die Locken an, sich wie von selbst zu krausen. Lilly kämmte sie nicht aus, sondern blies mit ihrem Fön gekonnt in die wuscheligen Haare. Anna sah ihrer Veränderung still und staunend zu. Nach einer Stunde sah ihr ein blonder Löwenkopf aus dem Spiegel entgegen.

»Fertig!«, Lilly war geschafft. »Du schaust jetzt aus wie Tina Turner!« und sie schenkte sich zur Freude ein weiteres Glas ein.

»Gott, meine Kinder werden mich nicht wiedererkennen!«, starrte Anna in den Spiegel und konnte es kaum fassen, die Turner würde vor Neid erblassen.

»So, und jetzt hast du *die* Gelegenheit, deine alten, abgetragenen Klamotten wegzuschmeißen, die passen dir sowieso nicht mehr und machen dich uralt. Ein paar enge Jeans und du schaust aus wie vierzig, Mädel!«

Die Kundinnen und Friseurgehilfinnen zollten dem gelungenen Styling lautstarken Applaus.

Die Wahrheit

Auch Dr. Cena war von Annas neuer Erscheinung überwältigt, als sie kurz danach vor ihm stand. Herzlich umarmte er sie, als wäre sie eine gute alte Freundin, um sich ungeniert seiner Kleidung zu entledigen und schwerfällig auf sein Massagebett zu kriechen. Er habe schon Sehnsucht nach ihr und ihren feinen Händen gehabt, bemerkte er zweideutig, während sie aus einer kleinen weißen Flasche vorsichtig das Massageöl auf seinen breiten Rücken tropfen ließ. Anna schüttelte den Kopf. »Sie werden auch nicht klüger! Aber eines muss ich wohlwollend anerkennen, Sie haben heute die Computer gar nicht laufen!«

»Bis zu einem gewissen Grad, meine liebe Anna. Darf ich Ihnen ein Kompliment machen? Seit Sie diesen Antonio kennen, strahlen Sie wie eine junge Frau! Offensichtlich tut er Ihnen gut!«

Anna hörte zu massieren auf. »Sie schrecklicher Mensch! Sie haben die Mails von ihm gelesen, werken Sie immer noch an meinem Computer?«

»Nein! Ich habe mich rausgeloggt, wie versprochen. Dafür weiß ich andere Dinge, die Sie vielleicht interessieren sollten.«

Sie strich weiter an seinen Schulterblättern und massierte einen Wirbel nach dem anderen.

»Mich interessiert es nicht, was andere Menschen tun. Sie können sich doch nicht allen Ernstes ständig in das Leben anderer Menschen hacken, nur weil Sie selbst nicht in der Lage sind, Ihr Leben wieder in die Hand zu nehmen?«

»Wie könnte ich lieben, Anna, mit 148 Kilo?«

Anna wurde ärgerlich. »Reden Sie sich doch nicht ständig auf Ihr Gewicht aus, nehmen Sie einfach dreißig Kilo ab, Sie würden sich in kürzester Zeit wieder pudelwohl fühlen, ausgehen, Freunde finden und auf Ihr zweifelhaftes Hobby verzichten. Vielleicht kämen Sie auch wieder in den Genuss von echtem Sex, weil Cybersex doch schrecklich langweilig sein muss, oder?«

»Ich fühle mich aber pudelwohl genau so, wie ich bin. Das ist ja der Vorteil von meiner virtuellen Welt. Ich brauche mir die Hände nicht schmutzig zu machen. Ehrlich, Anna, es macht mir riesigen Spaß, die Menschen wie kleine Marionetten auf meinen Bildschirmen tanzen zu sehen. Wenn sie miteinander ihre verruchten und hinterhältigen Spielchen spielen. Sie wähnen sich in Sicherheit, während ich ihnen ins Handwerk pfusche. Sehr unterhaltsam und reizvoll. Wenn es mir zu viel wird und ich die handelnden Personen nicht mehr ertrage, dann steige ich aus dem Spiel aus und drücke einfach die Escape-Taste.«

»Sie spielen aber mit echten Menschen!«

»Das ist ja das Lustige, es sind immer die gleichen Themen, alles vorhersehbar, es dreht sich stets nur um Sex, Liebe, Macht und Geld! That's it!«

Anna schüttelte den Kopf. »Cena, Sie sind von allen guten Geistern verlassen!«

Die Behandlung dauerte wie gewohnt fünfzig Minuten. Während ihr Patient unter der Dusche war, servierte die Haushälterin im Wohnzimmer einen »kleinen Snack«. Roastbeef mit Spargelspitzen, dazu gekochtes Gemüse mit Sauce Hollandaise.

Also wieder nichts zum Abnehmen, der Mensch ist unverbesserlich, dachte Anna. Wenn sie ehrlich war, hatte sie im Moment auch eher Gelüste nach einem saftigen Kebab als auf den knackigen Hintern von Antonio.

Die Haushälterin stellte eine Flasche Sauvigon blanc und zwei Weißweingläser auf den Tisch und schloss diskret die Türe hinter sich.

Anna stand alleine in dem großen Raum und ließ interessiert ihre Augen durch das Zimmer wandern.

Moderne Aquarelle mit romantischen Landschaftsmotiven zierten den Raum, standen aber in starkem Kontrast zu den plumpen, großen Bildschirmen seiner Computeranlagen. Auf einem Klavier befanden sich kleine Bilder von Bekannten und Freunden mit Silberschildchen darauf, *August 2002 Sieg beim Golfturnier Bad Gastein*, *unter Tennisfreunden 2008 Hermann und Wilhelm* und *Juli 2010 Sieg am Kilimanjaro.* Es waren fröhliche Fotografien von einer unbeschwerten und glücklichen Zeit. Anna wunderte sich, es gab keine Bilder von Eltern oder Kindern, nichts, was an eine Familie erinnert hätte.

Das Plätschern der Dusche war immer noch zu hören, Anna fühlte sich unbeobachtet und versenkte sich in eine Welt, die ihr fremd war und die sie eigentlich nichts anging. Vom Arbeits- ins Wohnzimmer zog sich an beiden Seitenwänden eine massive, vollgestopfte Bücherwand. Sie tastete sich langsam über die Bücher seiner Bibliothek in Cenas Denken vor. Er las offensichtlich vieles über die Kunst des Glücklichseins, Religionsphilosophen und Unmengen an Reiseliteratur. Cena schien ein durchaus bequemes und geistig lustvolles Leben zu führen, widmete sich nur mehr seinen Computerspielen, üppigem Essen und guter Literatur. Anna war fasziniert und angewidert zugleich.

In Gedanken versunken hatte sie nicht gemerkt, dass ihr Patient bereits dicht hinter ihr stand. Sie erschrak und stieß unvorsichtig an einem Stapel Unterlagen an, die auf dem wuchtigen Schreibtisch lagen. Mit einem Donner fiel der Stoß Papier zu Boden und Anna versuchte entschuldigend, sofort wieder alles in Ordnung zu bringen.

»Lassen Sie nur, das macht mein Mädchen!«, bat er.

Sie hatte den Stapel Papier wieder zurückgelegt und

erhaschte den Titel am obersten Deckblatt, *Die sieben Todsünden.*

»Tut mir leid, ich war ganz fasziniert von Ihren Büchern!«

»Schön, nicht? Ich gehöre immer noch zur Kategorie altmodischer Sammler. Bücher sind meine große Leidenschaft, sie zeichnen sich durch Beständigkeit und Treue aus, Eigenschaften, die mein Leben erfüllen. Aber ich sammle sie nicht nur, ich lese sie auch alle, alleine schon deshalb, weil ich jedem Schriftsteller und jeder Schriftstellerin meinen tiefen Respekt zolle. Es geht ja immerhin um ihre Persönlichkeit, um ihr Denken, an dem sie mich als Leser teilhaben lassen, an ihrem kleinen Stückchen Leben. Ich verschlinge sie; obwohl ich immer wieder höre, von Büchern könne man nicht süchtig werden, muss ich gestehen, bei mir handelt es sich dabei um eine Form von Sucht.«

Anna hatte Platz genommen und fing bei seinen Erzählungen an, lustvoll an ihrem Beef zu knabbern.

»Ich hatte das schon als Kind. Wissen Sie, ich komme aus einem lieblosen Elternhaus. Meine Eltern liebten sich nicht und nur mit Vernunft ließ sich eine Beziehung nicht führen. An eine Trennung war nach dem Krieg nicht zu denken, das sind heute Gott sei Dank andere Zeiten, meine Mutter aber zerbrach daran.«

Anna nickte verständnisvoll, sie kannte derlei Erzählungen aus ihrer eigenen Familie.

»Was sollte ich denn als halbwüchsiger Jugendlicher machen, als mich voll und ganz in die Literatur zu stürzen? Geschwister hatte ich keine und mit den Großeltern pflegte mein Vater keinen Kontakt. Wochenlang redete er nicht mit Mutter und mir, ich wusste nicht, warum. Wenn meine Eltern wieder einen ihrer schrecklichen Konflikte lautstark austrugen, verkroch ich mich unter meine Decke und las und las. Ich lebte dabei in einer anderen Welt, in einer Welt von Kriegen, aber auch von Ehre und Ritterlichkeit, in einer Welt voll von Hass, aber auch von Treue und Liebe. Ich konnte mich auf meine Bücher verlassen, es ging immer gut aus. Gut, dass ich damals noch so klein war und keine Opern kannte.«

»Warum Opern?«, fragte Anna interessiert nach.

»In der Opernwelt läuft das bekanntlich anders«, Cena lachte und schob sich genüsslich eine mit Sauce getränkte Spargelspitze in den Mund.

»Ich weiß nicht, was sich die Librettisten dachten, zumindest die italienischen, und was die für neurotische Frauenbilder hatten! Bei Puccini und Verdi muss auf der Bühne fleißig gestorben werden, eine wahre Orgie! Die Frauen werden eingemauert, sterben an Tuberkulose, springen von der Engelsbrücke oder machen Harakiri. Ist schon sehr amüsant, müsste man vielleicht einmal tiefenpsychologisch untersuchen. Da lobe ich mir Mozart, da geht immer alles gut aus.«

Anna schmunzelte und verschlang gierig die Spargelspitzen, die ein Gedicht waren.

Cena stand auf, strich zärtlich über die Rücken der Bücher und zog eines aus der Stellage heraus.

»Dieses hier ist mein Lieblingsbuch, und sehen Sie da die vielen Randbemerkungen? Ich notiere mit Bleistift meine Empfindungen und schreibe die Jahreszahl dazu, wann ich es gelesen habe. Gedanken sind flüchtig wie Parfum, sie muss man halten lernen. Oft verwelken die Inhalte daraus wie Blüten. Was übrig bleibt, ist nur ein Gefühl.« Cena legte es demonstrativ zur Seite und flüsterte dem Buch zärtlich zu: »Dich habe ich vernachlässigt, aber ich werde mich dir in den nächsten Tagen ausführlich widmen!«

Er schlurfte wieder zum gedeckten Tisch, nahm neben Anna Platz und befüllte zwei Gläser reichlich mit Wein. »Trinken wir auf Bücher und auf alles, was uns in eine schönere Welt versetzen kann.«

Obwohl Anna seine voyeuristischen Hobbys kannte und entschieden ablehnte, entstand durch seine liebevollen Beschreibungen bei ihr ein Gefühl der Bewunderung und Wertschätzung.

»Kennen Sie Umberto Eco?«, fing er wieder an.

»Natürlich, *Der Name der Rose*! Ein höchst spannender Film mit Sean Connery in der Hauptrolle!«

»Nein, ich meine nicht den Film, ich meine das Buch von Eco! Ich habe es in einer Nacht verschlungen. Er beschreibt darin die überwältigende Bibliothek einer Benediktinerabtei und die Suche nach einer Schrift in diesem Labyrinth dermaßen anschaulich, dass sich der Leser förmlich am Geruch der geheimnisvollen Pergamentrollen und an den ledrigen Einbänden berauschen kann. Es ist ein langer Irrweg durch Zeiten und Welten, eine Suche nach dem verbotenen Wissen um die Freude und um das Lachen, das selbst ernannte Autoritäten versuchen, dem menschlichen Denken vorzuenthalten. Eine wunderbare Metapher, wenn Sie mich fragen. Das Lachen und der Humor lassen uns das Leben distanzierter und damit objektiver betrachten. Menschen, die lachen, haben keine Angst. Das Buch hat an Aktualität nichts verloren, finden Sie nicht? Man muss nur diese schrecklichen Fanatiker betrachten, die unsere Welt regieren. Da verkrieche ich mich lieber in meine, in die Welt der Bücher.

Aber zurück zu Eco, einmal fragte ihn ein Reporter bewundernd, als er seine riesige Bibliothek sah: ›… und das haben Sie alles schon gelesen?‹ Worauf Eco bescheiden geantwortet haben soll: ›Nein, mein Freund, das sind alles Bücher, die ich mir vorgenommen habe noch zu lesen!‹ Ist das nicht eine wunderbare Aussage?«

Anna schwieg eine Zeit lang, dann meinte sie verwundert: »Ihr Exkurs hat mich tief bewegt, umso weniger verstehe ich dann aber Ihren Hang zu dieser Art von Voyeurismus.«

Sie zeigte verstört auf die Bildschirme. »Wozu diese Computeranlagen, Ihre Cyberwelt, dieser ganze scheußliche Aufwand, sich in das Leben anderer hineinzudrängen?«

»Weil ich weiß, dass mein Leben endlich ist.«

»Wie soll ich das verstehen?«

»Wir sterben alle früher oder später! Und was bleibt von uns dann übrig? Ihr nettes Häuschen und Ihre drei Kinder und im besten Fall und rein statistisch betrachtet maximal fünf Enkelkinder. Das ganze Leben lang geschuftet, Schulden abbezahlt, sich Sorgen gemacht, dafür, dass man dann im Alter irgendwo in einem beschissenen Altersheim darauf warten kann, bis sich ein Pfleger deiner annimmt und dir den Speichel abwischt, weil du einen Schlaganfall gehabt hast. Keine rosigen Aussichten und bei mir? Ich habe keine Kinder, mittlerweile auch keine Frau und mit dem spärlichen Rest meiner Familie pflege ich keinen Kontakt. Ist auch besser so, ich habe sie alle schon aus der Firma hinausbezahlt, die kommen sowieso nur, wenn sie Geld von mir brauchen. Ich ergebe mich nicht bedingungslos meinem Schicksal, ich genieße mein Leben in vollen Zügen und trete einmal ab wie ein Rennfahrer!«

»Sie denken sehr pessimistisch. Haben Sie denn keinen Traum vom Glück?«

»Doch, liebe Anna, den habe ich sehr wohl. Nun aber nicht mehr den auf Erfolg. Wissen Sie, die Menschen vertauschen Glück mit Erfolg, und das ist eine Falle, in die ich auch hereingefallen bin. Das Bemerkenswerte ist, ich hatte vor einem Jahr nichts dergleichen, dann kam das Glück mit dem Burn-out!«

»Ich sehe das weniger als Glücksfall an, eher als eine Katastrophe, wenn man Sie jetzt betrachtet!«

»Nein, Anna, ich habe aus dieser Krise gelernt. Die Ärzte haben mich damals mit Medikamenten vollgepumpt, ich fühltc mich völlig benebelt, hatte Halluzinationen, sah Gespenster, Hunde, die sich neben mir im Bett räkelten und meine eigenen Mitarbeiter am Dachfirst herumwandern. Ich hatte keine Angst um ihr Leben, sie hätten ja genauso gut herunterfallen können. Ich dachte nur, verdammt, wer *schupft* mir jetzt die Firma? Und dann kam dieser entsetzliche Sturz, der mich für Monate außer Gefecht setzte. Auf einmal, wie durch ein Wunder, hatte ich wieder enorm viel Zeit und war über die Tatsache erschrocken, wie auswechselbar, wie unbedeutend menschliches Leben eigentlich ist. Ich war der Chef und ging in meiner Firma niemandem ab, keiner wartete, niemand. Nicht einmal meine eigene Frau. Nur Ihr Freund Berti blieb an meiner Seite und half mir, zumindest physisch wieder auf die Beine zu kommen. Aus einer therapeutischen Pflege wurde eine tiefe Freundschaft. Eine sehr lange Zeit verbrachte ich in einer Höhle des Schweigens wie mein eigener Vater. Die Enttäuschung, dass mein Leben nun in eine vollkommen andere Richtung laufen sollte, verschlug mir die Sprache. Berti hat lange gebraucht, um mich aus diesem Dämmerschlaf zu befreien. Natürlich ging es ihm dabei nicht nur um mich, das weiß ich, sondern um Gerechtigkeit.«

Anna unterbrach das Gespräch nur ungern, es interessierte sie sehr, was ihr Patient erzählte, sie hatte aber noch andere Dinge zu erledigen, ihre Zeit drängte. »Ich kenne die Geschichte von Berti über Göttlicher!«

Cena schob sich ein weiteres Stück Weißbrot in den Mund und fuhr schmatzend fort: »Gut, dann kann ich mir diesen Teil ersparen. Also weiter, Berti hatte das Fachwissen und ich die technischen Hilfsmittel, um sich an diesem arroganten Arzt zu rächen. Es war ein Leichtes gewesen, sich in den Zentralcomputer des Krankenhauses zu hacken und meine Krankengeschichte herunterzuladen, so leicht und unkompliziert, dass ich irgendwann einmal Geschmack an diesen Dingen bekam. Da lag nun nichts weiter auf dem Tisch als meine Erkrankungen, meine Defizite und körperlichen Mängel und Ärzte, Pfleger, Gerichtsgutachter und Anwälte stürzten sich wie gierige Wölfe auf meinen Fall. Mit der Zeugenaussage von Berti wird der Prozess sicherlich zu meinen Gunsten ausgehen, aber es befriedigt mich nicht.

Stellen Sie sich vor, das passiert einem Menschen, der eigentlich Freude an schönen Gedanken und Freude am Leben gehabt hat. Was blieb von mir übrig außer Krankheit und Siechtum? Nichts! Oft dachte ich mir, mein Gott, jetzt bist du gehandikapt und übergewichtig noch dazu, wer interessiert sich schon für dich? Vielleicht verkauft man dich nach deinem Tode als fettes, ausgefressenes Exemplar unserer Überflussgesellschaft an die *Körperwelten,* als mahnendes Beispiel sozusagen. Nein, Anna, ich wollte etwas hinterlassen, etwas über mich, einen Gedanken, der manifest wird. Die akribische Internetrecherche und das Hacken in andere Dateien gab mir die Gelegenheit, mehr über mich, über meine Vergangenheit, über meine Erkrankungen und über das Denken anderer zu erfahren. Ich fing an, ein Buch zu schreiben, meine Autobiografie. Dadurch wollte ich meiner Sprachlosigkeit und meinem inneren Schweigen entrinnen. Das Problem war nur, was gab's so Großartiges über einen Menschen zu berichten, dessen größtes Ziel im Leben es war, nicht so zu werden wie sein eigener Vater, und der frustriert anerkennen musste, genauso zu sein. So saß ich tagelang vor leeren Seiten, die danach schrien, gefüllt zu werden, offenbar blieb in meinem Leben nicht mehr übrig als eine leere Seite.

Und dann kam mir diese unfassbare Idee, auf die mich Ihr Freund Berti gebracht hatte, ohne es zu wollen. Durch das Hacken bekam ich Einblick in das Leben anderer, die mit mir in losem oder engerem Kontakt standen und immer noch stehen. Anfänglich schrieb ich deren Geschichten in szenischen Bildern nieder. Meine Romanfiguren waren echt, waren wirklich, konnten sich frei zwischen meinen Buchseiten bewegen, unbeeinflusst und scheinbar unbeobachtet. Und sie taten es. Das Sonderbare, das mich faszinierte, war die Tatsache, dass alle miteinander in Verbindung standen. Das hatte etwas Böses, etwas Unheimliches und Erregendes! Für mich war das natürlich *die* Story, ein Autor, der als Katalysator agiert, einer, der sich nur als Instrumentarium versteht, seine und die Geschichte anderer aufzuschreiben, unplugged sozusagen. Etwas ganz Neues am Buchmarkt, ein lebender Roman! Sie hatten das Manuskript vorher kurz in den Händen, als Ihnen die Seiten zu Boden fielen: *Die sieben Todsünden*. Das Buch ist fertig und erscheint in einigen Wochen!«

Anna würgte den letzten Bissen hinunter, ihr war der Appetit vergangen. Erzürnt sprang sie auf. »Ach, das ist Ihr Buch? Sie schreiben über menschliche Begierden und Verfehlungen und laden sich dabei selbst die größte Schuld auf! Bei allem Verständnis und Respekt vor Ihren Büchern und Ihren schriftstellerischen Überlegungen, Ihre Vorgangsweise ist nicht in Ordnung! Es ist nicht rechtens, das Leben anderer zu beobachten und in deren Privatsphäre einzudringen, abgesehen davon, dass es moralisch einfach verwerflich und geradezu obszön ist!«

»Moral, Moral! Was ist das? Finden Sie es moralisch, wenn man im Fernsehen sieht, wie sich alte Knacker an junge osteuropäische Frauen heranmachen? *Feuchtgebiete*, *Fifty Shades of Grey*, ich könnte Ihnen Tausende Beispiele aufzählen, das ganze Internet besteht aus voyeuristischen Kleingeistern!«

Anna schrie ihn an: »So wie Sie!«

»Ja, Sie haben recht! So wie ich, nur hatte ich ein ehrliches Motiv, warum ich es tat, mein Buch!«

»Papperlapapp! Reden Sie sich doch nicht auf Ihre künstlerischen Motive aus! Das ist dreist und feige! Ich muss gestehen, fast hätten Sie mich mit Ihren romantischen Erzählungen dazu gebracht, Sie zu mögen. Aber in Anbetracht Ihres schmutzigen Handelns muss ich, nein, will ich gehen. Diese Sache ist so ungeheuerlich, ich will nichts mehr davon hören, geschweige denn etwas damit zu tun haben. Außerdem habe ich einen unaufschiebbaren Termin, ich muss heute noch ein längeres Gespräch mit meinem Anwalt führen, es sind Dinge in meiner Familie passiert, die ich mit ihm unbedingt besprechen muss.«

»Ich weiß, meine Liebe!«

»Sie wissen gar nichts aus meinem Leben!«, fauchte sie ihn an.

»Oh doch! Und ich sag Ihnen etwas im Vertrauen: Doktor Raffke spielt ein doppeltes Spiel mit Ihnen …«

»Was heißt hier *im Vertrauen* und woher wissen Sie eigentlich, dass mein Anwalt Raffke heißt? Sie haben mich belogen, Sie schnüffeln sehr wohl noch in meinem Leben herum! Jetzt habe ich es endgültig satt!«

»Anna, bleiben Sie, nur ein paar Minuten! Sie waren in meinem Buch anfänglich nur eine nette kleine Randfigur, eine liebevolle, sorgende Frau und Mutter! Sie traten aber immer mehr und mehr in Erscheinung. Jetzt sind Sie der Punkt, um den sich alles dreht. Die Dinge entwickeln sich, aber nicht zu Ihren Gunsten! Außerdem habe ich mich aus Ihrer digitalen Welt hinausgeklickt, weil ich Sie sowieso leibhaftig vor mir habe. Es ist nicht mehr notwendig, Ihre E-Mails zu lesen.«

Anna bohrte weiter: »Und woher wissen Sie dann von Raffke?«

»Kindchen, Sie sind naiv und leichtgläubig! Das ist eine längere Geschichte, setzen Sie sich wieder, ich werde es Ihnen erzählen, dann werden Sie verstehen.«

Anna ließ sich wieder auf den Stuhl nieder und Cena schenkte ihr Weißwein nach. Ihre fragenden und verstörten Augen zeigten, dass sie danach lechzte, nach Wein und nach einer Erklärung.

Cena stand keuchend auf und holte aus seinem Arbeitszimmer ein Flipchart, positionierte es genau vor Anna und nahm einen Stift, mit dem er einen Stern mit sieben Strahlen auf das Papier malte.

»Meine biblischen sieben, liebe Anna!«

»Sie sind ein unfassbares Scheusal! Auch wenn Sie eine religiöse Komponente hineininterpretieren, wird das, was Sie tun, trotzdem verwerflich bleiben. Am liebsten würde ich jetzt aufstehen und gehen, weil ich mir dieses Irrsinn nicht weiter anhören will!«

»Sie werden mir dankbar sein, Anna! Glauben Sie mir. Es geht auch um Sie und Ihre Zukunft!«

Anna kam sich vor wie in der Schule, sie hatte keine

Ahnung, was ihr in den nächsten Minuten erklärt werden würde.

»Wie alt sind Sie? Fünfundvierzig?«

»Danke für das Kompliment, aber ich habe vor einiger Zeit meinen zweiundfünfzigsten Geburtstag gefeiert.«

»Dann ist es noch nicht zu spät, Anna! Wissen Sie, ich habe bald fünfundsiebzig Lenze auf dem Buckel, das heißt, ich bin schon ein alter Mann. Aber das Schöne am Alter ist ja, dass man durch das Wissen um die Zusammenhänge im Leben auch weiser wird, und Weisheit lässt einen die Dinge nüchterner und gelassener sehen als in jungen Jahren. Jedes Handeln bedingt ein anderes, ob moralisch oder unmoralisch sei dahingestellt. Eigentlich hat ja alles mit Ihnen begonnen …«

»Mit mir?« Anna nippte an ihrem Weinglas und Cena fing an, die Strahlen des Sterns mit Namen zu versehen, *Bertram.*

»Ja! Bei den vielen Therapien erzählte mir Berti natürlich vieles über Sie, über ein Leben, das er so gerne mit Ihnen geführt hätte, und von dem schmerzlichen Verlust, als Sie sich entschieden hatten, Wolfgang zu heiraten. Sie waren für ihn der Inbegriff eines anständigen, liebvollen Menschen. Seiner Meinung nach zogen Sie damals Sicherheit der Liebe vor, was ihn in eine schwere Depression fallen ließ!«

»Cena, ich weiß davon, das ist nichts Neues für mich, ich habe mich mit Berti ausgesprochen. Uns verbindet mittlerweile eine tiefe und ehrliche Freundschaft!«

»Kann schon sein, aber es hat ihn verändert. Dazu kam, dass er sein Medizinstudium nicht fertig machen konnte und er einem namhaften Psychiater an der Universität die Schuld gab – Dr. Göttlicher.«

Er zeichnete den Namen *Göttlicher* auf das Papier. »Genau der war es, der mir durch eine falsche Diagnose Medikamente verabreichte, die ich nicht vertrug und die meinen Sturz auslösten. Berti sah darin *die* Gelegenheit, sich an ihm zu rächen.«

»Alles nichts Neues für mich, mein lieber Freund! Er sagt in dem Prozess als Zeuge aus, deswegen bin ich ja auch hier!«

Anna tat gelangweilt und trank wieder einen Schluck.

»Gut, dann weiter! Ich hackte mich nicht nur in den Server des Krankenhauses, sondern auch in den Computer von Göttlicher, weil ich wissen wollte, was er seinen Patienten, die Ähnliches erlitten hatten, verschrieb, und außerdem wollte ich seine Korrespondenz mit seinem Anwalt etwas durchleuchten. Ich stieß dabei nicht nur auf den Promianwalt *Dr. Raffke*«, er malte den Namen in großen Lettern auf den Stern, »der ihn in diesem Schadenersatzprozess gegen mich herausboxen soll, sondern auch auf die einigermaßen zweifelhaften Hobbys Ihres Therapeuten.«

»Wie kommen Sie darauf, dass Göttlicher mein Therapeut ist?«

»Minutiös diktiert er die Krankengeschichten, Diagnosen, Medikamente und die Therapieerfolge seiner Patienten in ein Diktafon und seine Assistentin schreibt dann alles fein säuberlich nieder. Diese Inputs braucht er, um sich in diversen Fachzeitschriften wichtig zu machen. Als ich mich über Sie und ihre beruflichen Ausbildungen erkundigte, stieß ich auch auf Ihre Protokolle! Kindchen, das ist ganz leicht, wie in einer Bibliothek, man muss nur wissen, wo man sucht. Göttlicher fühlt sich als etwas Größeres, Erhabeneres! Echte, wahre Liebe empfindet er nur zu Männern! Wie in der griechischen Antike, die hießen *Immortales*, die

Unsterblichen! Neben den eindeutigen Fotos und den erotischen E-Mails kam mir dann auch immer wieder ein Name unter, *Antonio*. Es ist schon witzig, zu beobachten, wie gerne die Menschen im Internet ihrem Selbstdarstellungsdrang unterliegen. Sie glauben ja gar nicht, was man da alles sieht!«

Anna erbleichte. »Antonio?«

»Dieser Antonio, der auch mit Ihnen regen Internetkontakt pflegte.«

Anna unterbrach seine Ausführungen. »Da kann ich nichts dafür, meine Freundin Lilly wollte mir eine Freude machen und suchte damals einen netten Partner bei einem Internet-Begleitservice. Ich dachte mir nichts dabei, ihn zu treffen …«

»Anna, Sie müssen sich nicht rechtfertigen! Ich konnte mir ohnehin nicht vorstellen, dass Sie sich mit dieser Art von Männern einlassen. Sie, die Unschuldige, die betrogenen Frau und Mutter, von der mir Berti immer vorschwärmte, welch hohe Wertvorstellungen und Ideale sie habe.«

Obwohl Anna fest auf ihrem Stuhl saß, zitterten ihre Knie.

»Antonio«, er schrieb den Namen auf das Flipchart und redete weiter, »ist der Liebhaber von Göttlicher, was im Land des Regenbogens auch nicht weiter bemerkenswert wäre. Das Problem ist nur, er kann sich nur schwer von seiner Vergangenheit lösen, denn als Stricher verdient der junge Mann nicht schlecht. Alle fallen«, Cena faltete die Hände und rollte wie ein Engel die Augen zum Himmel, »auf das Trugbild der großen Liebe herein. Wie Mäuse, denen man einen Köder in eine Falle gelegt hat. Wenn sie Glück haben, tötet sie die Falle sofort, wenn nicht, schlagen sie verletzt und zornig um sich, wie dieser Pater … wie war doch gleich sein Name?«

Das konnte doch jetzt alles nicht wirklich wahr sein, Anna saß wie zu Stein erstarrt auf ihrem Sessel. So wie sich das alles darstellte, konnte er nur Pater Franz meinen, wie blöd war sie gewesen, diese Beziehungen nicht zu durchschauen!

Cena stand auf und holte von seinem Schreibtisch das Manuskript. Er blätterte aufgeregt darin herum und stieß einen Freudenschrei hervor, als er den Namen gefunden hatte. »Ach ja, Franz heißt er, Pater Franz. Antonio hatte auch ihm seine sexuellen Dienste angeboten. Solche Internetseiten werden ja nicht nur von Frauen wie Ihnen besucht. Die beiden unterhielten eine nicht ganz friktionsfreie Beziehung«, Cena musste über seine eigene Wortwahl schmunzeln, »denn Antonio hält sich illegal in Österreich auf und wohnt seit Monaten in einem Mietshaus, das der Diözese gehört. Nun will der schöne Adonis aber nichts für seine Wohnung bezahlen, weil er meint, seine Liebesdienste wären genug an Mietzahlung.

So ist es im Leben, kein Geschäft ohne Gegenleistung. Natürlich hat der arme Pater, unschuldig und sexuell unbedarft, geglaubt, Antonio sei sein Lebensmensch, seine große Liebe mit großer Zukunft. Groß war dann die Enttäuschung, als die Sache aufflog und er auf die Zahlung der fälligen Mieten pochte. Antonio wiederum erpresst ihn mit einem Video, das er ins Internet stellen will, wenn er ausziehen müsste. Ein Teufelskreis, wenn Sie mich fragen. Ihnen muss ich aber gestehen, sonst wäre die Geschichte ja nicht spannend genug gewesen, das mit dem Video ist von mir. Ist mir rein zufällig in die Hände geraten. Es war anfänglich ein Genuss, mitanzusehen, wie sich beide schämten und sich an den Kragen gingen. Dass das alles aber diese Dimensionen angenommen hat, wollte ich wirklich nicht! Entscheiden tun ja immer noch die Menschen, oder?«

Anna war ihr Entsetzten förmlich ins Gesicht geschrieben. »Sie sind ein kranker Mensch!«

Cena hatte ihre Kritik nicht gehört, mit Begeisterung erklärte er weiter: »Und nun zum Besten, ein Geniestreich! So etwas passiert nur im echten Leben, so etwas kann man sich gar nicht ausdenken. Der arme Pater Franz hat nicht nur ein Problem mit Antonio, sondern auch eines mit sich selbst. Er leidet unter pathologischen Wutausbrüchen, die er glaubt, mit entsprechender Psychotherapie wieder in den Griff zu bekommen. Das zahlt natürlich alles die Diözese, eh klar! Und noch dazu den besten am Psychomarkt. Sie glauben jetzt nicht, wohin der geht? Na, na? Klingelst bei Ihnen?«

»Zu Göttlicher!«, Anna wusste es.

Cena jubelte: »Richtig! Kluges Mädchen! Da sitzt nun der Liebhaber vor dem Betrogenen, beide reden über Liebe und Lebensmenschen und wissen gar nicht, dass sie von ein und demselben sprechen, verrückt nicht?«

Anna atmete stockend. »Und ich Idiotin war die Dritte in dem Bunde!«

Sie schwankte zwischen Verwirrung und Scham.

»Göttlicher hat diesem Pater nun den Ratschlag gegeben, sich neben einer profunden Psychotherapie auch einen guten Anwalt zu nehmen, seinen eigenen, was Pater Franz auch tat. Der Geistliche hat das Video im Safe von Raffke deponieren lassen. Für den Fall, dass der Porno publik würde, sollte Raffke den Stricher bei der Fremdenpolizei anzeigen und wegen versuchter Erpressung klagen.«

»Woher wissen Sie das alles?«

»Nicht direkt von Raffke. Der ist ja mittlerweile klüger und vorsichtiger geworden, hat irgendwann einmal erkannt, dass ihn ein Hacker attackiert. Hat sich jetzt ein einwandfreies Programm installieren lassen. Das macht aber nichts, man muss nur eins und eins zusammenzählen können. Auf die Mails von Pater Franz konnte ich zu diesem Zeitpunkt ja noch zugreifen und ich erfuhr, dass bei etwaigen Schwierigkeiten die Diözese die Kosten einer rechtsfreundlichen Vertretung übernehmen würde. Jetzt wissen Sie, dass Ihre Kirchensteuer in guten Händen ist.«

»Und was hat das alles mit mir zu tun?«

»Liebes Kind, merken Sie das immer noch nicht? Sie haben von all diesen Menschen in gewisser Form auch profitiert. Sie haben sich verführen lassen, weil es so einfach und so zweckmäßig für Sie war. Die Trennung, Ihr neues Styling, Ihr Lebensmut und Ihre Freude, alles machte sie um einiges reicher an Erkenntnis. Manches Mal kann das aber auch schmerzen, wenn man bemerkt, wie leicht sich der Spieß umdrehen kann. Deswegen muss ich Sie auch vor Ihrer Zukunft warnen, besonders aber vor Ihrem Anwalt.«

»Das müssen Sie mir erklären!«

»Raffke hat in seiner grenzenlosen Gier die Computer seiner Rechtskonzipienten nicht aktualisieren lassen, dort bin ich jetzt zu Hause, sehr aufschlussreich, kann ich Ihnen sagen. Nun, die sind von ihm instruiert worden, keinerlei Informationen an Sie preiszugeben, wenn es um die Grundstücke Ihrer verstorbenen Schwiegermutter geht. Ihr Mann erbt ein kleines Vermögen, den Kredit wird er aber damit nicht bedienen, weil er in Zukunft das Geld für seine kleine Familie braucht!«

Anna fühlte sich verraten, hilflos und wie erschlagen, sie war fassungslos. Die Idee mit den Grundstücken hatte Raffke doch mit ihr ausgeheckt. »Lieber aussitzen, gnädige Frau, als später durch die Finger schauen!«, hatte er damals gemeint und sie blöde Kuh war auf den Deal eingegangen! Aufgeregt forderte sie ihren Patienten auf weiterzureden. »Und was plant mein Anwalt jetzt?«

»Anna, es tut mir für Sie so leid! Aber Raffke hat sich mit Ihrem Mann besprochen, er hat ihn in Anbetracht der Größe und des möglichen Verkaufes der beiden Gartengrundstücke, die seiner Meinung nach ein Vermögen wert sind, dazu überredet, sofort die Scheidung einzureichen. Er bekommt bei der Umwidmung und dem Verkauf 15 Prozent Provision. Wie Sie das mit dem Haus und den Schulden regeln wollen, entzieht sich meiner Kenntnis, auf alle Fälle wird es unschön, das können Sie mir glauben. Wie heißt es auf gut Wienerisch? *Die Gier is a Luder*!«

Mit Tränen in den Augen saß Anna vor dem wüsten Diagramm, sie konnte nicht glauben, was Cena aufgezeichnet hatte. Sie fühlte sich ungeheuer mies, schließlich war sie es gewesen, die sich stets überreden, manipulieren und verführen hatte lassen. Der Mann hatte mit seiner Analyse recht, sie war vom Rand in die Mitte dieser neurotischen Spielereien gerutscht.

»Und wissen Sie, was an dieser Darstellung am interessantesten ist?«, dozierte er weiter. »Füge ich mich als Autor in dieser Zeichnung dazu, ergibt das einen siebenzackigen Stern, ein sogenanntes Heptagramm. Die Freimaurer bedienten sich in früheren Zeiten dieser Zahlenmystik, um die Vollkommenheit der Schöpfung darzustellen. In diesem Fall würde ich aber von der Vollkommenheit des Schlechten sprechen, mich eingeschlossen, eine Entgleisung des Bösen, es sind die sieben Todsünden! Dieses Spiel hatte etwas Aufregendes und Erregendes, finden Sie nicht?«

Während er erklärte, zeigte er auf alle Namen, die er mit dem siebenzackigen Stern beschrieben hatte. »Raffke, die Gier, Pater Franz, der Zorn, Berti, der Neid, Antonio, die Wollust, Göttlicher, die Hybris, und Ihr Mann Wolfgang, die Trägheit!«

»Ich verstehe!«, meinte Anna zögerlich. »Und Sie sind dann die ...«

Vor Entzücken, ließ er sie gar nicht zu Wort kommen. »Richtig, die Völlerei! Die Genusssucht! Die Maßlosigkeit, wie Sie es bezeichnen wollen, beim Essen und bei meinen Büchern. Ich gebe es ehrlich zu, alle sind wir fehlerhafte Wesen, aber in gewisser Form liebenswerte Menschen, und doch zerstören wir einander, auch wenn wir es gar nicht wollen. Es ist schwer, diesem Netzwerk zu entkommen, aber es gibt immer einen Weg und der heißt in Ihrem Fall Liebe! Sie ist übrigens die Einzige, die kein Maß kennt.«

Anna rieb sich die Augen und fuhr sich erschöpft durch die Haare. »Und wie geht dieses Spielchen jetzt weiter?«

»Das haben Sie selbst in der Hand! Wir haben es immer in der Hand, meine Gute! Ich bin zu einem witzigen Ende gekommen in meinem Buch! Mehr verrate ich Ihnen natürlich nicht, um die Spannung zu erhöhen, Sie bekommen in einigen Wochen ein Freiexemplar mit Widmung!«

»Auf das kann ich gerne verzichten! Ich kann das alles nicht fassen, Ihre Geschichte ist so unglaublich. Und was ist, wenn Sie mich täuschen, wenn alles nur eine plumpe Lüge ist und Sie mich nur für Ihre Zwecke missbrauchen?«

»Anna, ich belüge Sie nicht, Sie selbst wissen, dass Sie

Teil dieses Systems sind. Aber bitte, wenn Sie mir diese Zusammenhänge nicht glauben, dann mache ich Ihnen einen Vorschlag. Laden Sie alle Herren zur Eröffnung Ihrer Praxis ein, dann kommt es höchstwahrscheinlich zum Eklat, weil jeder mit jedem in Beziehung steht und eine Rechnung zu begleichen hat.«

»Das ist sicher das Ende Ihres Buches, der Supergau, und das in meinen eigenen vier Wänden, oder? Ich habe nichts davon, gar nichts, schäme mich in Grund und Boden und Sie? Sie hätten gewonnen. Es macht Ihnen Freude, die Menschen als Marionetten zu benutzen, nur um sich selbst zu befriedigen. Sie wollten mir einreden, dass Sie ein Buch schreiben, um etwas Erhabenes, etwas Schönes dem Wahnsinn unserer Zeit entgegenzusetzen, und ich dumme Kuh habe Ihnen das sogar geglaubt. Was ist daraus geworden? Es geht in Ihrem Buch nur um die voyeuristische Darstellung von Menschen, die Fehler machen und daran scheitern. Sie scheinheiliger, exzentrischer Moralist! Sie sind ja schlimmer als dieser Pater Franz mit seinem mickrigen Porno oder Antonio mit seinen wollüstigen Hobbys. Sie sind mieser als dieser Psychoheini. Sie glauben, Sie seien Gott, Sie, der unumstößliche Gedanke an das Gute. Das ist krank, wenn Sie mich fragen. Sie haben in jeder Hinsicht Ihr Maß verloren und werden daran zugrunde gehen! Das Einzige, was Sie in einem Leser hervorrufen, ist der widerwärtige Vergleich mit den Akteuren Ihres Buches, ein Sich-selbst-Messen an den Fehlleistungen anderer, um sich bequem zurückzulehnen im Bewusstsein, doch nicht so ein Schwein zu sein, wie im Buch beschrieben. Ihnen geht es nicht um die Suche nach Liebe oder Freiheit, es geht Ihnen um die primitive Zurschaustellung menschlicher Schwächen. Ich steige aus diesem Irrsinn aus!«

Anna stand auf, ging zu Cenas Massagebett und packte wütend ihre Utensilien in die Tasche.

Ihr Patient begleitete sie wortlos zur Türe, nahm Annas Hände und legte seinen Kopf in ihre Handflächen. »Anna, die alltäglichsten Wirklichkeiten sind am schwersten zu erkennen.«

»Ihre Wirklichkeit ist pervers! Sie ist fiktiv und virtuell, nur primitive Gedanken eines verrückten Mannes!«, warf sie ihm entgegen und löste sich aus der devoten Umklammerung.

»Nein, Anna, sie ist real! Genau das wollte ich Ihnen beweisen, doch nichts lag mir ferner, als Sie in irgendeiner Form zu enttäuschen oder zu kränken. Sie sind ein feinsinniger und liebevoller Mensch, ich habe mich stets gefreut, wenn Sie zu mir kamen, auch wenn unsere Freundschaft jetzt erst hätte beginnen können, in dem Moment, wo wir wirklich ehrlich zueinander waren. Aber auch dieser Moment ist flüchtig, wie die Gedanken. Was bleibt, ist der Duft einer schönen Erinnerung. Leben Sie wohl!«

Anna hatte bereits die Türe geöffnet und verschwand ohne Gruß in der Dunkelheit des Hausflurs.

Das Begräbnis

Die nächsten Tage verbarrikadierte sich Anna in ihren vier Wänden. Sie meldete sich von ihren Spitalsdiensten ab, sie hätte wie viele andere auch eine unangenehme Sommergrippe und hüte für die nächsten Tage das Bett. Der Gedanke an das Heptagramm quälte sie, mehr noch, wie naiv und unbedarft sie ihren Gefühlen freien Lauf gelassen und sich so unbekümmert auf die Bekanntschaften eingelassen hatte.

Erst für die Begräbnisfeierlichkeiten verließ sie mit den Kindern das Haus. Es war ein heißer Sommernachmittag und die drückende Schwüle war mit der schwarzen Bekleidung kaum zu ertragen.

»Es ist wirklich eine Schande, dass Papa nun das Auto hat. Der Audi wäre klimatisiert und nun sitzen wir schwitzend in der beschissenen Straßenbahn!«, motzte Lukas, während sie mit der Linie 71 Richtung Zentralfriedhof fuhren.

»Lukas, bediene dich bitte einer anderen Wortwahl!«

»Warum? Ist doch so!«

»Weil es mich nervt! Alles nervt mich im Moment!«

Anna zog sich ein Taschentuch aus der Handtasche und wischte sich die Tränen aus den Augen. Lukas saß neben Anna und Philipp und Lorenz eine Sitzreihe hinter den beiden. Eine ganze Weile brauchte Anna, um wieder mit einem Gespräch zu beginnen.

»Glaubt ihr nicht auch, ich würde lieber in unserem Auto sitzen? Würde gerne die Zeit um Jahre zurückdrehen? Es geht nicht. Ich habe die letzten Wochen und Monate viel über uns, über mich und unsere Zukunft nachgedacht. Die Trennung von Papa hat mich anfangs erschüttert. Jetzt lebst du alleine mit den Kindern, Gott wie schrecklich!, dachte ich, es riss mich aus den Gewohnheiten und meinem geliebten Alltag. Ich hatte euch zu versorgen, kümmerte mich um den Haushalt, ging einkaufen oder mit dem Hund, alles so normal und überschaubar. Ich glaubte mich in Sicherheit und Sicherheit macht irgendwann einmal träge und sorglos. Ihr seid jetzt alle drei erwachsen und ich kann mit euch als vernünftige Männer reden, auch wenn's mir bei dir, Lukas«, sie fuhr ihm mit der Hand über die Haare, zog ihn an sich und küsste ihn herzhaft, »manchmal noch etwas schwerfällt. Vieles ist neu zu regeln, nicht nur das Auto. Papas Freundin erwartet ein Kind.«

Anna drehte ihren Kopf in die hintere Bankreihe, konnte aber keine emotionale Erregung bei den Burschen feststellen, sie wussten es also bereits. Aufgeregt fuhr sie fort: »Es wird sich in Zukunft einiges ändern. Ob wir das Haus behalten können, weiß ich auch nicht. Nur eines weiß ich, es wird keine strittige Scheidung geben, ich werde Wolfgangs neuem Glück sicher nicht im Weg stehen. Ich will euch und mir die Auseinandersetzungen und die Feindseligkeiten einfach ersparen, auch wenn mir mein Anwalt bisher einzureden versuchte, dass ich viel zu verlieren hätte. Ich weiß zwar noch nicht, wie, aber wir werden es schaffen. Wer weiß, vielleicht verkaufe ich meinen Anteil des Hauses, zahle euch eine gute Ausbildung und mit dem Rest haue ich ab und schaue mir die Welt an. Vielleicht rede ich auch nur so blöd daher, weil ich wirklich schon müde und urlaubsreif bin.«

»Dann hau einfach ab, Mama! Nimm dir Zeit und fahre ans Meer. Genieße die Sonne und erhole dich ein wenig. Im Moment ist mit dir ohnehin nicht viel anzufangen, weil sich das Ganze mit Papa und der Scheidung ständig wie ein Kreisel in deinem Kopf dreht.«

Philipp hatte sie an den Schultern genommen und sie umarmt, wie er es schon als Kind immer getan hatte. »Wir kümmern uns ums Haus und um den Garten, und wenn etwas wirklich Wichtiges passiert, dann rufen wir dich an, also fahr ein paar Tage in den Süden, wird dir guttun!«

»Glaubt ihr?« Die Jungs nickten. »Und was mache ich jetzt mit der Eröffnung meiner Praxis?«

»Die kannst du ja verschieben. Außerdem hast du

selbst gesagt, weißt du nicht, wie das Ganze ausgehen wird.«

»Und wer kocht dann für euch und geht mit dem Hund?«

»Bitte, Mama, dann essen wir eben zwei Wochen Spaghetti und Pizza oder holen uns ein Kebab bei Mehmet. Nur fahr endlich einmal weg und vergiss den ganzen Scheiß!«

Die Burschen hatten recht. Sie war ja wirklich niemandem etwas schuldig und die angesammelten Urlaubstage aus dem Krankenhaus musste sie sowieso einmal verbrauchen.

Kurz vor dem Verlassen der Straßenbahn schaute ihr Lorenz tief in die Augen und fragte so, dass es die anderen beiden auch hören mussten: »Mama, entschuldige die Frage, aber läuft da was zwischen dir und Mehmet?«

Anna lächelte. »Erstens, mein Kind, glaube ich nicht, dass ich mit über fünfzig noch viel erklären oder gar Rechenschaft abliefern müsste, und zweitens, nein, es *läuft* nichts zwischen uns. Mehmet ist ein außergewöhnlicher Freund, ein liebevoller und feinsinniger Mensch, der immer bei mir war, wenn ich ihn gebraucht habe, der mir half, meinen kleinen Traum vom eigenen Studio zu verwirklichen. Ich liebe sein herrliches Essen und liebe seine Art, Geschichten zu erzählen, nichts weiter!«

Mehmet und Lilly warteten schon ungeduldig vor dem Friedhofstor und begrüßten die Ankommenden. Anna hatte ihre Freunde um diesen Dienst gebeten, sie bei dem Begräbnis zu begleiten, sie wollte sich nicht alleine den mitleidigen Blicken der Verwandten und Bekannten aussetzten.

Die Andacht in der Aufbahrungshalle war vorbei und ein langer Zug schritt bedächtig hinter dem Sarg der Familiengrabstätte entgegen. Mehmet hielt zärtlich Annas Hand, was Wolfgang kopfschüttelnd zur Kenntnis nahm.

»Grüß dich, Anna, hast dich ja schnell getröstet, neue Frisur und neuer Freund, passt gut zusammen. Etwas geschmacklos, findest du nicht, deinen türkischen Freund zu einem katholischen Begräbnis mitzunehmen!«

Gezwungen lachte sie auf und deutete auf Miriams Bäuchlein. »Ist mir eine Freude, Sie beide endlich kennenzulernen!« Miriam grüßte Anna verlegen.

Wortlos schritten sie weiter und blieben vor dem großen, dunklen Grab stehen, die Erde war rechts aufgeschüttet, wie eine braune Bettdecke, die darauf wartete, sofort wieder in Ordnung gebracht zu werden, um die biedermeierliche Idylle nicht zu stören.

Lilly drängte sich zwischen Anna und Mehmet und zupfte sie am Ärmel. »Pfui, ist das gruselig, in ein paar Jahrzehnten hauen die uns auch in so ein Erdloch.«

»Was heißt Jahrzehnte, Lilly, in ein paar Jahren, bei unserem Zigaretten- und Prosecco-Konsum trifft uns der Sensenmann schon viel früher!«

Anna lächelte Lilly an und setzte wieder eine würdige Miene auf, die dem Anlass entsprechend war. Lilly war wie ein Kind, sie konnte einfach nicht den Mund halten. »Bitte, Anna, falls ich früher sterbe als du, was ich hoffe, denn ohne dich wäre es nicht auszuhalten, dann versprich mir hier und jetzt vor dem Grab deiner Schwiegermutter, dass ich nicht in so ein Erdloch komme!«

»Willst du verbrannt werden?«, flüsterte Anna ihrer Freundin zu.

»Verbrennen?« Mehmet hatte Lillys Bitte gehört.

»Du willst dich verbrennen lassen? Das würde bei uns Muslimen nicht gehen, wir kommen mit Leib und Seele in den Himmel!«

Lilly lachte. »Unser Gott ist da bescheidener, dem ist der Körper wurscht, der will nur unsere Seele!«

»Auf deine kann er verzichten!«, kicherte Anna.

Von den hinteren Reihen hörte man ein leichtes Zischen: »Pssst!«

»Ja, ja, ist schon gut!« Lilly hatte sich umgedreht und den trauernden Gästen eine genervte Grimasse geschnitten.

»Nein, bitte nicht verbrennen. Ich will einen Sarkophag, eine Art Gruft. Stell dir vor, du bist nur scheintot und unten in der Grube kommst du drauf, verdammt ich bin ja noch gar nicht richtig hin, und ober dir liegen schon vier Kubikmeter Erde. Das ist dann weniger lustig, weil so ein Erstickungstod, hab ich einmal gelesen, dauert lange. Aus einer Gruft kommt man leichter raus, die ist wesentlich praktischer, luftiger und die Frisur hält auch länger!«

»Eure Sorgen würde ich gerne haben!«, lachte Mehmet.

Lilly zwickte Mehmet in den Hintern. »Du brauchst dir als Muslim auch keine Sorgen zu machen, auf dich warten im Paradies 77 Jungfrauen!«

»Du irrst, es sind nur 72!«

»Egal, trotzdem ist euer Paradies ein All-inclusive Club. Wir Katholiken müssen erst durchs Jüngste Gericht und dann geht's ab in die Hölle oder in den Himmel.« Anna versuchte Lillys Redeschwall ein wenig zu bremsen. »Lilly, ich bitte dich, meine Trauer um die Verstorbene hält sich zugegebenermaßen auch in Grenzen, aber sei ein wenig pietätvoller! Die Leute beobachten uns schon ganz böse.«

Pater Franz redete und redete und konnte wie üblich kein Ende finden.

Lilly trippelte unruhig von einem Bein auf das andere.

»Was hast du?«

»Anna, schau einmal kurz nach rechts! Dieses Arschloch von Raffke ist auch am Begräbnis!«

»Nicht möglich!« Anna drehte diskret den Kopf zur Seite und durchsuchte die trauernde Menge. Ihr Anwalt unterhielt sich angeregt hinter vorgehaltener Hand mit Wolfgang und seiner Freundin. Sie konnte die Worte nicht hören, doch an den Händen, die einmal um seinen Mund lagen und wieder wild gestikulierend in der Luft wirbelten, war zu erkennen, dass Raffke ihrem Mann von seinen schmutzigen Plänen erzählte.

Es war ein trauriger, ein jämmerlicher Anblick, die junge Mutter und ein alter Mann, an seiner Seite mit ihrem Anwalt, der die beiden in einer Selbstverständlichkeit bediente, die an Dreistigkeit nicht zu überbieten war. Trotzdem ärgerte sie sich, dass Wolfgang Miriam zum Begräbnis mitgenommen hatte. Immerhin waren sie noch nicht geschieden und die Neue von ihm bereits schwanger. Anna fühlte sich in diesem Moment unfassbar verraten und musste unweigerlich an ihren Patienten denken, der sie vor diesen Machenschaften gewarnt hatte.

Cena hatte recht mit seinem siebenzackigen Stern, diesem obszönen Spinnennetz von Verbindlichkeiten und gegenseitigen Abrechnungen, in dem sie wie ein Schmetterling gefangen war und darauf warten musste, bis eine Spinne ihr den erlösenden Todesstich gab. Sie dachte an den Süden und an das Rauschen der Wellen, ein kleiner Windstoß würde genügen, um ihre Flügel wieder auszubreiten.

Endlich beendete der Pater seine Ansprache, gab den Segen und ließ den Sarg per Knopfdruck elektronisch in den tiefen, dunklen Schacht gleiten.

Hastig und ohne zu kondolieren verließen die Trauergäste die Begräbnisstätte, die Verwandten und Freunde schienen peinlich berührt zu sein. Auch die Jungs und Lilly drängten zum raschen Heimgehen und waren bereits Richtung Ausgang verschwunden. Wolfgang hielt Anna zurück. »Auf ein Wort, Anna! Unser Anwalt möchte kurz mit uns reden, ist das möglich?«

Raffke näherte sich schmierend wie eine Katze und küsste ihr die Hand. »Gnädige Frau, mein aufrichtiges Beileid!« Anna hielt Mehmets Hand umso fester.

»Was heißt *unser* Anwalt? Ich dachte, Sie vertreten mich?«

Schleimig und gebückt versuchte Raffke mit sachlichen Argumenten an die Vernunft Annas zu appellieren, ohne Mehmet auch nur eines Blickes zu würdigen: »Ihre Mutter und auch die Verstorbene, Gott lass sie selig ruhen, haben mich damit beauftragt, sie beide bei den erbrechtlichen Angelegenheiten zu unterstützen. Sie werden sehen, wir werden gemeinsam eine Lösung finden und die Verlassenschaft ordentlich regeln. Ich habe mir erlaubt, diesbezüglich ein Papier aufzusetzen.«

Er überreichte Anna eine Mappe mit verschiedenen Dokumenten. Anna nahm sie und ließ sie in ihrer Handtasche verschwinden.

»Ich will eigentlich nicht mehr darüber reden. Gerade heute! Kommt ihr euch nicht geschmacklos vor? Wolfgang, wir stehen am Grab deiner Mutter und diskutieren über ihr Vermögen und unsere Scheidung wie Wölfe, die sich gierig um die Beute streiten. Ich werde mir die Sache durchlesen, lehne Sie aber, lieber Herr

Raffke, als Vertretung ab. Ich nehme mir einen anderen Anwalt, der mein Vertrauen verdient. Ich bereue es zutiefst, dass ich dem Rat meiner Mutter gefolgt bin, mich an Sie zu wenden. Dieses ganze Gerede von Verantwortung den Kindern gegenüber und moralischer Verpflichtung, es ist zum Kotzen, alles eine große Lüge, es geht immer nur ums Geld!«

»Anna komm, lass uns gehen!« Mehmet hielt Annas Hand und zog die Tobende zur Seite.

Raffke hatte das erste Mal Annas Begleitung näher betrachtet und stellte trocken fest, dass die Sache niemanden etwas angehen würde. »Schon gar nicht einen Tschuschen!«

Mehmet ließ sich nicht provozieren, reichte Dr. Raffke die Hand und stellte sich vor: »Nix Tschusch, bin isch Mehmet Gönül.«

»Na wunderbar!«, meinte der Anwalt ironisch. »Das macht die Sache ja nicht wirklich einfacher, jetzt mischt da noch eine türkische Großfamilie mit.«

»Nix da, du machen Scheidung, Anna ist gute Frau, gut für Leben!«

»Wunderbar, dann weiß ich, wohin meine Unterhaltszahlungen für die Jungs in der nächsten Zeit rinnen werden, in eine Kebabbude.« Wolfgang nahm Miriam um die Schulter und wollte gehen.

Mehmet lachte. »Stimmt! Mache isch beste Kebab von Stadt, ist Geheimnis von mir! Ihr alle Gäste von mir, wenn Anna wird mein Frau!«

Wolfgang drückte bei der Verabschiedung Annas Hand. »Ich bin wirklich sprachlos und enttäuscht, ehrlich! Ist diese Beziehung dein Ernst? Denk doch an die Kinder! Muss es denn ein Türke sein?«

»Ja, unbedingt! Wie du weißt, stehe ich neuerdings auf Südländer!«, fauchte sie gehässig zurück.

»Sehen Sie Herr Doktor Raffke«, meinte Wolfgang sarkastisch. »Anna ist der lebende Beweis, dass man auch von Hammelfleisch Rinderwahnsinn bekommt!«

Anna reichte Miriam lachend die Hand. »Schade, ich müsste Ihnen zum Dank eigentlich Blumen schenken, Sie sind zu bedauern, denn von nun an, haben Sie diese Zecke am Hals!«

Grußlos waren sie gegangen und von Weitem konnte man noch Wolfgangs zorniges Gebrüll und Raffkes demütige Beschwichtigungsversuche hören.

Anna starrte Mehmet in die Augen. »Was war denn das jetzt?«

»Eine typisch türkisch-österreichische Kommunikation. Was gibt es Schöneres, als mit Humor auf eine Provokation zu reagieren. Eigentlich müsste man den beiden Hammeln einen Denkzettel verpassen, tu ich aber nicht. Lachen ist die stärkste Waffe.«

Anna stimmte zu und äffte ihn nach: »Wenn bin isch Frau von Mehmet, isch trotzdem nix tragen Kopftuch, du kapieren?«

»Doch Anna, Kopftuch wichtig, siehst du nix Falten in Gesicht und Falten in Hirn!«

»Sag, Mehmet, was bedeutet eigentlich dein Name Gönül auf Türkisch?«

»Ist eigentlich ein Vorname und heißt *mutiges Herz*!«

Beide schlenderten lachend die Baumallee entlang Richtung Ausgang, bei dem Lilly und die Jungs bereits warteten. Ihre Hände hielten sie immer noch fest.

Die Lösung

Anna rieb sich mit einem Handtuch die Sandkörner von ihrer Haut und legte sich wieder auf die Decke, die sie im Schatten eines Olivenbaumes aufgebreitet hatte. Es war die richtige Entscheidung gewesen, einfach wegzufahren und zu entspannen. Sie brauchte nicht viel dazu. Das Meer, eine gute Flasche Wein und eine Stange Zigaretten. Genussvoll öffnete sie eine Packung, zog aus der Schachtel eine Zigarette und zündete sie an. Tief sog sie den Rauch in ihre Lungen und schaute in die Weite des Horizonts. Ihre Sorgen, ihre Wut, ihre Enttäuschung, alles hatte sie zu Hause zurückgelassen. Wie wohltuend sich doch die leichte Brise auf ihrer Haut anfühlte und wie angenehm die grenzenlose Ruhe sich ihrer Glieder bemächtigte. Nur das Krächzen schwalbenähnlicher Vögel, die sich in den Ästen des Baumes um die Früchte stritten, durchbrach die angenehme Stille. Nichts stand auf einer To-do-Liste, nichts, was die Wichtigkeit hatte, aufgeschrieben und umgesetzt zu werden. Sie würde lesen und sich danach einen seichten Mittagsschlaf gönnen.

Anna zog aus ihrer Strandtasche ein Buch hervor, das sie am Flughafen gekauft hatte. *Die sieben Todsünden* von Willibald Cena.

Das erste Mal las sie seinen Vornamen, Willibald. Sie stand ihm emotional sehr nahe und doch hatte sie ihn immer nur mit seinem Nachnamen angesprochen. Wenn er nett zu ihr gewesen war, mit Dr. Cena oder Herr Cena, wenn sie sich über ihn und seine Meinungen geärgert hatte, nur Cena. Willibald, ein schöner, alter Name. Schade, dass sie ihn nie mit *Willy* angesprochen hatte.

So gierig sie an ihrer Zigarette gezogen hatte, so gierig versuchte sie nun das Buch zu öffnen, das mit einer Folie geschützt war. Sie riss das klebrige Plastik vom Einband, hielt das Buch an ihre Nase und kostete genussvoll den herrlichen Duft von Papier und Leim.

Anna strich zärtlich über den Buchrücken, öffnete vorsichtig den Deckel und las auf der ersten Seite den Schriftzug, *Für Anna*.

Dieses voyeuristische Scheusal hatte das Buch doch tatsächlich ihr gewidmet, ihr und ihrer Geschichte! Er und sein selbst gezimmertes geistiges Schloss mit herrlichem Garten, den er mit den Düften guter Gedanken füllen wollte und der doch nichts weiter war als eine kleine miese Schrebergartensiedlung, eintönig und eng.

Anna hatte das Gefühl, in Cenas Gedankengarten nur der notwendige Biomist gewesen zu sein, um seine Blumen blühen zu lassen, die aber nach nichts rochen. Auf der anderen Seite hatte sie ihm Kontra gegeben, war nicht auf seinen Vorschlag eingegangen, die ganze Sache bei einer Party platzen zu lassen. »Sie werden sehen«, hatte er nach Erklärungen gesucht, »dieses scheußliche Netzwerk existiert wirklich und Sie sind mittendrin. Die Akteure werden sich alle outen und dann kommt es zum Supergau. Sie werden Ihren Traum zerstören.«

Was der gute Mann nicht wissen konnte, Anna hatte sich nach ihrer Verabschiedung gänzlich anders entschieden und sich aus diesem Irrsinn ausgeklickt. Sie spürte eine unbändige Kraft und durchbrach das Spinnennetz, dieses Spiel von Schuld und Vergeltung mit einem Windstoß, der Freiheit hieß. Langsam hatte sie vor seiner Eingangstüre ihren Ehering vom Finger gezogen, betrachtete ihn eingehend und warf ihn anschließend in den Briefkasten ihres Patienten. Endlich war sie frei und konnte ein neues Leben beginnen.

Fast zu spät war ihr ihre Leichtgläubigkeit und Verführbarkeit erst bewusst geworden, als Raffkes Opportunismus beim Begräbnis ihrer Schwiegermutter augenscheinlich wurde. Dieser Anwalt hatte es geschafft, aus jeder seiner Handlungen Profit zu schlagen. Vielleicht hatte Cena tatsächlich eine Art Freundschaft oder tiefere Zuneigung zu Anna verspürt, vielleicht wollte er sie mit seinen Aufzeichnungen warnen, weil es für ihn schon zu spät war.

Anna zündete sich wieder eine Zigarette an. Jetzt erst verstand sie den alten Mann, dieses Buch sollte der Schlüssel für ihre Erkenntnis sein und für ihn bedeutete es die Verwirklichung seines Traumes, mit einem Buch einen guten Gedanken in die Welt zu tragen.

Ein Spagat, dachte Anna, den Willy da vollbracht hat! Sie übersprang die ersten Kapitel und fing bei den Schlussseiten an zu lesen.

… Der große Tag war gekommen. Vor Spannung und Aufregung hatte Anna nichts mehr essen können. Sie brachte keinen Bissen hinunter, sondern ernährte sich von Zigaretten, Wasser und Prosecco, den ihr ihre Freundin Lilly unverschämt oft ins Glas goss.

Die bunten Einladungskarten zur Eröffnung ihrer Praxis waren im ganzen Viertel verteilt, bei Ärzten, in Apotheken, in Drogeriemärkten, sogar bei der Post lagen die Flyer am Tresen. Die Vorfreude auf ihre kleine Praxis, die sie in ein paar Stunden eröffnen würde, überdeckte den Ärger über die mühsamen Gespräche, die sie mit ihrer Mutter die letzten Tage geführt hatte.

Die alte Dame wollte sich nützlich machen und zog mit Kübel und Putzmittel bei ihr ein. Ihrer Meinung nach musste das ganze Haus strahlen, wenn die Gäste kamen. Sie quälte Anna mit tausend verschiedenen Anweisungen: »Bring mir den Kübel oder hilf mir den Vorhang aufhängen.« Geduldig ließ sie es zu, dass sich ihre Mutter wieder in ihr Leben drängte und ihr unmiss-

verständlich zu verstehen gab, dass sie eigentlich versagt hatte. Ihren konservativen Vorstellungen nach hatte sie nicht einmal einen Idioten wie Wolfgang als Frau halten können.

Die rosa- und gelbfarbenen Luftballons lenkten sie von ihrem Ärger über ihre Mutter ein wenig ab. Die Jungs trugen Jeans und weiße Hemden und halfen Lilly beim Buffet, das von einem nahe gelegenen türkischen Cateringservice angeliefert wurde. Anna strahlte vor Glück und begrüßte die ersten Gäste überschwänglich. Die Familie, viele ihrer Freunde und Kollegen aus dem Spital hatten sich angesagt, sogar Pater Franz, der sich dazu bereit erklärt hatte, die ganze Sache würdevoll zu segnen, mit Weihrauch und allem, was dazugehörte. Lilly tobte vor Wut, als sie den Geistlichen in den Raum führte, er brauche noch etwas Sammlung und Ruhe, bat er, und die Möglichkeit, sich umzuziehen. Sie fauchte Anna an, diesen Menschen sofort wieder vor die Türe zu setzen, er verpeste mit seinem Weihrauch und den Kerzen den schönen neuen Raum. »Da hättest du ja gleich irgendeine Voodoo-Hexe nehmen können, ich kann diesen Affen einfach nicht aushalten!«

Doch Anna konnte auch diese Kritik nicht aus der Fassung bringen, sie war stolz auf das Geleistete und stolz darauf, dass sie es trotz vieler Schwierigkeiten geschafft hatte, wieder auf eigenen Beinen zu stehen. Und irgendwann einmal, wenn sie grau und hässlich waren, sie und Lilly, würde sie ihren Traum wahr machen und mit ihr in eine WG ziehen oder in Griechenland Schafe hüten. In aller Stille und Ruhe. Aber vorher war eben das Leben noch zu meistern, sie war am besten Wege dazu.

Der Pater zog sich in einer Ecke um und die Jungs installierten daneben einen Bildschirm mit Computer, denn die Bandscheiben und das Gewicht ihres fresssüchtigen

Patienten ließen es nicht zu, dass er persönlich an dem Festakt teilnehmen konnte. Mittels Skype war auch das kein Problem. Lukas hatte den Mann endlich vor dem Bildschirm. »Können Sie uns sehen?«

»Ja, wunderbar und auch hören!«

»Sehr gut, in ein paar Minuten geht es los, bleiben Sie online!«

»Einen Handkuss an die Frau Mama!«, brüllte der Patient in die Leitung, Lukas hatte den Raum bereits verlassen, um seinen Vater zu begrüßen, der zögerlich und fast unbemerkt mit Miriam und Dr. Raffke im Schlepptau in den Eingangsbereich geschlichen war.

Pater Franz drehte sich erschrocken um, er fühlte sich von dem Herrn am Computer unangenehm observiert. »Ich darf wohl bitten, haben Sie mich jetzt beim Umziehen beobachtet?«

»Es blieb mir nichts anderes übrig, der Bildschirm ist so platziert, aber das macht nichts, braucht Ihnen nicht peinlich sein, ich bin schließlich ein Mann, bleibt ja unter uns.«

Der Pater hatte sich ein Chorgewand übergestreift.

»Ist schon beeindruckend, was mit der heutigen Technik alles möglich ist, übrigens meine Name ist Pater Franz!«

»Sie glauben ja gar nicht, was alles möglich ist! Übrigens kennen wir uns.«

»Wir kennen uns?«

Das Gespräch wurde jäh unterbrochen, einige Gäste betraten den kleinen Raum und prosteten sich wohlwollend mit einem Glas Weißwein zu. Auch Dr. Göttlicher hatte Anna die Ehre erwiesen und war mit seinem Freund Antonio gekommen, den er jedem in der Runde als seinen Neffen aus Südamerika vorstellte. Der junge Mann arbeite in Wien bei der UNO und sei für Migra-

tionsfragen zuständig, erklärte er den Anwesenden. Antonio schwieg betreten.

»Sehr erfreut, Herr, wie war doch gleich Ihr Name?«, fragte Anna in zwei unangenehm berührte Augen, als sie Antonio die Hand reichte. »Ein Prost auf die österreichische Gastfreundschaft!«, meinte dieser und zu Anna, ihr ins Ohr flüsternd: »Du siehst mit der neuen Frisur umwerfend aus!«

Anna löste sich von ihm und tat so, als wäre sie für die anderen Gäste unabkömmlich. Sie begrüßte Berti, der angeregt mit Miriam über notwendige Schwangerschaftsübungen plauderte. Wolfgang stand gelangweilt neben den beiden.

Erschrocken hatte Pater Franz das Erscheinen von Antonio zur Kenntnis genommen und kramte zornig nach seinen Utensilien für die Feier. Zitternd stellte er eine Kerze auf Annas Schreibtisch und entfachte die Glut für den Weihrauchkessel.

Der Gast auf Skype antwortete dem verstörten Pater: »Und wie ich Sie kenne! Wissen Sie, ich bin durch meine Erkrankung ans Bett gefesselt, ein böser Sturz. Die Freuden, die mir in meinem Alter geblieben sind, sind gutes Essen und ein schneller Internetzugang.«

Der Geistliche stutzte. »Und?«

Pater Franz hatte sich aufgerichtet, sein Gewand glatt gestrichen und wollte gerade mit der Zeremonie beginnen, als aus dem Lautsprecher des Computers ein schallendes Gelächter ertönte. »Nichts und! Gegen einen schönen männlichen Körper ist doch nichts einzuwenden! Und schon gar nichts gegen einen ästhetischen Porno. Ist ja mal was anderes, wenn ein Priester so etwas macht, ist doch menschlich verständlich! Ich schau mir so etwas leidenschaftlich gerne an!«

Die Gäste, die anfänglich noch leise geflüstert hatten,

verstummten. Pater Franz, der gerade mit dem Aspergill Weihwasser in den Raum sprengen wollte, erstarrte, verlor gänzlich seine Contenance und blickte Antonio hasserfüllt an.

»Du mieser Verräter! Du hast das Video ins Internet gestellt!«

Die illustre Gesellschaft schwieg betreten. Antonio blickte zu Boden und Göttlicher, der neben Berti stand, krallte sich kurz in dessen Arm, er schwankte und wäre fast zu Boden gegangen. Berti schüttelte den schwächelnden Arzt angewidert ab und maulte ihn an: »Weg mit Ihren Händen, Göttlicher! Bei mir brauchen Sie sich nicht anzuklammern. Ja, jetzt fallen Sie einmal, ist schön zuzusehen! So wie Sie mich vor Jahren haben fallen lassen und mein Leben zerstörten, Sie eingebildeter Drecksack! Das dicke Ende kommt noch, sehen Sie diesen Mann hinter dem Computer? Das war Ihr Patient, den haben Sie genauso am Gewissen wie mich. Aber ja, ich hatte ganz vergessen, Sie haben kein Gewissen! Sie, der große, berühmte Psychiater, Gott höchstpersönlich. Und nun stehen Sie selbst vor Gericht. Vor Ihrem Jüngsten! Wir machen Sie fertig, versprochen!«

Wolfgang lehnte versteckt am Rand des Waschbeckens, hatte nur Bruchstückhaftes über Franz und Antonio gehört und meinte laut, dass es alle Anwesenden hören mussten, er kenne diesen Antonio, Anna hatte schließlich auch eine Affäre mit ihm, aber ein Porno?

»Also Anna, wirklich! Das hätte ich dir gar nicht zugetraut, und das in deinem Alter!«

Raffke hielt aufgeregt sein kleines schwarzes Diktafon über die Köpfe. »Ist alles aufgezeichnet, Herr Stöger, alles!«

Lilly stand mit geröteten Prosecco-Bäckchen in der Ecke und amüsierte sich königlich. Ihre gesamte Aufmerksam-

keit richtete sich auf Antonio und Göttlicher, der bleich wie eine Leiche immer noch um eine helfende Hand rang. Antonio flüchtete sich in aufgeregte Gebärden, doch der Psychiater reagierte nicht. Dieses gottähnliche Wesen war mit sich selbst beschäftigt, konnte es einfach nicht glauben, dass er einem Betrüger aufgesessen war.

»Ich war es nicht!«, murmelte der Pater.

»Ich auch nicht!«, rechtfertigte sich Raffke.

»Und wir erst recht nicht!«, sangen Anna, Antonio und der Mann aus dem Computer wie ein griechischer Chor. Anna nahm sich zitternd eine Flasche Prosecco vom Buffet und trank einen großen Schluck daraus, es war ihr in Anbetracht der eskalierenden Situation egal, ob sie Manieren zeigte oder nicht.

Lilly gesellte sich an ihre Seite.

»Ich habe dich davor gewarnt, meine Liebe! Ich habe dir immer gesagt, lade die nicht ein! Es kommt zu einer Katastrophe! Aber du wolltest nicht auf mich hören. Jetzt zerstören dir deine ehrbaren Freunde doch glatt das nette Fest!«

Anna trank nochmals.

»Wie kann ich das beenden?«

»Spül dir den Kummer einfach hinunter, morgen schaut die Welt gleich wieder besser aus!«

»Porno hin, Porno her! Der treibt es offensichtlich mit jedem!«, bohrte Berti weiter. Lustvoll sah er mit an, wie Göttlicher neben ihm seelisch zu Boden ging.

»Nicht mehr lange!«, meinte Dr. Raffke. »Die Diözese ist darüber informiert, Sie werden bald Ihre Ausreisedokumente in der Hand halten, aber von der Fremdenpolizei! Zahlt die Miete nicht und glaubt, er könne anständige Leute erpressen, so weit kommt's noch!«

Göttlicher bekam wieder einen Funken Leben in seine Augen und fuhr Raffke an: »Wie können Sie mir das antun? Sie sind doch mein Anwalt! Außerdem ist es eine Unverfrorenheit, meinen Freund dermaßen zu beleidigen!«

Raffke wurde ärgerlich und betonte immer wieder, nichts von der Liaison mit Antonio gewusst zu haben. Er habe alleine im Auftrag von Pater Franz gehandelt, der sich durch die Ansprüche dieses Möchtegern-Gigolos bedroht gefühlt hatte.

»Von Ihren privaten Interessen wusste ich nichts, ich kann es ja nicht riechen, dass Ihr Freund mit fast jedem aus dieser Runde ein Verhältnis hatte?«

»Halt! Da muss ich kurz intervenieren, mit mir hatte er nichts!«, lachte Cena aus dem Computer.

»Und mit mir auch nicht!«, zischte Berti gehässig.

»Aber mit Anna!«, provozierte Wolfgang. »Das halten Sie bitte mit Ihrem Diktafon fest, Dr. Raffke! Meine Frau hat vor Zeugen ihre Eheverfehlungen zugegeben!«

Antonio versuchte Göttlicher zu trösten und wieder auf die Beine zu bringen, wurde aber von Pater Franz attackiert. Er hatte sich das Gewand abgestreift und über den Bildschirm geworfen, dann schlug er wie von Sinnen auf seinen Ex-Liebhaber ein.

Berti war auf die Seite getreten und prostete Anna zu, die fassungslos die Szenerie beobachtete.

»Kann denn irgendjemand so freundlich sein und das verdammte Gewand vom Bildschirm herunternehmen? Ich kann ja gar nichts sehen!«, tönte es wieder aus den Lautsprechern des Computers.

Berti rannte zum Computer und riss die Kleidung von der Kamera. »Danke, Berti! Du weißt, was mir guttut! Übrigens ist Anna ein Geheimtipp gewesen, ich liebe ihre Hände!«

»Fein! Freut mich zu hören!«, ärgerte sich Wolfgang. »Ich konnte das von meiner Frau nie sagen!«

»Du Idiot hast sie ja behandelt wie einen Putzfetzen!«, brüllte ihn Berti an. »Wenn ich sie damals geheiratet hätte, wäre sie sicher glücklicher geworden!«

»Mit dir?«, lachte Wolfgang. »Mit einem solchen Loser wäre sie sicher nicht happy geworden! Du kriegst ja nicht einmal ein Studium auf die Reihe!«, worauf Berti ihm seinen Weißwein ins Gesicht schüttete. Der kleine dicke Anwalt lief aufgeregt im Zimmer umher und verteilte an die Kämpfenden und Tobenden Visitenkarten. »… herrlich, Ehrenbeleidigung, Erpressung, Körperverletzung, üble Nachrede, … wunderbar, das bringt Dollar!«

Anna und Lilly saßen verwirrt und frustriert auf dem Massagebett und beobachten die wilde Raserei, die sich vor ihnen abspielte. Die meisten der Gäste waren bereits peinlich berührt und ohne Verabschiedung gegangen. Anna sog noch einmal an der Flasche, um sich Mut anzutrinken und brüllte »Stooooooooooop!!!« in die Runde.

Alle verstummten. Sie richtete sich schwankend auf, ordnete die Haare und fing lallend mit einer Rede an, die sie wie ein Schlussplädoyer an die Geschworenen richtete.

»Meine ehrenwerten Gäste!

Danke für euer Kommen! Und danke, dass ihr mir alle so ein nettes Fest bereitet habt. Jeder Einzelne hat dazu beigetragen, dass aus meinem Traum …«

Ups, da Anna zu schnell getrunken hatte, quälte sie ein aufdringlicher Schluckauf, sie ließ sich aber nicht die Rede verschlagen »… nichts wird! Ihr habt euch in mein Leben gedrängt und ich Vollflasche«, sie trank wieder einen beherzten Schluck, »ich Vollflasche habe es zugelassen! Teilweise war es mit euch sogar reizvoll und interessant, vor allem mit dir, Antonio! Prost!

Ich gebe es zu, ich bin schon leicht betrunken, aber noch nicht so betrunken, dass ich nicht wüsste, wovon ich rede.

Vor ein paar Minuten saß ich noch hier auf meinem Massagebett und wünschte mir nichts sehnlicher, als euch alle zur Hölle zu schicken, euch umzubringen, zu eliminieren, euch hinauszuschmeißen aus meinem Haus und aus meinem Leben.

Aber nein, ich brauche euch nichts Böses zu wünschen, brauche keine Polizei, ihr killt euch sowieso gegenseitig. Ups, ihr seid wie die Musketiere mit umgekehrten Vorzeichen, einer gegen jeden und alle gegen alle. Ich klicke mich aus diesem Spiel aus. Dieses Fest ist ein Abschied und ich wünsche euch das Allerbeste für eure Zukunft.

Meinem lieben Ex-Mann Wolfgang wird irgendwann einmal das Herz stehen bleiben. Es wird einfach aufhören zu schlagen, aus purer Trägheit, einfach so. Flups und aus. Und niemandem wird es auffallen, nicht einmal deiner neuen Freundin. Wenn sie gescheit ist, wird sie in ein paar Jahren mit einem Jüngeren durchbrennen, weil es mit dir so unerträglich öde ist.

Sie, Herr Dr. Göttlicher, meinen allen Ernstes, Gott austricksen zu können, und glauben, Sie seien ein König. Nein, Sie sind es nicht, bei all Ihrer Intelligenz und Eloquenz. Sie sind eine kleine, steinerne Schachfigur auf einem steinernen Brett. Müssen sich jetzt durch einen mühsamen Prozess durchkämpfen mit einem Anwalt, der sie von vorne bis hinten bescheißt, so wie er mich beschissen hat. Sie schweben mit Ihrer Selbstherrlichkeit über den Wolken, die Menschen sind für Sie bedeutungslos. Aber glauben Sie mir, auch ein Parsifal fällt einmal auf die Nase. Seit heute wissen Sie schwarz auf weiß, dass Sie sich bei ihren Tandemsprüngen auf Ihren Antonio nicht mehr verlassen können. Irgendwann ziehen

Sie die Reißleine und nichts wird passieren, Sie leben wie im freien Fall. Ihr Therapeut hatte ja so recht, Sie sind wirklich ein armes Schwein! Und noch etwas, ich pfeife auf Ihr vertrotteltes Sofa von Freud! Prost!«

Lilly versteckte die Prosecco-Flasche, doch Anna entriss sie ihr. »Her damit! Ich brauche das jetzt!«

Lilly war entsetzt, so hatte sie Anna noch nie gesehen.

»Danke, Antonio, du hast mich für Momente vergessen lassen, dass ich alt werde. Habe gesoffen und mit dir meinen ersten Joint geraucht und danach den besten Sex meines Lebens gehabt. Nur eines, Antonio, Sex ist für mich kein Geschäft! Deine Wollust ist dir zum Verhängnis geworden, auch wenn die Kirche darin einige Erfahrung hat. Die werden dich fallen lassen wie eine heiße Kartoffel und dich nach Rumänien oder sonst wohin abschieben. Du hast zu hoch gepokert und alles verloren! Da kann dir nicht einmal Pater Franz helfen, auch wenn er es ehrlich mit dir gemeint hat. Nun gilt dir sein ganzer Hass und der ist so groß, dass er daran zerbricht! Und wir alle Unglücklichen werden von einem geldgierigen Advokaten begleitet.

Raffke, von Ihnen bin ich eigentlich am meisten enttäuscht. Sie haben mir das Gefühl gegeben, dass Sie großes Vertrauen in mich hatten. Sie meinten es auch sicher so, da bin ich überzeugt. Sie können aber nicht anders, das Geld ist einfach eine viel zu große Verlockung, um eine ehrliche Beziehung zu einem Menschen aufzubauen. Und wer weiß, vielleicht verlieren sie sowieso alles, ein Prozess gegen Sie, ein Raubüberfall, wer weiß? Vielleicht stürzen Sie über die Falte Ihres Persers und schießen sich mit Ihrer 38er Glock selbst eine Kugel zwischen die Augen. Das Leben ist manches Mal unfair, wie gewonnen, so zerronnen. Apropos unfair …«

Anna öffnete die nächste Flasche.

»… Bertilein, mein lieber Freund. Wir trinken auf die Chance, die wir nicht genutzt haben. Blöd gelaufen, aber was sollte ich mit einem Mann anfangen, der ständig nur nach Rache und ausgleichender Gerechtigkeit schreit? Das ist doch höchst zerstörerisch, findest du nicht? Du bist ja fast erstickt an deinem persönlichen Neid und hast alle Menschen um dich herum mitgerissen.

Ich steige aus dem ganzen Wahnsinn aus! Ihr könnt mich allesamt! Ich habe gewonnen!

Apropos gewinnen. Mama, du kannst jetzt echt stolz sein auf deine Tochter, du hast es mir bei meiner Entscheidung leicht gemacht. Ich werde nie so werden wie du! Oder wie Tante Gerda oder Tante Erna!

Ich werde unser Haus verkaufen und miete mir eine kleinere Wohnung mit angeschlossener Praxis. Ich brauche nicht viel zum Leben, nur meine Träume. Die Kinder sind erwachsen, sie werden es verstehen. Und irgendwann werde ich auf meiner griechischen Insel liegen und Schafe züchten.

Puff, so einfach! Und auf einen Schlag bin ich euch und alle meine Sorgen los! Auf euer Wohl, meine Lieben!«

Anna nahm die Flasche und prostete den Verdutzten zu, auch ihrem Patienten, der aus dem Computer stumm in die Runde blickte. »Danke auch Ihnen, Sie haben mir die Augen geöffnet! Cena, Sie sind ein liebenswürdiges Scheusal, nur essen Sie weniger, es bringt Sie um!«

Mit diesen Worten drückte sie den Deckel des Notebooks auf die Tastatur, griff nach Lillys Hand und sagte: »So, und nun gehen wir in unsere Kebabbude feiern!«

Anna klappte den Buchdeckel zu. Ende der Geschichte, ihr Patient hatte gewusst, dass sie gewinnen würde, und sie hatte gewonnen. Das war sein Gedanke, den er in einem Buch zurücklassen wollte. Cena hatte immer gespürt, dass sie sich anders entschieden hätte.

Sie zündete sich eine Zigarette an und blies den blauen Dunst weit aus, blickte aufs Meer und war seit Langem wieder sehr, sehr glücklich.

Plötzlich stieg ihr der Duft von Gebackenem in die Nase, sie schloss die Augen und genoss diesen herrlichen Geruch.

»Augen auf!« In der Hand hielt Mehmet einen Teller mit Yufkaröllchen.

»Koste und sage mir, ob sie dir schmecken!«

Anna nahm eines dieser wohlriechenden Teigröllchen und ließ den Bissen auf der Zunge zergehen.

»Oh mein Gott, sind die köstlich! Knackig beim Reinbeißen, zerschmilzt auf der Zunge, ein Geschmack von wilden Kräutern, der Käse weich und gehaltvoll wie er nur von Ziegen auf herrlich blühenden Wiesen stammen kann, ein Gedicht von einem Essen!«

Anna war aufgestanden, leckte sich genussvoll die Finger ab und schlüpfte in ihr Sommerkleid. Schweigsam gingen sie den kleinen Hügel hinauf, zu dem Stein, auf dem der Großvater gesessen war und seinen Ziegen beim Äsen zugesehen hatte. Mehmet trug den kleinen Teller immer noch. Andächtig legte er eine Teigtasche auf den Stein und fragte sie mit Tränen in den Augen: »Und was glaubst du, würde mein Großvater jetzt sagen?«

Anna hauchte einen Kuss auf ihren Zeige- und Mittelfinger und streichelte damit sanft über Mehmets Stirn.

»Dass die Freiheit und die Liebe einfach wunderbar schmecken!«

Yufkarollen (4 Personen)

Zutaten

2 Blätter Teig (Yufkateig)
50 g Butter, zerlassen
200 g Feta-Käse oder Ziegenkäse
Petersilie
1 EL Paprikapulver, edelsüß
Salz und Pfeffer
Rapsöl zum Ausbacken
n. B. Wasser
ev. Joghurt
ev. Zitronensaft
ev. Honig

Zubereitung

Den Yufkateig in Dreiecke schneiden, Feta-Käse und die Petersilie klein hacken, mit Pfeffer, wenig Salz und dem Paprika würzen. Die Butter erwärmen und den oberen breiten Teil der Teigplatten mit Butter bestreichen. Den Käse am oberen Rand in einer Reihe auf den Dreiecken verteilen und den Teig einrollen, gleich beim ersten Umschlag die seitlichen Ecken mit einklappen und zusammenrollen. Das letzte spitze Ende mit dem Wasser etwas anfeuchten und fertig zusammenrollen. Öl erhitzen und die Röllchen goldgelb herausbacken.

Wer mag, kann zwei Becher Joghurt à 150 g, den Saft einer Zitrone und 2 EL Honig verrühren und dazu reichen, mit Salat servieren. Die Röllchen kann man kalt und warm servieren.